博士と町医者

アメリカ留学青春記——それぞれの旅立ち

村石昭彦

書肆侃侃房

カリコ博士と町医者

アメリカ留学青春記〜それぞれの旅立ち〜

もくじ

《主な登場人物》

佐野アキラ(アキ)	内科医、ペンシルベニア大学へ留学後に開業医
	久美（妻）、元美（長女）、葵（実妹、菅原妻）
カリコ・マジャール	mRNAワクチン研究者、ハンガリーから渡米
ロベルト・カリンスキー	佐野の留学時の上司、ポーランドから渡米
アンナ・スワンソン	佐野の留学時の上司、大学循環器科主任教授
トム・ワトソン	遺伝子治療研究のパイオニア、研究所長
ジル・ベルベット	遺伝子治療研究のパイオニア、眼科医
酒井菜摘	医療法人ハートランド　島波クリニック看護師
菅原教授	浪速大学医学部　循環器内科教授、佐野の義弟
安永純也	早稲田大学四年生　ルーマニア旅行の同行者
藤崎先生	東帝大医学部　遺伝病研究所、留学仲間
嶋田教授	吉備大学医学部　第三内科教授、佐野の上司
森山理事長	日本細胞再生遺伝子治療学会　理事長
米森会長	日本細胞再生遺伝子治療学会　会長

本文中の記載が実在の人物や組織を想起させる場合も、登場人物の会話や手紙内容も含め、本作品は実話に基づいたフィクションです。

序章　溢れる涙

二〇二三年　秋

二〇二三年の暑く長い厳しすぎる夏が終わり、ようやく過ごしやすい十月を迎えていた。

五月以降、新型コロナは感染症法の分類で約三年ぶりに二類から五類へと変更され、報道される機会はずいぶんと少なくなっている。人々の警戒心は解かれ、マスクをせず行動することが次第に許容されてきたようだ。ロシアのウクライナ侵略戦争を除けば、多くの国民には世界が再び明るく感じられるようになっているに違いない。

だが実際は、八月のお盆のころにピークを迎えた第九波も過去の波が描いたようにはなかなか収まらず、報道の少なさとは裏腹に、今もなお相当数の発熱患者が島波クリニックの外来には溢れている。暑い最中に防護服を着用して、クーラーを効かすためエンジンをかけたままの自家用車内で待つ患者の診療を駐車場で日に何度も繰り返す負担は想像以上に大きかったが、そんな異様な診療風景も違和感なく受け入れられるほど、この三年間のパンデミックの月日は長いものだったろう。唯一の朗報は、当初の一、二年に比べて、コロナで肺炎を起こしたり、重症化して命を落とすケースが非常に稀になっていることだった。

九月二十日からは、七回目となる新しいタイプのワクチン接種が始まっている。島波クリニックの接種枠は受け付け開始からすぐに数週間分が埋まってしまった。単なる風邪に近づいたとはいえ、高齢者たちには不安がまだまだ大きいようだ。これまで報道されてきた漠とした怖さが刷り込まれてしまったのかもしれない。院長の佐野アキラは、多くのインフルエンザや新型コロナの患者をこの時候に診察することに慣れてしまい、いつしか季節感を失いかけている自分自身が不思議だった。

数日前、九月の最終週に、佐野に幾人かの報道関係者から電話がかかって来た。一人とは昨年の秋に一度話をしたことがあったが、他の数人は初めて話す新聞社やテレビ局や通信社の記者たちだった。

「先生、お久しぶりです。いよいよ来週はノーベル賞ウィークですね」

　佐野はそのことを忘れていたわけではないが、忙しすぎる毎日に、正確な時期を確認せぬまま日常の仕事に没頭していた。

「あぁ、もうそんな時期なんですね。暑くて、まだ先だと勘違いしていましたよ」

「昨年は残念でしたが、今年もカリコ博士は生理学・医学賞、あるいは化学賞の有力な候補とされているようです。ですから、受賞された際には、ぜひ先生のコメントをいただければと思います。お願いできますか？」

　知己の記者は短い電話だったが、初めて話す記者たちは、カリコと佐野の関係を根掘り葉掘りと聞き、どこかで仕入れたらしい前情報と合致していることを確認すると、佐野に「受賞の際には、電話でぜひコメントを……」と、一様にお願いしてきた。

「えぇ、いいですよ。医学賞の発表は二日の月曜日の夕方で、化学賞は水曜日の夕方ですよね。どちらも、夜間透析への対応で院内に夜十時過ぎまで普通に仕事しながらいますから、もし受賞が決まれば電話をください。でも他に数社から同様の依頼を受けてますから、ずっと話し中かもしれませんが、僕はいつでもいいですよ」

「そうですよね。他の社も同じですよね。先生のように古くからのお知り合いは他におられないでしょうからね。話し中だったらしつこく電話しますから、ぜひコメントをお願いします」

「今年はまだ受賞できないかもと僕は思ってますけど、もしも受賞したらですね」

「えっ、先生は悲観的なんですか？」

「もちろん、カリコに受賞させたいですけど、まだパンデミックは収束してませんし、反ワクチンの声も今もなお大きいですから……。カリコたちが発見した技術と、ワクチン製造技術そのものとはイコールではないし、僕は副反応の原因は主に脂質膜にあると思うんですがね」

そんな電話が、佐野に今年のノーベル賞発表の時が数日後に迫っていることを教えてくれたが、去年の発表前に比べると、今年の佐野は不思議なほど冷静だった。あるいは、他人のことながら怖かったのか、前夜となる日曜日の夜に家族で外食した際も、ピザを食べながら、「明日の夜が発表だよ。カリコ、取れたらいいけど……」と初めて口にし、今年は職員たちの前で一度も話題にしなかったほどだ。


発表は夕方の六時四十五分と言われていたが、その日も佐野は六時を過ぎても発熱患者の診療に追われていた。ようやく防護服を脱げたのは、発表予定時刻の二十分前で、手を洗い、急いで夜間透析の患者たちを回診してから診察机に戻った時は一分前だった。すでにパソコン画面の中でスウェーデンのノーベル賞委員会のＬＩＶＥ中継は始まっていたが、まだ受賞者の発表はされていないようだ。

司会者なのか、発表者なのか、会場で男性が挨拶を始めた。受賞者名の発表は、最初にスウェーデン語で、続いて英語で行うと告げている。その後、受賞理由などの概要を引き続き説明するという。

その時もまだ、「今夜ダメでも、まだ明後日の化学賞もある」と不思議なくらいに佐野は冷静に司会者の言葉を受け止めていた。

それから数秒後だった。

聞き慣れないスウェーデン語が始まってすぐに、「カリコ……」という何度も何度も口ずさんで来た音の響きが聞こえたような気がした。

ついさっきまで「彼女が受賞するのは当然だ」と内心思っていたにもかかわらず、佐野は聞こえてきた受賞者名に驚いている自分に気がついた。

引き続く英語の説明で驚きが確信に変わり、言いようのない豊かで静かな喜びへと姿を変えていく。画面には、何度も眼にして来た受賞者二人の姿が大きく映し出されている。「もし三人目がいるとすれば誰だろう」と去年想像を膨らませたものだが、惜しむらくは古市泰宏先生の喜ぶ姿をカリコと一緒に見れなかったことだろうか。

去年の春、佐野はメールで先生とカリコの話をしたことがあったが、彼女らＲＮＡ研究者の受賞をとても期待していた先生が亡くなってからもうすぐ一年になる。今回の受賞理由は、ワクチン開発というよりもｍＲＮＡ（メッセンジャーリボ核酸）の化学的安定化の技術に関する発見らしいので、古市先生に同時受賞の可能性はあっただろうと、佐野は残念でならなかった。

佐野は大きく息を吸い込み、そしてゆっくりと息を吐いた。

「あぁ、よかったぁ……」

言葉にならない声が佐野の口からもれた時、異変に気がついた職員たちがまわりに集まってきて、笑顔で口々に祝いの言葉を伝えてくれる。

佐野は画面を見つめたまま、「うんうん」と何度もうなずいた。何度も何度も……。

急に溢れ出した涙で画面がぼやけて見えなくなってきた時、佐野のスマホの着信音が祝福するかのように震えながら鳴りだした。

第一章　日本国際賞

二〇二二年　春

少し色褪せた一枚の写真を手にしたまま、佐野アキラは診察室の椅子に深く腰かけて時間がたつのを忘れていた。

うららかな春の昼下がり、待合室から見渡せる明るい庭では、新規開院した年に父親と一緒に選んで植えた一本の桜の樹が満開の時を迎えようとしている。近くの狭い海峡を行き交う船の音やウミネコの声に混じり、華やかで甲高いツバメの囀りも時折聞こえている。こうしたなにげない日常の音色が、丸二年を過ぎてなお続くコロナ禍の佐野の悩める日々を癒してくれていた。

患者が途切れた隙に診察室を掃除しようと、若い看護師の酒井菜摘が近寄ってきた。佐野が手にしている三人の人物が写っただけの写真を興味深そうにのぞき込み、人懐っこい笑顔で佐野に尋ねる。

「もしかして院長先生の若いころの写真ですか。へぇ～、けっこうイケメンじゃないですか。きれいな外国の女性と一緒ですね。右の男性は中国人みたいにも見えますね」

二十七歳の菜摘は、八年前に看護学校に通いながら夜間透析の時間帯にアルバイトとして佐野のクリニックで働いていた。素直で明るい性格で、ごく自然に院長にも友達口調で話しかけてくる。高齢患者の受けもよく、看護師としての能力も高く賢いので、佐野は何を言われても叱れない。卒業後は他の病院で数年勤務していたが、若くして出産した後に、当直勤務がない島波クリニックに自ら希望して移ってきた。約一年前の三月末、佐野が理事長である医療法人ハートランドの透析室と認知症グループホームでの悲惨な大規模クラスター騒動が収まった直後だった。ハートランドの再生への歩みは多難だったが、いつも明るく振る舞う彼女の存在が、数名の犠牲者を出し重苦しかった院内の雰囲気を明るくしてくれていた。

「一九九四年の写真だね。三十四歳だったかな。開業する五年ほど前だね。三人ともいい表情だよね。僕だけ白衣を着てないけど、留学から帰国直前に親しかった研究者と一緒に記念撮影をしたからなんだ。もう二十八年も経ってしまった」

「へぇ〜、私が生まれるよりも前に院長先生は留学されてたんですね。どこで何の研究をされてたんですか。でも、なぜいったいこんな田舎町で開業医になんかなっちゃったんですか。海外留学って、普通は大学教授とかになるような偉い人がするんじゃないんですか」

　菜摘のような最近の若い女性にかかると、佐野はほめられているのか、からかわれているのか、わからなくなるが、屈託のない笑顔でそう言われると決して憎めないから不思議だ。

「僕が暮らしていたのはアメリカの東海岸、ペンシルベニア州のフィラデルフィアという街だよ。菜摘ちゃんは、ロッキーっていう古い映画を知ってるかい」

「街の名前も映画も知りませんよ。ニューヨークやワシントンなら私だって知ってますけど」

「その二つの都市のちょうど中間だね。その街にあるペンシルベニア大学というところで、遺伝子治療の研究をしてたんだ。一言で説明するのは難しいけど、外から体内に送り込む正常遺伝子の助けを借りて難治性の病気を治したり、将来発症しそうな遺伝病を予防したりする方法かな。と言っても、全然わからないよね。がんばって教授になりたいと少しだけ夢見たけど、残念ながら能力が全然足りなくてね。帰国して数年で挫折してしまった。だから、毎日こうして朝から晩まで爺さん婆さんの相手をしてるのさ。幸い今は仕事も生活も充実してるし、後悔は特にしてないけどね」

「院長先生は英語がホントに話せるんですか。最近よくベトナム人やインドネシア人とか来院されるでしょ。この前は珍しくアメリカ人が来ましたけど、院長の英語が患者に通じてる感じが私にはあまりしないんですよねぇ〜」

「こらこら、あまり痛い点を突くとボーナスが減るかもよ。まぁそれは冗談だけど、ほとんど英語を使う必要がないような町医者になると、英会話とか全部忘れるんだよ。もう今じゃ恥ずかしくて、三年間も留学してましたとか言えないね」

　菜摘は大きな眼を細めてニコッと笑っただけだった。

　幸い田舎育ちで優しい気質の職員たちばかりだったので、佐野は自分自身の弱点や欠点を隠さずスタッフに打ち明けるようにしていた。開業医といえども勤務医以上にいろいろと苦労も多く、上手に弱さをさらす技を身につけないと、長く休まず診療を続けていくことはできない時代だった。おかげでほとんど患者や職員と衝突することもなく、中途退職する職員もいない。

「でもねぇ、今でも立派な研究者には憧れるんだよ。若い時に海外に飛び出して大活躍している年下の優秀な医師や研究者には嫉妬さえする。人類に貢献するような成果をあげた研究者もすごく尊敬している。画期的ながん免疫療法の発展に貢献した本庶佑先生もその一人だね。他にも山中伸弥先生とか立派な日本人は何人もいるよ」

「でも、最近は留学する医師がすごく減ったと、大学から非常勤で来てる武下先生が言われてましたよ。自分も医師になったころは留学に憧れていたけれど、新しい研修制度や専門医制度に変わってからは、非常に若手が留学しにくくなったと嘆かれていました」

「そうだろうね。新しい専門医制度は問題だらけだね。優秀な女性医師が増えたけど、結婚や子どもを産むことすら難しい制度でかわいそう。厚労省が女医の少子化を推進するとか、まさに日本の損失だよ。若い伸び盛りの時期に研究留学したら専門医資格を取ることも維持することも難しくなるしね」

「院長先生の若いころとはずいぶん違うんですね」

「経済的にも日本はとても弱くなったからね。科学技術でも中国に負けるはずだね。自然科学分野の論文数が他の国にどんどん追い抜かれてる。安倍さんは科学技術振興に理解があったけど、今の総理は日本の将来をどうしたいのかね。ノーベル賞なんか、将来は日本から受賞者が全然出なくなるだろう。ところで、この左隣の背の高い女性、誰だか知ってるかい」

「私が知ってるはずないでしょ。誰なんですか。有名な人ですか。えっ、まさか元カノじゃないですよね」

冗談なのか本気なのか、彼女の感性には驚いてしまう。

「残念だけど違う。この女性はね、カリコ・マジャールっていう名前なんだけど、この前あなたも三回目の新型コロナワクチンを接種したでしょ。あのワクチン開発の一番大事な技術に貢献をした人で、近い将来ノーベル賞を必ず受賞するだろうと言われている研究者だ。彼女は何度も挫折しそうになったけど、三十年以上もひたすら努力と苦労を重ねてきて、今ようやく檜舞台で脚光を浴びてるんだ」

「へぇ～、ホントですか。すごいじゃないですか。ノーベル賞の人と一緒に研究していたなんて。院長先生も昔は頭がよかったんですね。これ、お宝の写真ですね」

「はいはい、昔も今も、私は頭が悪うござんすよ」

若い看護師は声をあげて笑っている。

「確かに僕と違ってすごく研究熱心だったけど、当時はこれほど有名になるとか全然想像してなかったなぁ。普段は君みたいに明るくて、素敵な楽しい女性だった。テレビで紹介されたこっちの写真は最近の姿みたい。年を重ねて少し太っちゃったけど、若いころの面影が確かにあるでしょ、意志が強そうな……」

佐野は留学先でカリコと同じ大学の同じ循環器科に属していたけれど、同じ研究室で一緒に研究していたわけではなかった。部屋が別々だった二人は、研究仲間というより気の合う親しい友人といった感じだろうか。研究内容を議論するよりも、他愛ない雑談のほうが遥かに多かった記憶がある。ただ、その記憶も今ではかなり薄れてきていた。

当時はまだスマホどころか、誰もが気軽に利用できる携帯電話やインターネットの類もなかった時代だ。国際郵便のやりとりには相当な時間もかかり、帰国後は残念ながら互いに音信不通になってしまっていた。彼女がその後どんな研究生活を送っていたのか、それを昔は簡単に知る術もなかった。最近ならネット検索すれば何でも探せて瞬時にメールも送れるだろうが、町医者として比較的忙しく過ごしていた佐野には、去年までそんな考えは想い浮かばなかった。

不思議なトキメキが佐野に甦ったのは、去年の二〇二一年六月下旬、高齢者への第一回目の新型コロナワクチン接種が前総理の号令で急加速しだしたころだった。夜間透析の仕事中に何気なく見ていたテレビ番組内で最近のカリコの顔写真が突然映し出された時に、佐野は飛び上るほど驚いてしまった。親しかった友人の顔は三十年たとうが見間違えようがない。

ネットで検索すると、その人物が佐野と同じ時期に同じ大学にいたことが確認できた。さらに動画サイトも検索すると、インタビューや講演の動画が次々と見つかった。英語だけでなく、当然ながらハンガリー語の動画もあり、日本語で彼女を紹介する動画まで見つかった。姿や顔は年を重ねても、独特な話し方や声質は当時とほとんど変わっていない。眼を閉じて声を聞いても、佐野は間違えないだろう。まぎれもない旧友の面影ある姿と懐かしい声が、佐野が忘れかけていた三十年近く前の記憶を鮮やかに呼び起こしてくれた。

「絶対どこかに写真があるはずだ、捨てるはずがない」と、佐野はその夜に彼女の昔の写真を探してみたが、なかなか見つからなかった。恐らく帰国した時のままに、妻子が暮らす平和市の住まいか実家にあるのかもしれない。

しばらくの間はワクチン接種のたびにカリコの顔と声が浮かんできていたが、ちょうど東京五輪の前に第五波が流行のピークへと向かうころで、夜遅くまで仕事で忙殺されるうちに、佐野は写真を探すことを忘れていた。

秋の彼岸を過ぎた辺りから、ＣＯＶＩＤ19（COronaVIrus Disease 2019：新型コロナウイルス感染症）第五波の流行は急速に収束していった。パンデミックの歴史的な教訓からは、完全終息には丸三年を要するであろうと佐野を含めた多くの医療者は考えていたが、まだ二年も経過していなかった。デルタ株が主流になったとされる第五波の途中から、佐野はウイルスが明らかに弱毒化し始めている印象を抱いていたが、それが変異による自然経過なのか、あるいは国民に行き渡り始めたワクチンの効果なのか、まだ判断できないでいた。

このころ、カリコはノーベル医学生理学・医学賞の登竜門とも言われる権威あるラスカー賞を受賞していたが、有力視されていたノーベル賞は惜しくも逃していた。山中先生の受賞が早かったために期待も大きかったが、もともとノーベル賞の受賞までには長い年月を要するものだ。本庶佑先生も、最初の大発見をしてノーベル賞を受賞するまで二十五年を要している。パンデミックの収束前に受賞できなくても決して不思議ではないだろうと、カリコのノーベル賞落選の知らせを佐野は冷静に受け止めていた。

この時期の感染者数の激減と落ち着いた印象は、冬場の第六波の到来を多くのマスコミが疑問視する根拠なき理由となっていた。溢れる匿名の非科学的楽観論と武勇伝、そして反ワクチン派の決して小さくないヘイトまがいの声に、多くの第一線の医療関係者の間で困惑が広がった。

ゆるんだタガを締めなおすことは容易ではないだろう。自分自身の苦しかった経験を書き残し今後の対策の参考になればと、クラスター現場の出来事の詳細や当時の想いを文章にまとめ始めていた。

翌年二〇二二年の一月には大きな第六波が間違いなく到来すると確信していた佐野は、患者から質問を受けるたびに、「必ず流行すると思っているほうがいいでしょうね」と返答するようにしていた。

その年の二〇二一年二月に感染して命を失った父親の遺影を見るたびに、ワクチン接種ができるまでなんとか認知症グループホームの入居者全員をウイルスから守ってやりたかったと、今さら願ってもしかたないことを悔やむ日々が続いていた。

新しい年二〇二二年を迎え、まさに佐野が予想したタイミングで、オミクロン株に姿を変異させた第六波の流行が始まった。去年までと一変した世間の警戒感の薄れは、大きくて長引く流行を佐野に予感させた。

先行して感染が広がった海外のデータからは、デルタ株より弱毒化しているものの、オミクロン株の感染力は相当強いとされている。仮に新規感染者数が一日十万人に迫る大きな流行となれば医療現場は大混乱するだろう。ワクチンによる重症化予防効果は期待できようが、それなりの犠牲者数は避けられない。社会生活のエッセンシャルワーカーや、医療的弱者である透析患者や要介護高齢者、そしてそんな人々を支える逃げ場のないスタッフたちには再び厳しい冬が訪れていた。

島波クリニックの誰もが一年前の悲惨なクラスターを思い出さずにはいられなかった。佐野の患者だった五人の犠牲者の命日も近づいている。二度とあの惨状を経験したくない。変異株には理論的に効果は小さいだろうが、ブースター効果を少しでも期待して早めに三回目のワクチン接種をしたほうがよさそうだ。

あと一年間は恐らく誰もが我慢を強いられることだろう。果たして今年いっぱいで終わるのか、流行が次の夏や冬に再度みられて収束するのか。いずれにせよ、永遠に続くパンデミックはないはずだ。

そんな厳しい流行の中にあっても、佐野にうれしいニュースが届いた。昨年秋の早慶大学の医学賞に続き、カリコが一月下旬に日本で最も権威あるＪａｐａｎＰｒｉｚｅ（日本国際賞）を受賞した知らせだった。二年連続で中止された授賞式に出席するため、春に来日の予定があるという噂だ。

うれしい知らせに接したためか、記憶に残るカリコの昔の写真が改めて気になり、佐野は診療の合間に毎日あちこち探しまわった。梅の花が咲きだした二月中旬、診察室の片隅の棚に置かれた安っぽいアルバムの中にそれを見つけることができた。灯台もと暗しとはこのことか。その日はちょうど一年前に亡くなった父親の命日だった。

探せばきっと別の写真もあったような気もするが、記憶は定かではない。帰国して何度か引っ越しを経験しており、他は探せないかもしれない。貴重な写真が一枚だけ残されていたことになる。佐野は急いでデジタルデータとして保存した。

驚いた。こんな表情をしていたのか。約三年間の留学期間を終えて帰国する直前、きっと未来へのワクワク感が胸に溢れていたのだろう。やはり若さとはいいものだ。還暦を過ぎた今ではすっかり忘れかけてしまっている。当時の自分に佐野は嫉妬する想いだった。

背景は細胞培養フード（バイオ安全キャビネット）の側面だろうか。Ａ１サイズほどの黄色い紙がマグネットで留められた白い壁を背に、三人の姿があった。実験に関することだろうが、紙に書かれている文字や図までは判読できない。

こげ茶色のセーターを着た佐野の隣に寄り添うように立つショートヘアーの女性。若き日のカリコだった。佐野より背が高く、襟元が少しくたびれた黒い丸首のセーターの上に白衣を羽織り、にこやかな顔だった。前を開けた白衣の胸元には、赤い糸で循環器科を示す刺繍が施されている。人懐っこそうな少し窪んだ眼元が印象的で、おしゃべりな性格をうかがわせる口元から、今にもあの懐かしい東欧訛りの独特な英語が聞こえてきそうだ。佐野はあきることなく繰り返しその写真を眺めていた。

武漢で謎の肺炎を起こす新型のコロナウイルスがＳＡＲＳ‐ＣｏＶ‐２として特定され、あっという間に二〇二〇年一月最初の週には中国の研究機関で全遺伝子配列が決定された。原因ウイルス特定から二週間ほどで世界中のウイルスやワクチンの研究機関に情報がシェアされ、間髪置かずに各国の有力な研究機関では総力をあげたワクチン開発競争が猛烈なエネルギーと共に走りだした。武漢市で都市封鎖が行われた一月二十三日より十日以上前のことで、日中政府の表の動きよりも遥かに速く、世界中の科学者たちは世界規模のパンデミックを見越して懸命に行動を開始していたことになる。

最初に情報をつかんだ中国では旧来の不活化ワクチンの大量製造に取り組み、オーストラリアでは組み換えタンパク技術を応用し、イギリスではアデノウイルスをベクターとして利用する方法を採用した。アメリカ国立衛生研究所のグループと組んだモデルナ社と、ドイツの新興企業バイオンテックと組んだ製薬最大手のファイザー社は、同時に、しかし別々に秘蔵っ子のｍＲＮＡでスタートダッシュに成功した。

バイオンテック社ＣＥＯのウグア・シャヒンとその妻は現役の優秀な腫瘍免疫学者で、トルコ系ドイツ人科学者だ。カリコは、二〇一三年から役員として迎えられていた。彼ら彼女らのがんワクチンやｍＲＮＡ技術を利用した新しいワクチンは、行うべき治験を端折らず一日の無駄も排して完成され、一年もかからずアメリカ大統領の腕にワクチンが接種された。非常に強い責任感に突き動かされたウグア等は、そのプロジェクトを「ライトスピード（光速）」と呼んでいた。

新型のオミクロン株は相当変化してきていて、初期の武漢株をもとに作成されている各種ワクチンでの感染抑制能力は恐らく限定的になっているだろう。ｍＲＮＡワクチンよりも、中国製不活化ウイルスワクチンの効果は、さらに不十分ではなかろうか。下手すると中国では周回遅れのロックダウンも起こりうるかもしれない。そもそも必須の第三相試験（有効性と安全性に関して、患者ボランティアを対象に最終段階の評価を行うための臨床試験）を中国国内で行ってすらいない。当然ながら中国の心ある科学者に懸念は共有されているはずで、北京での冬季五輪やパラリンピックが終了して海外マスコミの注目が薄れれば、改めて封じ込め対策を強化するのではないか。それがどの程度の厳しさかは佐野に知る由もないが、最初の武漢市の都市封鎖の激しさから推して知るべしだろう。

あの奇跡的ともいえる短期間でのｍＲＮＡワクチン供給がなかったとしたら、日本でも確実に医療崩壊していただろう。厳重なロックダウンを行った諸外国では、患者の命に差をつけるトリアージまで行った。密かに高齢者や弱者は地域や施設に放置され、犠牲者数を大きく増やした。それでも「日本と違い医療崩壊ではない」という摩訶不思議な詭弁がマスコミを通じて質の悪いウイルスのように日本国内にばら撒かれてしまった。

オミクロン変異株へ従来型ワクチンをブースター接種用に使用することに疑念を抱く一部の国民の間では、さかのぼって一回目や二回目のワクチン接種まで否定する声が日ごとに増していた。性質が変わり児童生徒へ相当な感染の拡がりを見せているが、幸い高齢者を含めて重篤化率は増えない。だが、コロナ疲れによる政治や医療への様々な批判の声が日ごとにネット上で増幅している。

その他に果たして各国政府に何ができたのか。第三波までの一年間は、ワクチンや有効で安全な治療薬すらもなく、最前線の医療や介護関係者は恐怖の中での長い孤独な闘いを強いられていた。

ワクチンには期待以上の効果があったと佐野は感じていたが、オミクロン変異株対応ワクチンへの切り替えが進まないようならば、六月にも予定される次なる四回目接種は、接種対象をかなり限定してもいいのではないか。もはやワクチンの目的は高齢者や健康弱者の重症化抑制だと割り切るべき時期が来ているのではないか。

ネット上では、ｍＲＮＡワクチンの効果や副作用に関して様々な奇説やデマや陰謀論が飛び交っている。全てのワクチンや新しい技術に対し否定したい人の気持ちや生活制限の苦悩なども町医者として佐野はわかるし、一切接種せず一生過ごすことも別に否定はしない。

佐野自身も三度の接種の翌日は発熱とダルさが強く、診療ができないほどだった。理由はｍＲＮＡそのものではなく、デリバリーのために包み込むＬＮＰ（脂質ナノ粒子）側の問題だと考えていた。ＬＮＰを安定化させるためのＰＥＧ（ポリエチレングレコール）が重篤なアレルギー反応の原因物質と疑う向きもある。モデルナ製の不人気もあり、ファイザー製との製造過程での差異も含め、ＬＮＰのさらなる改良が今後望まれると佐野は考えていた。

ただ、科学の進歩を信じる接種希望者や接種を推奨する医師や研究者をまるで悪魔のように罵り攻撃するヘイト行為はいただけない。反ワクチン思想の動画やブログを見るたびに、佐野を困惑させた。未接種の医療従事者は働けない国々がある一方で、義務化もしない、ロックダウンもしない日本は、何ともゆるい政策でよくここまで持ちこたえたと思えるくらいだ。奇跡のワクチンが社会の分断を生む理由になるのが悲しかった。

「オイオイ、嘘だと言ってくれよ、プーチン」

夜遅い時間の報道番組を院内で仕事しながら見ていた佐野は思わず口走った。やっぱりという想いも浮かぶが、馬鹿な真似はしてほしくなかった。二月二十四日、ちょうど一年前に佐野が新型コロナ肺炎を克服し、三週間ぶりに仕事に復帰した日だった。

あのころは、明日の自分のことさえ考えられないどん底にいたものの、パンデミックによって世界の安定が崩れ去るとまでは思えなかった。かつてのスペイン風邪の時代とは違うのだ。しかし、国連安保理常任理事国でもある核大国の独裁者が勝手に始めてしまった戦争となると、ＣＯＶＩＤは小さな問題に過ぎない想いがしてくる。

親露の論客によるロシア擁護論から野蛮な企みは容易に想像ついたが、良心がプーチンに残されていることを佐野は期待もしていた。だが、ロシアはやはり昔のソ連（ソビエト社会主義共和国連邦）と同じ盟主の気分で過去三十年間を過ごしてきたようだ。恐ろしいことに、同じ思想の独裁国家群が日本の西側に連なっている。

第六波では新規感染者数が一日十万人を超えたものの、明らかな弱毒化の傾向が見てとれた。以前の重症化率や死亡率とは雲泥の差だが、甘く見たりワクチンを過信して人々の警戒感がゆるめば、感染者数が一向に減らないのも当然だろう。アルコールを手にチョロッとつけて消毒気分に浸るだけで、石鹸や流水で手を洗う人さえ激減していた。これは、当のワクチン開発者たちも当初から懸念していたことだった。

瀬戸内県内の透析患者の感染者における死亡率も第三波では二十五％だったものが次第に下がり、第六波では七％にまで激減した。それでも国民平均の二十倍、透析施設や介護施設の緊張感は高いままだ。弱者対応の厳しい現場と世間の温度差が広がり始めたのだろう、ロシアの軍事侵攻のニュースにかき消されて、ＣＯＶＩＤの報道は激減していった。政府や報道機関に取り残された気分で、職員たちの疲労感は半端ではなかった。

侵略戦争が始まって二週間後、佐野にうれしい話が飛び込んできた。芸術分野の優れた業績を表彰する「第七十二回芸術選奨、文部科学大臣賞」を音楽アーチストの佐野元春が受賞したのだ。長いキャリアで発表してきた作品群が総合的に高く評価されたようだ。初の全国ツアー公演を最前列で体感して以来、佐野アキラは四十年間ずっと三歳年上の兄貴として追いかけ続けて来たが、ほとんどテレビに出演しない彼がこうして政府に評価され栄誉ある賞を手にするとは想像したこともなかった。

報道番組で授賞式の模様が放送されたが、眼光鋭い黒いマスク姿の元春は何かに静かにいきどおっているかのような表情だった。ようやく通常に近い形でコンサートツアーが行われるとアナウンスされており、佐野アキラはその参加を心待ちにしている。スタッフに感染者が出て直前で中止されることがないよう願うばかりだ。

北京五輪が終わると、中国で奇妙な政策が始まった。人口二千万を超える上海を始め、各地で都市封鎖が三月末に始まり、いつまで継続されるのか見通せない。当初、人民に三日間の限定措置と伝えて始まった外出規制は当然のごとく強化拡大された。中国製ワクチン開発の事情を振り返ると、佐野の眼には規制強化自体は必然かとも感じられた。

ただ、ゼロコロナ政策の実施方法は、二年前の武漢市封鎖を凌ぐ驚くべきレベルだった。健康管理スマホアプリの完全普及により、全住民に二日ごとのＰＣＲ検査（ウイルス遺伝子の特定部分を検出する高精度検査）が強制される。集合住宅に一人でも陽性者が出ると、全員がバスで強制的にどこかに連れ去られる事態が至るところで生じていた。

　厳しく抑え込む政府と武器もなく抵抗する人民たち。ＣＯＶＩＤを恐れるあまり、他の病気が重篤化し命を落とす多くの中国人民も少なくない。あのようなロックダウン下で、例えば透析医療や介護施設の運営がどう行われているのか、佐野には想像もつかない。

　都市封鎖は一向に解除されることなく、他都市にも波及しだしている。情報統制の混乱の中で行われた武漢封鎖が解除されて丸二年、西欧諸国が規制を大幅に緩和してウイルスとの共存の道を探っているのとは真逆の対策だ。かつての天安門騒乱をブラウン管を通して眺めたのと似た強烈な違和感を佐野は覚えていた。

　三月のある日、偶然見つけた早慶大学の動画サイトにハンガリー駐日大使が登場していた。佐野は「四月来日予定のマジャール博士の歓迎レセプションを開く」という大使の話を聞き逃さなかった。大使館のホームページにアクセスし、博士にぜひ連絡したいのでメルアドを教えてほしいとお願いしてみた。

　期待した返信がないまま、二週間近くが経過していた。

　あきらめかけていた四月十三日の正午前、大使館の日本人スタッフから佐野のクリニックへ電話がかかってきた。

「先日ハンガリー大使館へいただきましたメール、大変ありがとうございました。返信が遅れ、誠に申し訳ございません。実は館内でコロナ感染があり、私もリモート勤務をしておりました。ところで、添付されたお写真を駐日大使も拝見しまして、古くからマジャール博士と親交がある日本人の方がおられたことを驚くと共に、大変うれしく感じております。もう三十年近く前のことですよね」

かなり遅かったとはいえ、一緒に撮った写真を添えていたので、佐野とカリコと関係性を信頼してくれたのだろう。

「あれは二十八年前の写真です。当時はインターネットもなく、当然メールやＳＮＳなどの方法もありませんでしたから、帰国して連絡したことはありません。近く来日されるという情報に触れたので、連絡可能なメルアドだけでも教えてもらえないかと思いまして」

「マジャール博士は、ちょうど日本に滞在中なんですよ。メルアドなど個人情報を教えることは大使館として難しいのですが、明日の夕刻、大使館で歓迎レセプションを開催いたします。大使は佐野先生をご招待し、博士とお会いできるようにしたいと申しております。平日の木曜日ですが、先生が東京へお越しいただけるなら招待状を発行いたします。急なお誘いですが、ご参加できますか。確か瀬戸内県ですよね」

「本当ですか、ご招待とか」

すでに来日中だということも驚いたが、予期せぬレセプション招待の提案だった。

「それはぜひ……と言いたいところですが、急に明日の診療を休診にすることは難しいです。明日は診療以外にも学校検診や夜は介護審査会の予定もありますし。でも、メールにも書きましたが、ぜひ博士にお渡ししたいものがあるんです。私が書いた新型コロナ関連の本で、博士のお名前も少し登場します。でもすごく残念ですね。数日前に予定がわかれば代理医師の手配も可能だったかもしれませんが」

「それでしたら、博士が滞在されている帝国ホテル宛に、お手紙をＦＡＸかメールで送られたらいかがでしょうか。お部屋にプリントアウトしたものを届けていただけると思います。でも、書籍は無理ですね。大使館員はレセプションの準備でバタバタしており、残念ながらお手伝いできません」

　佐野が一番渡したいものは、メールで送れぬ本だった。

「いつまで滞在されているのでしょうか」

「十八日の月曜朝には帰国されます。ただ、インタビューや会見や授賞式など超過密なスケジュールですので、滞在中にお返事がいただけるかわかりません」

「わかりました。英文の手紙を準備しホテルにＦＡＸで頼もうと思います。あの写真も一緒に渡せたら思い出してくれるでしょうが、写真がないと誰かわからないでしょうね。いろいろと教えていただきありがとうございます。大使にもお礼をお伝えください」

　佐野は礼を言って電話を切ったが、さてどうしたものかと再び悩みだした。

　忙しい診察の合間に、英文の手紙を書くだけの時間が取れるのだろうか。なにしろ三十年近い年月を経ての大切な最初の手紙なのだ。カリコは全然覚えていないかもしれない。まずは思い出してもらい、今後へと続く内容を英語で表現しなくてはならない。佐野には簡単だとは思えなかった。明晩のレセプションに参加すれば時間の余裕もあり本の手渡しもできようが、突然の休診は佐野の町医者としての仕事の流儀に反していた。

　時間を気にしながら、佐野は日本語で手紙を書き始めた。三年もアメリカで暮らしていたとはいえ、全然使わずにいたため佐野の英語はすでに錆びつき間違いも多かった。内容重視で日本語から英訳するつもりだが、気負いすぎて日本語でも文章が思い浮かばない。

　だが、本をホテルにどう届けるか。東京の大手書店といえども、即日配達サービスは行ってないだろう。やはり東京に暮らす誰かの助けを求めるしかなさそうだ。

　神戸に住む妹の葵に、佐野は東京で暮らす姪の都合を尋ねてみた。航空会社の国際線キャビンアテンダントをしている姪は、第六波による大幅な減便で、再び国内で過ごす時間が増えていた。

「レイさん、今日はどうしているかな。海外かな、東京にいるのかな。もし東京にいたら頼みたいことがあってね」

「確か今日は休みで、東京にいるんじゃないかな。明日はスタンバイだから部屋から出ずに過ごすみたいだけど。レイのこと聞くなんて珍しいじゃない、どうして」

「カリコ・マジャール博士って知ってるかな。今回のワクチン開発者でノーベル賞候補になってる。ペン大（ペンシルベニア大学）で同じ循環器科にいたから少し知ってるけど、今東京に来てる。彼女に渡す手紙を日本語から英語に翻訳するのを手伝ってほしいし、例の小説を東京の本屋で買って、それらを滞在している帝国ホテルに今日中に届けてほしいんだよ。どうかな、やってもらえるかな。今から急いで聞いてくれない」

「カリコって名前は知らないけど、有名な研究者なのね。わかった、聞いてみる」

佐野が留学から帰国する数カ月前に、葵と夫の菅原は生まれたばかりの娘レイを連れて同じフィラデルフィアにあるトーマス・ジェファーソン大学に留学するため三人で渡米して来た。市の中心部にある研究室まで少し距離があったが、佐野は環境がよく暮らしやすいので自身が住むアーデンパークというアパートメントを手配して住まわせた。帰国直前には、佐野は自分の部屋を畳んで妹夫婦の部屋に数週間の居候をしていたこともあり、当時から互いの研究生活を義弟の菅原ともよく話していた。

一つ年下の菅原は佐野と違って優秀で真面目な性格だ。卒後大学院で生理学を学び東帝大の薬理学への国内留学などで数本の論文も書き、しっかりと業績をあげての留学だった。四年間の留学生活の後半は、研究室を移籍するためボストンに居を移した。そのころに黎明期を迎えていた再生医療の分野で著名な科学雑誌「サイエンス」に論文を載せるほど成果をあげ、帰国後は浪速大学循環器内科の教授になり、臨床に研究に活躍していた。

そんな夫にも、葵は今回の件ですぐに話をしたようだ。

「レイはね、今日は休みだから動けるらしい。本は丸の内の丸善で買ってからラッピングして持っていくそうよ。でもね、英訳は専門的な内容だろうから、旦那のほうが引き受けてくれるみたい。幸い今日は時間が取れるだろうって。日本語で手紙を書いたら急いでメールで送ってって」

「それは助かるよ。菅原君なら英語での講演もやるから安心だし、英訳も速いだろうね。それから、写真もプリントして手紙と一緒に届けたい。カリコと一緒に写った写真をラインでレイさんに送るから、手紙と写真のデータをコンビニでプリントして、できれば今日の夕方までに本と一緒に届けてほしい。日本語の手紙は一時間以内に送るから」

妹家族と連絡が取れて、佐野はなんとか手分けして夕刻には間に合いそうな気がしてきた。便利な時代になったものだ。ホテルの部屋に届けられた手紙や写真を見て、カリコはどう感じるのだろうか。佐野を思い出してくれるだろうか。

午後の外来診療の合間をぬって、佐野はカリコへの手紙を書いた。英語で書こうともしたが、美しい英語は決して今の佐野には書けそうもない。菅原はカリコの名前も業績も知っているし、きっと適切な翻訳ができるだろう。

佐野は急いで書きあげた原稿を添付して菅原にメールした。

約一時間後、英訳された手紙を佐野は菅原から受け取った。

さすがにうまく、こなれた英文だった。少し馴れ馴れしすぎる懸念も抱いたが、旧友への手紙なのでこれでいいのかもしれない。あくまでも彼女が佐野を覚えてくれていればだが。

あとは佐野自身が言い足りない点などを少し追加し、レイに写真データと一緒に送ってプリントアウトをお願いしよう。

少しして、葵からもメールが届いた。

「手紙、どうだった。わりと英語はうまいでしょ。大学にいると、いつも英語に接するからね。三年以上住んでいたとはいえ、使わないとすぐに話せなくなるわね。私ももう全くダメ」

「留学してましたとは恥ずかしくて言えないね」

「ネットで来日理由を検索してみたら、日本国際賞の授賞式が帝国ホテルで今日あるらしいわよ。天皇皇后両陛下が列席される科学賞の授賞式って他にはたぶんないでしょうね。明日は受賞記念講演会もあるみたいね」

「へぇ〜、そうなの。一月の受賞発表だから、まさか表彰式が今ごろとは思ってなかったよ。来日理由までは考えてなかった。でもそうだろうね。第六波が落ち着かない今の時期に来日するとか、よほどの理由だろうからね。大使館の歓迎レセプションにしても、ノーベル賞を受賞してないのになぜかなぁって不思議だった」

「夕方に手紙や写真と一緒に本をホテルに届けると言っても、そんなすごい授賞式の後なら恐らく特別な夕食会などがあって、いつ部屋に戻って読んでくれるかわからないわね。翌日の講演会の準備もあるだろうし、疲れて全然読まないかも。レイが直接手渡しできたらよかったけど」

「昔からカリコはすごく話好きで、もし会えたらレイさんも幼いころにフィラデルフィアで暮らしたことを話せただろうね。カリコも渡米した時は英語を話せない小さな娘と一緒だったし。その娘は今じゃオリンピックの金メダリストらしいよ、すごいよね」

　妹家族のライングループに佐野は加わり、レイに本のことを尋ねた。

「小説は買えたのね。置いてる書店が少ないので、丸の内の丸善でも手に入らないんじゃないかと心配だったよ。よかった。カリコが小説に登場する箇所が二カ所あるので、そこに付箋紙を貼って気づくようにしてほしいんだ。日本語は読めないけど、ムラマツさんという日本人科学者と長年一緒に研究をしてるから、きっと彼に読んでもらえるんじゃないかな」

「アキラ伯父さん、了解です。教えてもらったページに付箋紙貼ります。写真も英語の手紙もプリントアウトできると思います。たまたま今日は丸の内にいたので全然問題じゃないです。全部そろったら、きれいに紙袋に入れてホテルのフロントにお願いしようと思います。代わりに今度、何かおいしいものおごってくださいね。でも、「天皇陛下が来ておられるなら、帝国ホテルに入れてもらえるかな」

レイに全てのデータを渡せたのは夕方五時過ぎだった。この後、コンビニでプリントアウトして、ホテルには六時までに届けられるのではないか。夕食前に部屋で着替えるとしたら、その前に届けた手紙と写真を見てくれるだろうか。

本当に彼女が自分を覚えていてくれるかどうか確かめるため、佐野は当時の詳しいことを手紙に書くのをあえて控えていた。

カリコ・マジャール博士へ

この度の日本国際賞の受賞、大変おめでとうございます。

日本で最も権威ある科学技術関連の賞が、今年度マジャール博士に授与されますことを、日本国民の一人として心から喜んでおります。

早慶医学賞もあわせて受賞され、重ねてお祝い申し上げます。

長年ご専門にされてこられたmRNA研究における非常に重要な論文が、過去に例を見ない迅速なワクチン開発の形でCOVID19パンデミックの犠牲者を最小限に抑制することに寄与したことは疑いようがありません。

私も日々の医療現場において、そのことを強く実感しております。

さて、マジャール博士は私のことを覚えておられますか。名前を伝えてもたぶんお忘れだろうと思いますので、昔の写真を一緒に届けます。

この写真は一九九四年に博士が在籍されていたペンシルベニア大学の研究室内で一緒に撮影してもらったものです。もう二十八年も昔の写真です。博士とは別の研究室でしたが、真ん中のセーター姿が当時の私です。

著名な日本人科学者、古市泰宏氏がブログ記事の中で、「魅力的なマジャール博士とＲＮＡ研究の昔話をしてみたい」と書かれていました。「博士の来日時に、ハンガリー大使館で開催されるレセプションに招待されている」とも書かれていました。その時には来日の目的や日時もわからず、私は日々の診療やワクチン接種業務に追われて失念していました。

ふと二週間前にそのことを思い出し、マジャール博士の連絡先を探しましたがなかなか見つからず、思い切ってハンガリー大使館にこの写真を添付して、「ぜひ博士と連絡を取りたい」とメールを送っておりました。

今朝になり、ようやく大使館から連絡をいただけました。メールアドレスは教えてもらえませんでしたが、現在来日中なので、博士宛に直接お手紙を書き写真を添えて滞在先のホテルに届けたらどうかと提案されました。

そういう次第でこの手紙を届けますが、私を思い出していただけるか心配しています。

大使館からは明日のレセプションに招待するお話もいただきましたが、私は東京から遠く離れた瀬戸内県に住んでいます。現在また戦争の悲惨な情景が甦っていますが、世界で初めて原子爆弾が投下された場所です。できれば再会したいのですが、明日は診療のため参加できません。

一緒に届けた書籍は、私が今年初めに出版した小説です。日本語なので読めないと思いますが、日本人研究者の方に一部だけでも読んでもらってください。確か長年ご一緒の日本人がおられましたよね。付箋紙を貼ったページに、博士のことを少しだけ書かせてもらっています。

内容は、一年前に経験したＣＯＶＩＤの老人施設内クラスター感染の話です。博士らが開発に成功されたｍＲＮＡワクチンを日本で我々が使用できるようになる直前の時期で、私の関係者でも多くの人が肺炎を生じ、幾人も亡くなりました。その犠牲者の一人が私の父親で、私自身も重症肺炎で長期間仕事を休み、苦しみ不安を抱きました。残念ながら、あと少しでワクチンが間に合いませんでした。

当時の私は大混乱の最中で、マジャール博士がワクチン開発者という情報に接する余裕もありませんでした。少し後になって日本のテレビ番組で博士の顔写真を見て初めてその事実を知りました。

集団感染の悲惨さを後世に伝えるべきと考えたことも本を書いた理由の一つですが、テレビであなたを見た時に私がどれほど驚きどれほどうれしかったのかを正直に忘れないうちに書き残そうと思い、小説の形で描きました。

博士にはいつか直接お会いして、偉業達成のお祝いを伝えたいと思っています。

もし私のことを思い出していただければ、もう少しいろいろと昔話などをしたいので、博士のメールアドレスを教えていただけますと幸いです。

日本での滞在がよき思い出になられますよう願っております。

また、この秋にノーベル生理学・医学賞を受賞されますよう祈っております。

二〇二二年　四月十三日

佐野アキラ

佐野はカリコへ届けた手紙を読み返しながら、遥か遠い昔のことを思い出していた。同時に、パンデミックで苦しんだ最近の二年間のことも否が応でも脳裏に甦って来る。

経営する介護施設でクラスターを生じてしまい、対応にあたった佐野自身も感染し、肺炎に苦しんだ。ほぼ全ての介護職員が肺炎で仕事ができなくなり、入居者に四人もの犠牲者を出した日からすでに一年余が過ぎていた。開発されたばかりのｍＲＮＡワクチンが、クラスター発生に間に合うことはなかった。どれほどワクチンの接種開始が待ち遠しかったことか、佐野は今もなお敗北感を引きずっていた。

留学時代はインターネットが普及する前で、携帯電話もなかった。そんな時代の海外でトラブルに遭遇した場合のリスクは、スマホが当然な現代の感覚と比べると恐ろしすぎる。若い人々には想像できないだろう。今なら世界中でスマホが利用でき、相手がどこにいても顔を見ながら会話もできるし、直接会わなくても大抵のことが可能だ。ＳＮＳを続けていると、実際に会ったかどうかも怪しくなるほどだ。

今ではロシアの侵略戦争の映像にリアルタイムで誰もが接することができるが、ソ連に抑圧された人々が一九八九年の春に東欧ハンガリーから西側オーストリアへ希望を胸に国境鉄条柵を潜り抜けていった姿を、当時の日本人は数日遅れのニュースで知った。

一九九一年夏にソ連が崩壊し、ロシアは共和国として自由への歩みを始めた。一時はＧ８サミットのメンバーだったのに、今眺めている映像やロシア指導者の異様な発言は何なのだ。ソ連と東欧諸国の過去三十年の時の流れがあたかも逆回しされていくようだ。パンデミックが終わったわけでもないのに、簡単に人々を殺してしまう侵略戦争の姿を見せられるとは佐野は思いもよらなかった。

親露の評論家は二〇一四年のマイダン革命や、二〇〇八年のＮＡＴＯ首脳会議を発端として戦争の遠因がウクライナ側にあると主張するが、佐野は東西冷戦が終わった一九九一年にさかのぼらないと歪《いびつ》の発端は見えてこないと感じていた。

小ロシアと呼ばれたウクライナの西側への歩みは、旧ワルシャワ条約機構の構成国が一歩先んじてたどるＥＵやＮＡＴＯ加盟への道筋を、自国が抱える旧態依然とした諸問題を解決し得ないまま追いかけたロシアからの逃避行だろう。当時の東欧諸国を旅した経験がある佐野が感じるのは、いつか再びウクライナを含めた周辺諸国をしたがえたいと追いかけるロシアの本能的な欲望が燻り続けてきた三十年間だったという点だ。


夜遅い時間のニュース番組が、今日行われた天皇皇后両陛下ご臨席での日本国際賞の授賞式の模様を放送していた。いつもと変わらぬ優しい両陛下の御姿は国民を安心させたようだ。

表彰された中で唯一の女性だからか、どの放送局もカリコを中心に編集していた。誰もが無縁でいられない新型コロナワクチンに関連する点と、彼女の並外れたフレンドリーな心根がそうさせたのであろう。やや緊張の表情はうかがえるものの、あの明るい笑顔が表彰式でも絶えることはなかったようだ。

彼女もまたワルシャワ条約機構加盟国のハンガリーから一九八五年に自由への旅を歩きだした科学者だった。テレビ番組では、科学への夢を求める彼女が小さな娘に抱かせたテディベアの中に危険を冒し規則を超える現金を忍ばせて渡米した話が現代のシンデレラ物語として繰り返し紹介されていた。

時代は大きく変わり、現在のハンガリーは一九九九年以来ＮＡＴＯ加盟国であり、ＥＵの一員でもある。ソ連の一員だったウクライナやベラルーシとは異なる背景を持つとはいえ、今の世界情勢や母国の様子を彼女はどう受け止めているのだろうか。

せっかく今日カリコへの手紙を届けることができたのに、佐野は夜遅くまで戦争の報道を見せつけられ憂鬱な気分になった。夜も更け、彼女は今ごろホテルの部屋に戻って休んでいるころだろう。表彰式で両陛下とも会話をしたのであろうか。ホテルの部屋に届けた手紙や写真や本などを読んで、少しでも当時の佐野を思い出してくれるだろうか。

そんなアレコレを想像しているうちに、いつしか佐野は睡魔に襲われた。

できれば今夜は古きよき留学時代にカリコと出会った夢でも見たいものだ。当時のカリコに、「君は将来きっと有名になるよ」と予言でもしてあげようか。それとも理不尽な戦争のせいで、ソ連に抑圧された東欧諸国の夢を見てしまうかもしれない。そういえば、佐野はカリコの故郷のハンガリーへの入国ビザを二枚も貼った赤いパスポートを今も大切に保管して、時折懐かしく眺めている。

いつしか佐野は、若き日のアキラに戻って遠い日の夢の世界にいた。

第二章　ソ連の衛星国

一九九〇年

アキラが成田空港からKLMオランダ航空八六便の格安チケットを手にアムステルダムに向け飛び立ったのは一九九〇年八月二十一日夜だった。アラスカ州アンカレッジ経由の北回り航路でアムステルダム到着後、小型機に乗り換え西ドイツ・ハノーバーに向かい、さらに小さなプロペラ機に乗り換えて東ドイツ領内の孤島である西ベルリンに向け飛び立った。広大な緑の大地に突然現れたこげ茶色の大都市。西ベルリン上空で短い滑走路を確かめるように旋回しながら、小型機は市街地に近い空港に急角度で降下していった。

眼下に鉛色の細長い筋が延々と見てとれる。あれが恐らく「ベルリンの壁」なのだろう。壁の左右で街の色調が明らかに違っているようにアキラには思われた。

二十八年間もベルリン市民を東西の異なる政治体制の国民に隔て続けた悲劇の壁も、前年十一月九日に一部が突然壊され、先月には統一条約締結に向けて協議が開始されていた。早ければ十月初旬にも東西ドイツの統一が成し遂げられるという噂もあり、東欧の民主化運動を熱心にテレビの中で見ていたアキラは、何を措いても今夏はベルリンに行くしかないと、大学病院勤務の夏休みを利用して東欧旅行を計画したのだった。

計画と言っても、往復の格安航空券と初日と二日目の西ベルリン市内のホテルの予約だけで、三日目以降は宿の予約もせぬままの旅立ちだった。旅好きの若者にありがちな少し無鉄砲なその計画は、あろうことか初日からつまずいた。途中で二回飛行機を乗り換えたためか、預けた荷物はスイスに飛んで行き、一日遅れでホテルに届けられた。

長旅の後の着替えもできないまま、アキラは時間を惜しむかのようにホテルから歩きだす。まず向かったのは東西ドイツを分かつ壁のそばのブランデンブルグ門。東ベルリン方向に向け進軍する戦闘馬車の巨大な像は門の上から降ろされ、東西ドイツ統一セレモニーに向けて化粧直しの最中だった。

解放された国境線を越え、門から東へ真っすぐ続くリンデン通りの歩道をアキラは踏みしめるように進む。そびえ立つテレビ塔に登ると、小さく見えるブランデンブルグ門の西側には広大な緑地帯が広がり、その向こうに近代的な雰囲気の西ベルリン市街地が見える。壁のこちら側は、東欧のイメージどおりの静かなモノトーンの世界に思えた。

壁のほとんどは残ったままで去年までの佇まいを残してはいるが、ペンキで派手に落書きされたコンクリート壁を金槌で砕き壊して観光客相手に小銭を稼いでいる若者が多くいて、すでに地上には革命の高揚感や緊張感のかけらもない。もはや東ベルリンはアキラが思い描いた東欧とは思えないと到着したその日に感じてしまった。早々に他の国へ行くほうがよさそうだ。

二泊の後、東ベルリン側の空港へはタクシーで移動したが、国境越えに何の制限もなかった。空港は地味で照明も暗く、国際空港の華やかさは全く感じられない。アキラは搭乗したソ連製の旅客機に何とも言えぬ不安を覚えたが、ハンガリー到着時の入国審査官は窓口で即時にビザを発行してくれた。

幸先よい入国を果たしたが、街のあちこちの建物の壁や電話ボックスには多くの銃弾の痕が修理せぬまま残っている。一見美しい街の姿に、わずか一年前はまだ混乱していたソ連の衛星国の現実を忘れそうになっていた。

空港からのリムジンバスが到着したドナウ川沿いの旅行案内所前では、「ホテルに泊まらずに我が家に宿泊してほしい」と子どもたちが観光客に声をかけていた。民宿も体験したかったが、アキラに声をかけた少女たちの家は少し離れた場所なので断った。急激な民主化の陰でそれほどまでに庶民の生活は困窮しているのであろう。

ドナウ川の両岸に広がるブダ地区とペスト地区は、ともに東欧と西欧の雰囲気もうまく混ざり合う美しい街だった。小高い丘の上には瀟洒な宮殿を改装した西側資本のヒルトンホテルが開業するなど民主化の香りも漂う。有名な鎖橋の上から眺める景色はいつまでも眺めていたいほどだったが、アキラが想像していた民主化直後の自由を渇望し混迷する東欧の姿とはやはり違っている。ベルリンの壁の崩壊を招いた最大のきっかけが、その半年前のハンガリー国境警備の緩和だっただけに、東ドイツ以上に早く進む西欧化を感じてしまうのであろうか。やはりここに長居をせず、今夏もなお内乱の継続が報道されているルーマニアへ向かうほうがアキラの旅の目的には合うのではないか。

二十五日の午後二時、アキラはブダペスト中央駅から列車に乗り込んだ。小さな青いリュックサックを背負い、東欧を旅するには後悔するほど大きな黒いスーツケースをキュルキュルと音を立てながら押して、停車中の列車内の通路を指定座席を探しながら進んだ。行先は東隣の国、ルーマニアの首都ブカレスト。到着は明日朝八時ごろの予定だが、東欧の国際列車は時刻表通りに運行されるのだろうか。どうしても不安がぬぐえない。

乗車券発売所に一時間近く行列を並んで昨日ようやく手に入れた乗車券は、アキラがまだ子どもだったころの国鉄の板みたいな固い小さな厚紙で、手書きの数字で指定席の番号が記されていた。なんと国際急行の名称は「ウインナーワルツ」号で、優雅な名前からは決して想像できない地味な列車だった。そしてそれ以上に、乗客たちの衣服は明治時代の庶民のように地味で、アキラの眼と興味をひきつけた。

向かい合わせの六人がけコンパートメントはアキラが乗り込むと満席になった。少し太った母娘の家族や無精髭の痩せた男性、みんなが大きな安っぽい袋に様々な物資を詰めて持ち込んでいた。スーツケースを持ち込んだアジア顔のアキラは、きっと異様な姿に見えたことだろう。

ニコッとしながら通路側の席に座り、邪魔にならないように荷物を整理した。隣の中年女性に身振り手振りを交えて話しかけてみるが、もちろん英語は通じない。それでも優しい視線の笑顔が向かい側の席からも返ってくる。多くはハンガリー東部の人と国境を越えたルーマニア人みたいだ。この辺りはアジア系の民族と遺伝的な縁があると何かに書いてあった。アキラは自分を指さして、「ジャパニーズ、ジャパン」と何度か繰り返したが、日本がどこにあるか知らない人々ばかりだろう。

衣服や持ち物から察するに、バブル景気に浮かれる日本とは比べようもない貧しさの中での生活のようで、物資が乏しいルーマニアから少しでも民主化が先行し豊かなハンガリーに越境して買い出しに来ていたようだ。ブダペスト市内と異なり、化粧をしている女性を列車内ではまず見かけなかった。

昨年末に突然起こった大統領の公開射殺という世界へ衝撃を与えた政変後、ルーマニアでは新大統領が救国臨時政府の樹立を宣言した。治安部隊と民主化を求めるデモ隊の衝突は今もなお各地で頻繁に生じていた。他のソ連の衛星国とは全く異なる民主化への歩みのようだが、国内情勢を知らせる報道が東欧諸国の中でも極端に少なく、逆にそのことがアキラの好奇心をひきつける。こうしてルーマニアへ向かう列車に飛び乗り、ようやく念願だったソ連の衛星国への旅が始まったという思いがしていた。

車窓にはハンガリーの平原が続いている。言葉が通じない満員の車内は窮屈であったものの、初めて出会う東欧の人々の表情や仕草を眺めているだけでもアキラは時間を忘れることができた。淡々と東へ向かう国際列車がアナウンスもなく途中で停車する町や村々は、華やかな首都ブダペストに比べ色彩に乏しい田園の景色だった。


これまで敵であり悪だったはずの西欧文化を求めて次々に東欧の小国群が近づいていけば、ワルシャワ条約機構はどうなってしまうのか。すでにポーランドが脱退の意向を示し、東ドイツも東西統合時には脱退し自動的にＮＡＴＯに加盟するだろう。

仮にワルシャワ条約機構が解消されれば、民主化運動に沸く東欧諸国もこぞってＮＡＴＯ加盟を求めるのであろうか。そして、盟主ロシアはそれを黙って許すのか。すでにバルト諸国とグルジアはソ連からの独立を宣言した。今週も三つのソビエト社会主義共和国が来年までの独立を宣言し、まだ主権宣言をしていない共和国はカザフとキルギスしかない。

いつの日か再び、ソ連から次々に独立する諸国や東欧では政治的緊張が高まるのではなかろうか。それを回避するには、ゴルバチョフによるロシア自身の完全な民主化の成功に全てがかかっているとアキラには思える。今まさに歴史が動いている夏だった。


夏の空が暗くなりだした夜八時、国際列車ウインナーワルツ号は国境を静かに越えて隣国ルーマニアに入ったようだ。ゆっくりと速度を落としている。国境最寄りのクルチチ駅と思われる。ハンガリーからルーマニアへ列車での越境に際しては、国境でビザスタンプを簡単に押してもらえると『地球の歩き方・東欧編』に書かれていた。情報が錯綜しているが、東欧の旅に関しては若者向けのこの本が一番詳しいようだ。念のためにブダペストの案内所で確認してみたが、やはり国境でビザを発行してもらえるという。

完全に列車が停止すると、四人一組になった若い兵士たちが乗り込んで来た。手際よく一人がパスポートを確認し、一人は持ち物を点検し、他の二人は自動小銃を手に周囲を鋭く見回している。車掌の姿は見えない。

チェックにあまり時間をかけてはいないようだ。稀に時間がかかる乗客もいたが、大多数はルーマニア国民のようで、兵士たちと笑顔を交えて談笑する者も多くいた。

アキラのコンパートメントに兵士たちがやってきた。顔を見て言葉が通じそうもないと思ったのか、パスポートを見せろとしぐさで伝えてきた。同時にスーツケースを開けるよう指示される。銃を手にする四人に囲まれてはいたが、その表情は厳しくはない。アキラのパスポートにルーマニア入国ビザがないことを知ると、指を五本立てて現金を要求してきた。賄賂ではなく、当然ながら入国ビザの費用だ。アキラが黙ってお金を渡すと、兵士たちはパスポートにスタンプを押し、日付を記入した。終わると荷物点検中の兵士に声をかけ、次のコンパートメントへと四人組は移動していった。列車でのルーマニア入国は確かに拍子抜けするほど簡単だった。

兵士たちが姿を消すと、同じコンパートメントの乗客が次々にアキラに話しかけてきた。日常見慣れた光景だからか、みんな笑顔だ。英語は通じないものの「緊張しただろう」とか、「仕事で来たのか」とか言っているようだ。言葉の意味するものはなんとなくわかる。革命直後に日本からルーマニアを訪れる観光客がいるなど想像しないだろう。ただ、長い時間を過ごす夜行列車内では誰かの笑顔となにげない会話はありがたかった。

外の景色は月明りに照らされ、暗さに慣れて来たアキラの眼には十分な明るさだった。所々に見えては流れ去っていく民家らしき建物の窓には、仄暗い明かりが灯されている。日本の民家と比べると薄暗く、電灯というより蠟燭やランプの明かりのようだ。

平原の真っすぐな線路を走っていた列車は、ルーマニアに入りしばらくすると緩やかなカーブを描きながら小高い山の合間の川沿いの谷を進むことが増えてきた。途中何度か列車が駅に静かに停車したのは憶えているが、車内放送も発車のベルもなく、数分後に列車はゆっくりと走りだし、硬めの椅子に座るアキラの眠りを誘うのだった。

日除けのない窓の外が明るくなりだしていた。八月下旬とはいえ、早朝の車内は少し冷えている。隣に座る少し小太りの女性の乾いた寝息がリズミカルに聞こえてくる。あと一時間ほどで終着駅のブカレストに到着する予定だ。すでに周囲からは山の景色が消え、再び平原が広がっているのがうかがえた。まだ日の出前の農村の道路は舗装されておらず、痩せた馬やロバがひく馬車が荷台に子どもを乗せてゆっくり進んでいくのが見える。

首都ブカレストの街に近づいたのであろう、コンクリートの集合住宅がいくつも並んで建てられているのが見えてきた。労働者たちなのか、多くの男女が田畑としか思えない場所を黙々と歩き渡っていく。人々の顔に笑顔を見つけることは容易ではない。地味な色合いの服を着ているのか、単に薄汚れた服なのか、街も人々も色彩に乏しかった。

高層の建物群が見えだした。終着駅はもうすぐのようだ。乗客の多くが立ち上がり、服を整え荷物の整理を始めていた。母親がまだ眠そうな子どもに降車の準備をさせている。乗客がアキラに声をかけるが、気をつけて旅を続けるように言っているのだろう。アキラはどうせわからないからと、英語ではなく日本語で話しながら、列車が終着駅のホームに静かに滑り込むのを待った。車内放送も駅構内のアナウンスもなく、ゆっくりとウインナーワルツ号はブカレスト北駅に到着した。国際列車の終着駅らしく、同時に十本以上の列車が停車できる大きな駅だった。

豪華な雰囲気とは無縁の大きな屋根に覆われた駅のホーム自体は低く、列車のドアのステップとの段差が大きかった。スーツケースを持つアキラは注意して列車を降り、進行方向にある出口へと人々の歩みに混ざって用心しながら進む。改札口はなく、高い天井の広間の向こうにブカレストの街が見えている。

駅構内に旅行案内所があったが、まだ朝八時だからか室内は薄暗い。行動予定や宿泊先を決めていないが、街を歩きながら気に入ったホテルに飛び込めばいいだろう。物価も安いに違いない。アキラは駅の出口に立ち、少し埃っぽい駅前広場を一人で眺めていた。

「こんにちは、日本人の方ですよね。僕も同じ列車に乗ってました。ホームで見かけたので後についてきました」

その声に驚いてアキラは振り返り、自分より若そうな青年を見つめた。

「こんなところで日本語を聞くとは思いませんでした。ヨーロッパにお住まいですか」

「いえ、東京から夏休みの旅行で来ました。早稲田の政経学部四年の安永純也です。旅行ですか、それとも仕事ですか」

若い純也は、スーツケースを持つアキラを仕事かもと想像したようだ。

「駆け足の一人旅です。東ベルリンからハンガリーに空路入り、二泊後あの夜行列車でここに来ました。チェコスロバキアに行こうとしたんですが、ベルリンでビザが取れなくて。ハンガリーとルーマニアなら国境で即時発行可能と聞いたので、予定を変更しました」

「僕も東欧革命に興味があって、三週間ほど旅をしています。チャウシェスク政権崩壊時のあの映像を見たら、絶対に今年のルーマニアは外せませんしね。もしよければ、一緒にブカレストの街を歩きませんか」

アキラにとって願ってもない提案だった。この聡明そうな学生と一緒のほうが安心だろうし、楽しく充実した時間になるだろう。アキラも純也に自分のことを伝えた。

「医師の人がルーマニア旅行って、意外ですね。東欧の医療に興味があるんですか」

「ソ連とかキューバの医療は独特で、女性医師も多くて、近視治療とか意外と先進的なこともやってるし、興味が全くないわけじゃないよ。でも今回は純粋に政治的な興味からだね。君も同じだろうけど、去年六月の天安門事件以来、ハンガリーやポーランド、ベルリン、そして年末のルーマニア。ここまで一気に国際社会が変わるのを同時代的に体験できる機会は二度とないかもと感じてね。幸い今は大学病院だから十日間は夏休みが取れるんだ。ドイツ統一の前にと思ったけど、もう東ベルリンもブダペストも西欧と同じ雰囲気だったなぁ。最初からルーマニアを目指せばよかった」

「そうですよね。今も内戦が続いてますし、何しろ独裁者が処刑されるとか、ヒトラーの最期とも少しかぶるじゃないですか。でもまさか、日本人と出会うとかビックリでした。この街で赤痢が流行してると聞きましたけど、アキラさんと一緒だから安心ですよね」

「赤痢とか、僕には何もできないさ。でもまぁ、食べ物や飲み物には気をつけなきゃね。腹減ったけど、赤痢の話を聞いたら食べたくなくなったよ」

　二人で冗談を言いながら、駅構内の売店で温いコーラ色の炭酸水と乾パンを買って腹ごしらえをした。彼は政経学部だけあって、アキラより東欧共産圏の政治や社会情勢には詳しそうだった。

　二人は駅前広場に立った。日本であまり見かけないトロリーバスが走っている。白黒映画で見た昭和初期の東京の印象だ。土埃が舞う道路をゆっくり走る乗用車。汚れた灰白色の世界が広がっている。ブダペストと比べても驚くほど静かな時間が流れていた。

「タクシー、ジャパン、ミスター」

　白いシャツの小太りの男性が二人に向かって声をかけてきた。男性の近くに薄汚れた乳色の自動車が停まっている。天井にはタクシーであることを示す標識があり、二人に乗らないかと誘っているようだ。

「どうしますか、アキラさん。街の地図なら持ってるので歩けますけど」

「あのチャウシェスクの宮殿にまず行ってみたいな。ルーマニアのタクシー体験もいいんじゃない。時間の節約にもなるし。お金は僕が払うよ」

「ホントですか。じゃあ乗りますか」

純也が運転手に近寄り、身振り手振りで話しかける。

「パレス、ハウマッチ」

「オ〜、パレス。テン・ダラー。テン、オーケー」

「十ドルか、ルーマニアじゃ大金だろうね。日本の感覚じゃ一万円かな。たった五キロだけどね」

「ノー、ファイブ・ダラー。ファイブ、オーケー」

十ドルを五ドルに交渉して値下げさせ、その古い車に二人は乗り込んだ。運転手はニコニコしている。車はブカレスト北駅の前の道を南方向に走り、幾度か折れて美しい川を渡った。地図を見ながらドゥンボヴィツァ川だと純也がアキラに教えてくれた。川沿いを東に走ると南に巨大な白い建物が現れた。あれが例のチャウシェスク宮殿に違いない。歩いて大きさを実感しながら近寄りたいと、少し手前の公園の横でタクシーを降りた。

「テン・ダラー。ワン、ファイブ。ツー、テン・ダラー」

二人はあきれて顔を見合わせた。一人五ドル、結局は十ドルを運転手はせしめてしまった。数キロで一万円は夜の東京でもなかなかのボッタクリだが、ルーマニアの現在の国情を考え、アキラは勉強のつもりで運転手に十ドル紙幣を手渡した。

満面の笑みの運転手に見送られ、二人は改めて夏の太陽に照らされて輝く白い巨大な宮殿をじっと眺めた。テレビの中で見た姿よりも格段に大きな存在感だ。

タクシーを降りてすぐの小さな民家の前に、六十歳ほどの銀縁眼鏡の男性が家の前のきれいな花に水をあげていた。十歳ほどのかわいい女の子も一緒だった。銀縁眼鏡の男性の孫だろうか、二人はアキラと純也のほうを物珍しそうに見つめている。

「やぁ、こんにちは。君たちは日本人かい、それとも中国人かい」

男性は流暢な英語でアキラたちに話しかけてきた。純也が答える。

「日本人です。上手に英語を話されるんですね。ルーマニア語がわからないから、誰とも話ができないかと心配してました。きれいな花壇ですね。お嬢ちゃん、こんにちは」

「日本はいい国らしいね。中国は去年までのルーマニアと似て、今もまだ共産党の独裁政治で大変そうだしね。宮殿前の広場で若者たちが大規模な集会をして軍隊に殺される人も大勢いたと書いてあるのを読んだよ。去年の六月だったかな」

「よくご存じですね。ルーマニアでも天安門事件のことが報道されたとは驚きですね。新聞で読んだんですか。それにしてもどうしてそう上手に英語が話せるんですか」

「私は数学の教師でね。ルーマニア人も、エンジニアや理系科学者とかは英語を話す人が少なくないよ。ロシア語は嫌だけどね。中国に限らず他国の政治革命などは、普通のテレビや新聞では報道されないよ。少し変わりつつあるが、去年までは徹底した言論統制がされてたね。テレビもラジオも共産主義の宣伝番組か、チャウシェスクが工場や農地を訪問して労働者を激励するような場面だけさ。その代わりに、共産主義に反対する人々が隠れてミニ新聞を不定期に発行するけど、それを読むようにしてる」

「僕は東京の大学で政治や経済を学んでいます。去年から続いている東欧諸国の政治体制の変化にすごく興味があり、卒業論文のテーマに選んだんです」

「そうなのかい。ハンガリーやポーランドの最近の急激な政治変化なども、ミニ新聞を通じて少しなら知ってるよ。もちろん、ソ連の崩壊が近いのも感じてる。君たち日本人にはわからないだろうが、やっぱりうれしいよ」

初老の数学者は、二人が共産主義に縁がない日本人だと知って、日ごろなら他人に決してできない話をうれしそうにしているようだ。

「最近では政府予算が減り続け、特に科学研究費が大きく不足しててね。数学はよいほうだけど、基礎科学系や工学系の研究費は情けないほど減ってしまったよ。革命前から有能な研究者の多くがアメリカやイギリスを目指したんだよ。向こうでの言葉の壁もあるけど、とにかく我が国の研究費が不足してるんだ。政治家がソ連を信じたせいだよ。イヤ、屈してしまったと言うべきかな」

「僕は医師ですが、ソ連の変化とワルシャワ条約機構の国々の動向にすごく興味があって、ベルリンやハンガリーの次にルーマニアへ来ました」

「そうかい、日本人は自由に海外に出かけられて幸いだね。私たちは外国へ行くなんて制限が厳しいけど、孫たちの世代にはいい未来を作ってあげたいよ。あそこの白い建物にいた独裁者は去年の十二月二十六日に死んだけど、まだ新政府の治安部隊との内戦が続いているんだ。途中で兵士や戦車を見なかったかい。別の新たな独裁者が現れないでほしいよ。そのためには親分気取りのソ連が民主的に変わらないとね。ゴルバチョフには少し期待しているが」

数学者は孫娘の頭をなでながら、政治体制が全く異なる遠い国の若者との会話を楽しんでいたようだ。インテリで外国の情報にも触れやすい立場の人だろうが、他人の眼を気にせずに話せる機会は少ないに違いない。もっと話を続けたいが、アキラには時間が貴重だった。もっと多くを見たかった。

「こうしてお話できてよかったです。きっとルーマニアは住みやすい国に生まれ変わると思いますよ」

「西側の政治体制がいいと言い切れない部分も多いと思うが、今までより暮らしやすい国に変わるといいと思うよ。街を歩き回って、私たちの国が変わっていく様子を見て行ってくれよ。ただ、みんなが私のような気持ちで君たちと話せるとは思わないほうが安全だろうがね。気をつけてね」

「ありがとうございます。お話できて楽しかったです」

二人はまた巨大な白い宮殿に向かってゆるい坂を下りだした。振り返ると孫娘が笑顔で手を振ってくれている。

五分ほど歩くと宮殿の正面に着いた。全く人の気配を感じない。現在は空き家同然の様子で、周囲には雑草が生え放題だ。

ここから見上げるとその巨大さが迫ってくる。列車から眺めた途中の町や村の景色からは不釣り合いな豪華さに驚愕する。これを毎日眺めて不満も言えずに暮らす国民の気持ちはどんな感じだったのか。この街で去年の冬に民衆が独裁者をたおすドラマがあったと思うと、アキラの胸は熱くなった。見ていて胸が苦しくなった天安門事件とは真逆の革命だった。

振り返ると、宮殿から東へ道幅が百メートルほどあるような直線道路があり、長さは二キロ以上ありそうだ。国の威信をかけて建設されたウニリイ通りで、両側には政府高官や有力者の住まいが連なるという。パリのシャンゼリゼ通りに似て非なるもので、今は車も少なく寂しげな通りだが、革命前までは賑やかな雰囲気だったのだろう。花壇をあつらえた中央分離帯は幅広く、ロータリー内の噴水が夏の青空に気持ちよさそうに吹き上がっている。水とたわむれ遊ぶ子どもの姿は万国共通だが、貧相な服なのが印象的だった。

通りを左に折れ、暑い日差しの中を市内中心部に遠くからでも見える高層のインターコンチネンタルホテルに向かって二人は歩いていた。記憶に新しい革命の象徴的な場所で、ブカレスト大学前の広場に面している。周囲は七階建てのビルが連なる比較的大きな通りで、高級品を売っていたであろう店舗も多く並び、東京なら銀座のような地区に違いない。

前年十二月二十一日、独裁者が演説を行う共産党本部前広場は、集った多くの群衆が「チャウシェスク政権打倒」を叫ぶ怒号に包まれた。近くの大学図書館には火が放たれ、旧王宮の国立美術館や音楽堂付近には戦車や装甲車が溢れた。独裁者夫妻はヘリで逃亡を図ったが、解任された国防大臣の後任の将軍が市民側に寝返って、歴史に刻まれるであろう劇的な革命へとつながった。端緒となった西部の都市ティミショアラの市民暴動からわずか一週間の出来事だった。

多くの建物の壁には戦闘の名残の多数の銃弾の痕が残り、ショウウインドーの多くは割れたまま殺風景にベニア板で覆われていた。いくつかの店舗では商品が売られているが品数は明らかに少ない。ただ暇そうな店員もなぜか暗い表情ではなく、にこやかな人の姿ばかりなのが印象的だ。この不思議な明るさを、二人は市内のあちこちで一日中感じていた。

戦車のキャタピラーで傷つけられた道路を歩きながら、アキラは純也に今の気持ちを伝えた。

「今朝ブカレストに着いた時、僕はこの街で一泊か二泊して、できれば革命が始まったティミショアラだとか、少し別の街も見てから飛行機でアムステルダムへ飛ぼうかと思っていた。だけど、こうして街中を歩いていると、まだまだ内戦状態が市内でもくすぶっている感じだよね。帰国を延ばすと病院の仕事が困るので、無茶せずに今夜はホテルに泊まって、明日にでも飛行機で国外に出るつもりに気持ちが変わってきたよ」

「そうですか。確かに観光客は見かけませんし、戦車や自動小銃を持った兵士たちだらけですね。僕は学生で今後の予定も自由ですけど、アキラさんが離れる時に僕も一緒に街を出ようかと思います」

　インターコンチネンタルホテルを目指したのは、ここに観光案内所や航空会社の支社があり、西側資本の最も安全そうなホテルだと何かに書いてあったからだった。

　ホテルに到着した二人は、思わず顔を見合わせた。遠くからは瀟洒に見えた高層の市内随一の高級ホテルだったが、ここも下層から中層階の壁には銃弾の痕がたくさんあり、玄関扉の両脇の大きなガラス窓は割れたままで、他のビルと同じように分厚いベニア板に替わっていた。

　玄関の回転扉を通って中に入ると一流ホテルの証である美しい空間が広がっていたが、電灯は暗く、せっかくの美しい装飾や天井のあつらえなども悲しそうな雰囲気だった。

　夕刻が迫る午後四時ごろで、本来ならチェックイン客で賑わうロビーには客らしい人の姿はまばらだった。観光案内所と航空会社の支社は同じ場所のようで、アキラがカウンター内の女性に英語で話しかけた。中年の少し濃い髪の色をした女性は、若いアジア人の二人に笑顔で対応してくれた。

「こんにちは。明日か明後日なのですが、オランダか西ドイツへの飛行機の予約はできますか」

「それは難しいですね。昨年末から便数がかなり減っているんですよ。モスクワとキエフへは毎日便がありますが、西側諸国へは週に数便だけなんです。例えば、イスタンブールと東ベルリンは二日後、パリとフランクフルトとアムステルダムは三日後ですね」

「早めに西側諸国のどこかへ移動したいんですが、キエフってどこですか」

「ウクライナよ。ソ連の一番西側の共和国よ。チェルノブイリ原子力発電所が四年前に爆発したのを知りませんか。あそこの近くですよ」

　アキラは純也と顔を見合わせ、苦笑いをした。

「どこも遅いね。ベルリンには戻りたくはないし」

「今夜の夜行列車で急いで国外に出ませんか。確か、ハンガリーとブルガリアへの夜行列車があるはずです」

「それがいいかもね。赤痢が流行してる噂は本当みたいだし。仕事があるからこれ以上の冒険はできないな。確かパリまでの国際夜行列車があったと思う」

「僕はブルガリアのソフィアへ行ってみようかと思います」

　二人はロビーのソファーに座って、赤い表紙のトーマスクック時刻表をリュックサックから取り出した。

「やっぱりブダペストとウイーン経由でパリまで行けるみたいですね。オリエント急行というすごい名前の列車ですよ。ソフィア行きもほぼ同じ時刻です。まだ三時間あるから、夕食をとる時間もあるでしょう。食堂車がない可能性もありますし」

「まだ国家が普通に機能しているとは思えないよね。独裁者を昨年末にたおしたとはいえ、民主化が一気に進んでフランスみたいな国が簡単にできるわけじゃない。いろいろな軋轢が生まれるだろうけど、西ドイツが東を併合統一するような形での民主化が簡単だろうね。すでに存在する国家統治運営システムを大量の移民に適用する感じだからね」

「そうですね、ワルシャワ条約機構の国々はソ連から逃れたい一心で去年からの東欧革命につながったんでしょうけど」

「ここまでソ連の統制が効かなくなる時代が来るなんて思いもしなかった。ペレストロイカをスローガンに掲げて登場したゴルバチョフって僕にはすごくカッコよく見えたし、グラスノスチ政策もソ連を理解しやすくなったと思ったけど、予想外にもろかったよね。多民族や周辺国を政治的に支配し統治するにはグラスノスチって真逆の政策だろうしね。中国や北朝鮮もだけど、政府が情報統制して隠すから怖くて逃げだせない。どこも裏で大粛清をやってた噂もあるからなおさらだね」

「政治的なことはわかるとして、科学技術や医療はどうなんでしょうか。けっこう東側も軍事や重工業は強いですし、スポーツも強いじゃないですか。コマネチとか」

「だよね。基礎医学って、人類共通というか真実に裏打ちされて発展していくものだし、西側も東側も全く同じはずだけどね。医療の場合には制度的な各国の違いがあるけど、どの国にも病理や生化学や最近では分子生物学や遺伝子工学などの立派な研究者たちは当然いるはずだよね。ただ東欧諸国の限られた予算で西側に伍して研究するのは厳しいかもね。変な誘惑もなく国策研究に没頭できて、それはそれでいいのかもしれないけど」

「希望して留学とかできるんでしょうか。東側から西側への頭脳流出はありそうな気がしますが、べルリンの壁を命がけで乗り越えるような怖さもあるでしょうね」

「頭脳流出はどの国にとっても痛いよね。東欧諸国の研究者が米英に渡る場合は恐らく片道切符が多いだろうし、ほんとの流出だよね」

「そうでしょうね。さぁ、もう少し市内を見て歩き回りましょうよ」

二人はホテルから北へと歩きだした。東へ曲がり狭い路地を進むと戦車が目の前に現れた。兵士たちが自動小銃を肩から下げ、日陰で談笑しているようだ。緊張感のない兵士を取り囲むように、住民たちが汗臭く汚れたシャツとよれたズボンで家の前の階段に腰かけていた。子どもの多くは靴を履いていないが、彼らもまた屈託のない笑顔だった。

腹が突き出た中年男性が人懐っこい笑顔で手を振り、二人を近くに招く様子を見せた。兵士たちはまだ十代ではないかと思えるほど幼く、誰とも言葉が通じない。それでも、ルーマニア語と日本語を話すまわりには笑い声が溢れていた。アキラは純也に頼んで彼らと一緒の写真を撮影してもらった。きっと笑顔のいい写真が撮れただろう。

また北東方向へと歩きだす。大通りから一歩入ると車も人も少なく、野良犬たちをあちこちに見かけた。

夜行列車の発車時刻まで一時間半ほどになった。二人は街中を眺め歩き、朝到着したターミナル駅近くまで戻ってきていた。夏の暑さは二人の喉を痛いほど乾かしていたが、閉まっている店も多く、レストランも喫茶店も見つけられなかった。

ようやく駅前広場の一角に人が集まっているレストランを見つけた。店の中も外も、大半のテーブルには客の姿があった。溢れた客たちは面する通りの歩道に立ったり段差に座ったりして思い思いに食べたり飲んだりしているようだ。駅舎まで二百メートルほど、客の多くはアキラたちと同じく今夜の列車の乗客なのかもしれない。

「アキラさん、かなり喉乾いたでしょ。ジュースでもいいですか」

「もちろんいいよ。大きめのやつを頼んでくれないかな。食べ物は、サンドイッチでいいけど。地元のやつあればなおいいなぁ」

まだまだ元気な純也が店に先に入って注文してくれる。あれだけ寂しげだった街中だったのに、ここだけは人が溢れている。

「ママリーガっていうのにしました。トウモロコシの粉に牛乳とバターを練りこんで煮たものみたいで、この国の家庭料理っぽいですね。コカコーラはなかったです。みんなが飲んでたので、このピンク色のジュースにしたんですが」

「これはたぶん、果実ジュースじゃなくって、なんだか色つきの水みたいやね。量が多いのは助かるけど、全然冷えてないね」

「ですよね、ピンク色の水道水っぽいですね。まさか井戸水じゃないですよね。赤痢が流行してる噂がありますけど、このピンク水は大丈夫ですかね。地元の人が飲んでるから大丈夫ですよね」

「僕が赤痢を大学病院に持ち帰ったらカッコ悪いな」

アキラは笑った後で真顔になり、飲みかけのピンク色の水を半分ほど残して路上にぶちまけた。純也も笑いながら真似して道端の花壇に注いだ。二人は予想外においしいママリーガを口に頬張りながら、北駅の駅舎に向かってまた歩きだした。

夕方の時間帯に数本の国際夜行列車が出発するようで、駅の中は大きな荷物を抱えた大勢の客ですごく賑わっていた。

純也は先に出発するブルガリアのソフィア行の国際夜行列車に乗るという。学生の特権である自由時間を満喫しているたくましい若者だ。お互いに所属大学と名前しか知らずに別れてしまったが、いつの日か今日のことや旅の続きの話を楽しくすることができるだろうか。手紙を書こうにも住所を聞くのを忘れた。まだまだ政情不安な東欧諸国だけに、何かの事故に巻き込まれず無事に日本に戻ってほしいものだ。そう自分にも言い聞かせるように、アキラは急ぎ足で列車に向かう純也の背中を見送った。

発券窓口の長い行列に並びながら、この先のことをアキラは考えていた。オリエント急行と言う名の国際夜行列車でどこまで行こうか。ブダペストから前日に来ただけに、少し足を延ばしてウイーンまで行こうか。パリだとあまりにも時間がかかる。

思いのほか券売所で時間がかかり、アキラが乗車券を手に入れた時には発車の時刻が迫っていた。あわてていたので、食べ物や飲み物などを何も買わずに列車に乗り込んでしまった。それを思い出したのは車内で他の乗客の多くが食品を持参しているのを見た時だが、急いで買いに戻るほどの余裕はすでにない。

出発時刻は十九時半。ウイーンには明日の十三時半に到着する予定だ。このまま飲まず食わずでウイーンまで行く自信はないが、パリまで向かう長距離国際列車なので食堂車は探せばあるのではないか。なにせ、オリエント急行という素晴らしい列車名だ。とりあえず、ブカレストを無事に離れたことで、アキラはホッとしていた。ハンガリーからのウインナーワルツ号もそうだったが、たぶんなんとかなるだろう。

指定席にたどりつくとコンパートメントは満席となった。直前に切符を購入したため横三人がけの真ん中の席だが、他の五人の乗客は街中で見かけたブカレスト市民の薄汚れた安っぽい服を着た姿とは異なり、全員が少し小綺麗な服装だった。

ゴトンと大きな音を立てて列車はゆっくりと走り始めた。結局は十一時間の短いブカレスト滞在だったが、安永純也と一緒に歩いてまわり有意義な時間を過ごすことができた。

中年男性ばかりのコンパートメントは少し窮屈な感じだが、すぐに隣の通路側のちゃんとした身なりの男性が英語で話しかけてきた。少し東欧系の訛りが聞きとれた。

「日本人なのか。ルーマニアで日本人に会うのは珍しいね、旅行かい。どこまで行くの」

「わかりますか。ブダペストから今朝ブカレストに夜行列車で来たばかりですが、ウイーンまで行きます」

内戦継続中でデリケートな話題なので、アキラは自分が東欧革命に刺激されてルーマニアに来たことや、逃げるように列車に飛び乗ったことは言わなかった。

「そうなのか。俺たちはウイーンの国際学会に行く。長い時間一緒だからよろしくな」

そう言って男性は名刺をアキラに差し出した。正しい発音はわからないが、ゲオルグ・バルバッツと言う名前で、国立工科大学の教授らしい。大学がある黒海沿岸の都市コンスタンツアから二百キロほどすでに走ってきて、ブカレストでこの列車に乗り換えたという。その黒海沿岸の街は海上交通の要で、一帯は石油が湧き出るため重工業の重要な都市でもある。そこからウイーンまでは二十四時間はかかるだろう。飛行機で移動してもおかしくないが、今のルーマニアでは飛行機利用には困難が伴うのだろう。列車の旅が好きな様子で、持ち込んだ果物を食べながら会話が弾みだしていた。

「ひょっとして、君は食料を何も買わずに列車に乗り込んできたのか。ほら、少し食べないか。まだ先は長いぞ」

　見渡すと、皆が微笑みながらうなずいている。果物のほか、郷土料理も豊富にあり、互いの食べ物を分け合いながら車内で賑やかな晩餐が始まった。外も薄暗くなりかけてはいたが、まだ山々は遠くにあり、平原が続いていた。

「助かります。あわてていて、食べ物を買うのを忘れてしまいました。急にこの列車に乗ることになり、切符を買うのに必死で、時間的に余裕がありませんでした」

「大丈夫だよ、余裕あるから遠慮なく食べていいよ。君は学生かい」

「僕は日本の大学病院で内科の医師をしています。別に東欧の医療に興味があってルーマニアに来たんじゃないですが、赤痢が流行しているという噂を聞いたので心配です」

「君は医師なのか。赤痢は確かに流行してるみたいだ。政情不安による電力不足で、冷蔵庫も使いにくいし、水道も断水したりで不潔になりやすいんだろうな。この持ち込んだ食べ物は火を通してるから大丈夫だが、安っぽいレストランや露店の屋台とかでは決して生温い色つき水とか飲まないことだ。医師だから忠告しなくてもわかるだろうがな」

アキラは吹き出しそうになったが、心配を苦笑いでごまかした。進行方向の右手に山が迫りだした。これから山脈を縫うように越えて、再び平原を走りだすとハンガリーとの国境が近づいた証拠だ。ハンガリーへはすでに空港でビザを取得しており、ルーマニアへの入国時にもビザ発給は容易だったので幸いビザの心配はない。今夜は不安なく同室となった陽気な大学教授たちと話せることだろう。

　仲良くなるにつれ、次第にデリケートな話題も話せるようになった。コンパートメント内は研究者仲間だけで遠慮もいらないし、珍しい日本人と話をするのが楽しいのかもしれない。アキラは少し大胆になり、教授たちも嫌な顔もせずに笑いを交えながらの会話が弾みだした。

「今も内戦中でしょうけど、政情不安の中で医療や科学や文化へのお金の配分などが十分になされてますか。西側諸国のような医療がなされているのか心配になりました。ブカレストで出会った人の多くは貧しそうに見えました。ただ、皆さんの表情が明るくて、その点はすごくいいですね」

「他国の事情は知らないけど、こんなものだろう。別に悩んだり悔やんだこともないさ。知り合いの医師から愚痴を聞いたことはないな。日本では男が医師になるのは人気なのか。この国では優秀な男はエンジニアを目指すぞ」

「確かに医療は相対的な幸福ですし、予算が少ないなりに患者の苦痛や不安を取り去ったり、なんとかできますしね。でも、エンジニアとか基礎科学、基礎医学というのは世界を相手にした技術発展競争ですよね。研究環境のせいで、国内トップでも外国に全く及ばない場合には研究者としては苦しいでしょうね」

「そうかもな。我々もこうして時々国際学会に出向くし、世界中の論文も読めるが、確かにルーマニアの研究予算は少ないな。ただ、東欧諸国は、これはソ連もだが、伝統的に科学者には理解があるんだよ。歴史ある研究所も多いぞ。研究の障壁になるのは西欧諸国からしか入手できない研究機器や高価な研究消耗品だろう。その点、エンジニアの場合は医療系の基礎科学者よりもやりやすいだろうな」

「西欧の研究室に移籍してさらに研究を発展させたいという願望はないですか」

「俺自身は特にないよ。年だしな。今でも十分に研究環境には満足している。日常生活そのものは西欧に少しだけ憧れるがな。ただ、子や孫の世代となると、もし科学者としてやりたいなら欧米の研究所のほうがいいんじゃないかと思うかもな」

「皆さんはソ連をどう見ますか。ゴルバチョフがいろんな改革を目指してて、西側から見るといい書記長に思えますけど」

「ソ連は好きじゃないさ。ワルシャワ条約機構の関係国と言っても、庇護するんじゃなく抑圧管理するだけだから。北隣のモルドバとかウクライナとか、ソ連の中で悲惨な扱いされてかわいそうだ。三月にはバルト三国が独立しただろう、知ってるか。だが、ゴルバチョフは留めなかった。ゴルビーはいい奴かもな。ソ連もバラバラになるかもしれんな。ウクライナだってソ連を抜けたいだろう。チャウシェスクの独裁もひどかったが、ソ連に占領されなかった分だけよかったよ。モルドバなんてもともとはルーマニアだったけど、ソ連の奴らが……」

上品な教授だったが、よっぽどソ連が嫌なのだろう。ゴルバチョフで雰囲気が変わりつつあるのか、日本人相手で気がゆるんだからか、鬱憤を晴らすように話していた。

教授は先ほど渡した名刺を返してくれと言う。いぶかしく思いつつ返すと、裏に青いボールペンで何やら書き出した。どうやら研究室の住所、建物の名前や部屋番号などを読みにくい文字や数字で書いているようだ。

「アキラ、日本に帰ったら俺に連絡をくれよ。俺たちの国もきっと自由ないい国へ変わるはずだ。日本へ行くのも楽になるさ。もし俺たちが日本の国際学会に行く時はぜひ案内を頼むよ。そろそろ眠たくなってきた。明日の朝、起きたらまた話そうな」

　そういって研究者たちは眼を閉じ眠ってしまった。アキラも長い一日にかなり疲れて、教授と肩を触れ合わせながら眠りについた。ほどよい揺れと線路の継ぎ目の一定のリズムが疲れた身体に心地よかった。二晩連続の夜行列車は大変だったが、明日は一気にハンガリーを超えてウイーンに行く。仕事のこともあるし無茶はできない。東欧を旅するのに今回は少し情報不足、準備不足だったようだ。

　窓の外がうっすら明るくなり、朝霧の中を走るオリエント急行は速度を落とし始めていた。乗客の多くはすでに目を覚ましているが、こんな早朝に降りる乗客がいるとは思えない。国境検問のための停車だろうが、ビザもあるから安心だ。腕時計は四時五十分をさしている。国境手前の駅の到着予定は五時だった。

　ルーマニア入国時には外は暗くて駅舎や付近の集落の様子は見えなかったが、小さな村にある国境の駅のようだ。列車は完全に停車した。一昨日の夜にこの駅で入国時に行われたのと同様に、四人一組の兵士たちがパスポートチェックに回ってきた。入国時はお金を払ってビザを給付され、実にあっけなかった。今度はすでにハンガリーのビザを数日前に得ており、さらに簡単だろう。

アキラから日本の赤いパスポートを受け取った兵士が何やら隣の兵士に話をしている。自動小銃を抱えた他の兵士も言葉を交わしている。アキラに顔を向け話しかけてくるが、パスポートを返す様子は見えない。何だろう、言葉がわからない。隣の教授が兵士に聞いている。何度かやり取りをした後、教授は困った顔でアキラに告げた。

「アキラ、君のハンガリー入国ビザは一回ビザで、どうやら数次ビザではないようだ。一度ハンガリーを離れルーマニアに行ったから、再度ハンガリーに入国する場合には新しく入国ビザをもらう必要があり、ここでいったん列車を降りなきゃいけないらしい」

「来る時は列車内でビザを発行してくれましたよ。今回はダメなんでしょうか」

教授は兵士に少し訊ねてからアキラへまた説明した。

「君が列車内で得たビザはルーマニアのものだ。今回ここで必要なのは、ハンガリーのビザなんだ。車内やこの駅では発行しないらしい。ルーマニアからハンガリーに行きたい人は大勢いるので、民主化が始まって以降、ハンガリーは入国を厳しく制限しているらしい。ルーマニアもまた別の理由で外国への出国を厳しく制限している。去年から今年にかけての政情不安で、今はより一層厳しいようだ」

自動小銃を向けながらアキラに荷物をまとめて列車を降りろと言うのが、今度は兵士の態度ではっきりとわかる。申し訳なさそうな表情の教授はアキラの肩に手を置いて慰め、無言で荷物の整理を手伝ってくれた。突然の事態に呆然とするアキラは、駅舎以外は家もない平原の真ん中の駅に強制的に降ろされた。国境まで八キロほどの距離にあるクルチチ駅だった。

他にこの駅で降りたのは、地元民と思われる初老夫婦だけだった。十分ほど経過しただろうか、べルも鳴らず国際列車はゆっくりと西に向かって再び走りだした。兵士に左右を挟まれ立ちすくむアキラに、窓から教授が小さく手を振ってくれた。「なんとか日本まで無事に帰れよ」と言っているようだが、今朝はほとんど話せないままだった。兵士たちを前に、教授は余計な会話をしにくかったのだろう。列車は遠ざかり、やがて見えなくなった。

兵士に連れられ、アキラは黙ってホームを駅舎のほうへ進んでいった。そこには上官と思しき軍服を着た兵士の姿があった。アキラのパスポートは連行した兵士から上官に渡された。パラパラとパスポートをめくる上官はルーマニア語で何やら話をするが全くわからない。彼はニヤニヤしながらアキラの腕時計を指さした。高価ではないが、大切な思い出の時計なので賄賂に要求されてもアキラは渡そうとは思わなかった。上官は駅舎のほうを向いて青いポロシャツを着た若者を呼び寄せた。

「こんにちは、私は通訳です。あなた英語はわかりますか」

そう英語で若者はアキラに話しかけてきた。一日数本の国際列車からこうして降ろされる外国人が時々いるのであろう。上官が若者に何かを伝え、それを若者が英語でアキラに説明する対話が始まった。

「あなたのビザは失効しているので、ハンガリーには行けません。ビザを新しく取得する必要があります。方法は、もう一度ブカレストに戻るか、ここから往復百キロ離れたティミショアラの領事館に行きビザをもらって戻ってくるか。そうすれば、明日の国際列車でハンガリーへ向かえます」

「そんな時間的余裕はありませんし、ティミショアラに行く方法もわかりません。往復百キロは遠いですね。何か他にいい方法はないのですか」

持ち物や時計を眺めまわしている上官に何かを渡してでも今すぐハンガリーに行かせてほしいが、そんな手は使えないようだ。次の国際列車もしばらく来ないだろう。

「もう一つ方法があります。北へ五十キロのところに、ジュラという国境の検問所があります。陸路で国境を超える場合にその場でハンガリーが入国ビザを発給している唯一の検問所です。そこを通過して南へ走り、この線路の先の国境を越えたハンガリーの駅から再び列車に乗ってブダペストへ向かえます。これが一番早くハンガリーに入る方法です」

「でもどうやってその検問所まで行くの。百キロほど回り道して、ほんの十キロ先の駅まで自動車で行くんでしょうけど、タクシーとか乗れるのかな」

「村に一台だけタクシーがあります。駅前にタクシーが停まっていれば、ハンガリー側に行けますよ。ちょっと交渉してみます。待っていてください」

昨日のブガレストのタクシーのボッタクリが頭をよぎるが、そんなことを今は言っておられなかった。

笑顔で若者が戻ってきた。よく見ると人懐っこく、悪そうな奴には見えない。ルーマニアの辺境の村で暮らしながら、英語を話し小綺麗な服を着ている。いくらと言い出すか不安だったが、この若者にまかせるしかなさそうだ。

「タクシーは行けるようです。料金ですが、往復で二百キロになるので、百五十ドルほしいと言ってますが、どうしますか」

百五十ドルは一万五千円ほど。もし日本で百キロ先までのタクシーに乗れば、きっと三万円以上するのではないか。決してボッタクリには思えない額に安心したが、アキラは値下げの交渉をしてみた。

「わかりました。百ドルですね。大丈夫だと思います。では行きましょうか」

若者は運転手の意向も聞かずに百ドルへの値下げを簡単に独断で決めてしまったが、ホントに大丈夫だろうか。怪しさで不安になったが、アキラのスーツケースを運びながらタクシーへと向かう若者を追うしかなかった。

「この車です。運転手は僕の父親です。百ドルでいいと言うと思います。さぁ、乗りましょう。荷物はトランクへ入れますよ」

そう言って、若者は赤いタクシーのトランクに荷物を詰めた。アキラを後部座席に座らせ、自分は助手席に座った。父親は英語が話せないが、何やら息子と楽しげに話をしている。息子は時おり振り返ってアキラの様子をうかがっていたが、やはり明るい表情だ。

駅前を走りだしてすぐに建物もまばらになり道路も未舗装となった。アキラを乗せたタクシーは土埃を上げながらゆっくり五分ほど進み、なぜか平屋の一軒家の前で停まった。家の前の畑には数羽の鶏が放し飼いされている。少し離れた隣の家の前では、ロバにひかせる荷車の準備をする男の姿が見える。父親が先に車を降り、息子に何やら言葉をかけると家のほうにスタスタと歩き去った。息子が後部座席のドアを開け、アキラに話しかける。

「私たちは今から朝食をとります。まだ朝の六時だから、急ぐ必要はないですよ。どうせ次の列車はしばらく来ません。降りて一緒に朝食をいかがですか」

朝食のためとは本当だろうか。こんな場所だと大声で泣き叫んでも誰にも気づいてもらえないだろう。身ぐるみはがされて死体も畑に埋められかねない。自分が今どこにいるのかを知る人は世界中にこの親子しかいないではないか。

考えてもしかたがない。家に入っても車に残っても、殺される時は殺されるし、食べてから死ぬほうがいいに決まっている。アキラは開き直り、若者にうながされて家に入った。玄関には金髪のきれいな中年女性が立って微笑んでいる。

食卓のある部屋に通された。壁一面がハワイの風景の壁紙で飾られている。日本で時代遅れになったような白黒ブラウン管テレビが大事そうに置かれていた。室内アンテナも昔見たようなタイプだった。

「母の朝食はおいしいよ。ゆっくり食べて出発しても次の列車に間に合うよ。あなたみたいに、駅で降ろされタクシーでハンガリー側に送り届ける人が時々いるんだ。慣れてるから大丈夫。朝食の準備ができるまでテレビを見てて」

若者はつまみを押したり回したりしてテレビをつけてくれるが、なかなか画像も音声も現れなかった。まるで二十年以上前のテレビのようだった。

家族の表情で、アキラにも安心が戻ってきていた。決して悪い人じゃないようだ。タクシー代の百ドルも、この国では半月分の平均収入にあたる価値なのかもしれない。英語も話すし、場所に似合わず西欧の人々との交流も豊富なのであろう。

「他にも間抜けな乗客がいるんだね。ブカレストに戻る気持ちはなかったし助かったよ。いくつ放送局があるんだい。なかなか画面が出ないね」

「数分かかるけど、ちゃんと見れるよ。放送局はこの辺りは一つだけ。ブカレストなら三つある。面白いとは言えないけどね」

「壁紙のハワイの景色、いいね。アメリカに興味があるのかい、英語を上手に話せるようだけど」

「今は西側に自由に行けないけど、いずれソ連の束縛がなくなれば、アメリカにも日本にも行ってみたいよ。日本のことは知らないけどね」

　母親が作る朝食はおいしかった。卵は庭先の鶏が産んだものだという。彼らには彼らなりの幸せな生活があるのだろう。今のアキラにはありえない生活レベルだが、生まれたころの日本の田舎の懐かしい素朴な感じに似ていると思った。

「さぁ行きましょうか。ちょうどいい時刻だと思います」

　母親も一緒に表に出て、車に乗り込んだ三人に手を振って見送ってくれた。車はまた土埃を上げながら北へ向かって走り出した。先ほどまでと違って、今度は若者と話が弾んだ。アキラはルーマニアの若者たちの興味や悩み、そして政治への考えなど訊ね、若者はアキラに日本のことを訊ねるなど、他の誰にも聞かれることなく思う存分話をした。

　一時間ほど走ったバルシャンド辺りで車は西に向きを変え、遥か先の小さな建物に向かって近づいていった。ハンガリーのジュラにほど近い国境の検問所だ。周囲数百メートルには一軒の建物もなく、国境線と思われる鉄柵が左右に延々と続いているのが見える。検問所の前でタクシーを停め、三人一緒に建物に入った。

　前もって聞いていたとおり、お金を払ってすぐその場でハンガリー入国ビザが発給された。今度もまた一回ビザだった。若者と父親もビザをもらったが、彼らのパスポートには数え切れないほど多くの同じ紫色のビザが貼られていた。これもタクシー代の一部だろう。三人合わせても五分間ほどしか要しなかった。

再び車に乗り込んで国境線を越えた三人は、ハンガリーの平原を国境線に沿うように南へと走った。道は舗装されており、ルーマニアでよく見かけた馬やロバにひかせる荷車は見かけない。昨年から国境線を厳しくハンガリー側が規制した理由がおぼろげながら見えてくる。アキラを乗せた安っぽいタクシーは信号もない平原の道をひた走り、一時間ほどでロコシャザの駅にたどり着いた。国境から最も近いハンガリー側の急行停車駅だ。

この駅から正午発の特急列車があり、約一時間半でブダペストへ到着するという。ちょうどいい頃合いだった。トーマスクックの時刻表で調べると、ルーマニアへ行く際に利用した列車と同じウインナーワルツ号らしかった。

駅前広場に赤いタクシーを停め、若者がトランクから荷物を下ろした。父親がニコニコしながらアキラに抱き着いて唇を尖らせながら顔を寄せてくる。危なく唇にキスされそうだったが、身を捩じらせ、頬で勘弁してもらった。百ドルが彼らにとってどれほどの価値があるのかを思い知らされた。若者が笑いながら二人の写真を撮ってくれた。父親の頬キスに満面の笑顔の写真はアキラの一生の宝物になるかもしれない。

アキラはウインナーワルツ号の二度目の乗客になった。窓の外に広がる平原の景色を眺めながら、ベルリンから始まった短い東欧旅行を振り返った。どの国も去年までとは全く異なる日常に違いない。

そしてこの日常も来年にはさらに大きく変わることだろう。

十年後、三十年後の東欧諸国は、ソ連や西欧諸国とどういう関係を築いているのだろうか。自由への願いをかなえているのだろうか。ワルシャワ条約機構や、ＮＡＴＯや、ソビエト連邦という造作物もなくなり、世界が冷戦から完全に抜け出せるような時代が来ればいいが、そんなに甘くはないのかもしれない。

来年早々アキラはアメリカ留学する予定だが、ソ連の呪縛が残る中で東欧諸国から研究目的で渡米するのは、決して容易なことではないだろう。

アキラは西に向かう列車内ですぐに眠りに落ちてしまった。

第三章　自由の鐘、ロッキーの街

一九九一年

成田空港でアキラは婚約者の久美に見送られ、一九九一年一月六日に全日空機で初めてのアメリカへと一人飛び立った。

普段は雪が少ないアメリカ東海岸を厳しい寒波が襲っていた。広い平原が真っ白な雪で覆われ、ワシントンＤＣ近郊のダレス国際空港に到着した時には空港機能が麻痺しかかっていた。大雪の中を空港間リムジンバスで市街地に近いナショナル空港へ移動したが、フィラデルフィアに向かう乗継便が天候不良でいきなり二時間も遅れるようだ。公衆電話の使い方も不案内で、長距離電話に必要なコインの手持ちもない。空港に迎えをお願いしている会ったこともない松崎医師に到着時刻変更の連絡をすることすら難渋したアメリカ最初の日だった。

大雪の空港を飛び立ったのは、見たこともない旧式のプロペラ機だ。後ろ向きの座席に、アキラは他の乗客と向かい合って座らされた。少し恐ろしい気持ちだったが、時差ボケと疲れのせいで強烈な睡魔に襲われる。離陸した途端に上昇しながら眠り込み、フィラデルフィア空港に着陸して機体が停止してからスチュワーデスに揺り起こされた。疲れ果てた顔のアキラを出迎えてくれた初対面の松崎医師と同僚の外科医フランシス。二人の笑顔はなによりの歓迎で、安堵した気持ちを忘れることはこの先もないだろう。

翌九二年の六月、東海岸には華やかな卒業式の季節が到来していた。雨は少なく爽やかな初夏で、サマータイムの夜八時を過ぎても空にはかなりの明るさが残る。夏休みやバケーションの季節を前にして、緑豊かなフィラデルフィアの街に明るく陽気な雰囲気が漂っている。

ある昼下がり、他の留学仲間に見送られた松崎夫妻と息子を車に乗せ、アキラはフィラデルフィア空港へと向かっていた。一年半前の大雪の日に、他大学出身で面識もなかった松崎がアキラを空港へ迎えに来てくれ、車で彼のアパートへと向かった時と同じ道だが、その日とは運転手も方向も逆だった。二年間の留学期間を終えて、今日は彼ら家族の帰国の日だった。

渡米して住まいが決まるまでの約二週間、独身のアキラは松崎に甘え、一部屋を借りて居候になった。時差ボケに苦しみながら研究室のアメリカ人スタッフと一緒に諸手続きを進めた。週末には松崎夫妻が家具や生活用品を買い揃えるのに一緒につきあい、歴史ある美しい街を案内してくれた。車や保険の買い方、銀行口座の開き方、危険なエリアの見分け方、見知らぬ人との接し方など、知っておくべきことは想像以上に多い。全面援助してくれた松崎夫妻がいなかったならば、アキラの留学生活は全く違ったものになっていただろう。

留学先が決まった時、医局からは新規の留学先だったので、その大学へ留学している日本人を必死に探した。ようやく見つけた松崎医師に手紙を書いて生活情報を不安気に訊ねた。松崎からの返信は十日ほどで届いたが、アキラの期待を遥かに超える親切で詳しい内容だった。

「不安でしょうが、渡米当初の面倒は全て私がみさせていただきます」

最後に書かれた一言でアキラの不安が一気に消し飛んだのを思い出す。

松崎は九帝大の卒業で、留学前はアキラの隣の県にある大学の循環器内科の講師だったが、帰国すれば助教授にすぐにでも昇進するに違いない。期待どおりの研究成果をあげ、ホッとした気持ちで帰国までの日々を他の留学仲間と共に過ごしていた。幼い息子のために西海岸に二泊、ハワイで三泊過ごして日本に戻るという。荷物の多くを船便で先に送り、ほとんど荷物がない状態で数日を暮らしていたため、家族の手荷物は国内旅行かと思うくらいに身軽だった。休みが少ない日本の大学病院生活再開を前に、家族サービスをし、英気を養って戻りたい気持ちはアキラにも十分理解できた。

「ありがとう。佐野君は来年一月までかな、帰国したら日本でまた会いましょう」

留学前の想像とは違い、日本とアメリカの大学や研究機関の違いはあまりにも大きかった。このままアメリカで暮らし続ける気持ちはないにしても、もっとアメリカで学びたいことや経験したいことは決して少なくはなかった。今のままでは自分自身はホッとした気持ちで来年一月に帰国できないのではないかというボンヤリとした気持ちが心の奥底から湧き上がってくるのを、アキラは松崎家族を搭乗ゲートで見送りながら感じていた。

十月になると街中の樹々が色づき始める。少し郊外へ車で走ると、日本では見られないような広々とした紅葉の風景を堪能できる。留学した年の夏に結婚した久美と週末に車で一時間も東へと走れば、爽やかなジャージー海岸だ。人の姿が減った美しい浜辺を、果てしなく広がる大西洋を眺めながら静かに語り歩くのもアキラと久美が好きなことだった。

美しく巨大な美術館前の階段を、いつ来てもアキラは思わず駆け上ってしまう。全部で四十段ほどの幅広い階段を息を切らして一気に駆け上り、ステップを踏みながら両手の拳を高く掲げて目の前に広がる街の景色を眺めるのが大好きだった。いい年をした大人が目立つ公共の場で派手にロッキーの雄姿を真似ることは日本ではありえないだろう。久美は知らない他人のふりをするが、この場所では世界中から訪れる様々な容姿の老若男女が笑顔で同じことやるので、アキラが恥ずかしいと感じたことはなかった。

　広いベンジャミン・フランクリン通りの先にある石造りの美しい市庁舎を遠目で眺めている久美のほうに静かにアキラは歩み寄った。ニューヨークとは比較にならないものの、摩天楼の近代的なビル群に囲まれながらも美しさでは決して負けていない高く尖った市庁舎時計台の頂には、市の誇りであるウイリアム・ペンの十一メートルもの美しい像が凛として立っている。久美と一緒に初めてこの景色を並んで眺めた凍てついた冬の日の感動を忘れられない。あと数カ月、新しい年が明ければ二人は帰国する予定だ。

「ねぇ、久美。久美もこの街が大好きだろう。いい街だよね」

「何よ、急に。もちろん素敵な街だと思うわ。でも、私は昔住んだことがあるニューヨーク州のイサカみたいな田舎の美しい街も、刺激的なマンハッタンも同様に大好きよ」

「去年の秋にコーネル大学までドライブしたけど、湖畔のイサカの秋は素晴らしかったよね。バーモント州の雄大な紅葉もすごかった。アメリカって、科学技術も自然の素晴らしさも住んでみて初めて気づくことが多いよね」

「どうしたの、アキラさん。なんだか今日は妙に感傷的ね。何か言いたいことを隠しているでしょ」

　アキラは隠し事がうまくない。すぐに顔や声に出て、久美には簡単にバレてしまう。

「数日前に、藤崎先生とアーデンパークのロビーで出会ってね、少しお互いの研究の話になったんだ。藤崎先生は一流の研究者なのに、僕みたいな二流の留学生にも何かと親切に気づかってくれるんだ。

その日も思いもかけない話を教えてくれたんだよ」

同じアパートメント、アーデンパークに暮らす少し年上の日本人留学仲間である藤崎医師は、アキラより先に東帝大の遺伝病研究所からペンシルベニア大学医学部内科部長の研究室に留学していた。まだ数年は帰国の予定はないらしい。アキラの留学先は、藤崎とは別のフィラデルフィア医科大学だが、たまたま藤崎の日本での上司がアキラの出身大学の生化学の教授だった縁で親しくさせてもらっていた。

ポーランド移民であるカリンスキー教授の小さな生化学研究室は、居心地こそよいものの、学問的に興奮するような刺激的な研究手法やテーマは扱っておらず、日本国内でも同じ研究が可能だろうと思われた。アキラは、最初は同じ医局の同僚より早く留学できたこと自体を喜んでいたが、アメリカ留学でしか体験しがたい科学的興奮を感じることがないままに帰国が迫っていることを、何度か藤崎に打ち明けたことがあった。

「来年早々、ペンシルベニア大学にトム・ワトソンというすごい研究者がミシガン大学から移籍してくるらしい。ペン大の医学部長がミシガン時代にワトソンが医学生で、その時からすごい才能だったようだ。卒業後は稀少な遺伝性疾患に対して遺伝子を用いた治療法をホワイトヘッド研究所やミシガン大で研究していて、どうも今のアメリカで最も将来性を期待されている若手のプリンスみたいな研究者らしい」

「そのプリンスが、アキラさんや藤崎先生といったいどう関係するの」

「いわゆる遺伝子治療って言う新しい研究分野らしいんだけど、ヤリ手の医学部長が大統領周辺まで巻き込んで、ペン大に遺伝子治療のメッカを作り上げたいと意気込んでいるらしいんだ。この分野全体の将来性を確信してるんだろうね。そして、その医学部長のお気に入りというか親しい仲間が藤崎先生のボスの内科部長。内科だけでなくいろんな領域の部長たちの間でワトソンの新しい研究室が話題になっているみたい。藤崎先生も興味はあるけど、自分が関わる気持ちは全然ないみたいなんだ。自分の研究分野で論文を次々に発表し続けているからね」

「でも、そんな研究、アキラさんとは全然関係なさそうじゃない」

「僕は今まで基礎研究は、いくつかの動物実験や、血小板や脂質関連の生化学実験しか経験ない。遺伝子関係の分子生物学の実験技術は正直お粗末なんだけど、どうも冠状動脈バルーン治療後の再狭窄予防や特発性心筋症や家族性高コレステロール血症など、循環器系の難病・難題に新しく始まろうとしている遺伝子治療技術を他に先駆けて応用したい計画がペン大にあるみたいなんだよ」

「へぇ～、確かに新鮮で面白そうね。いかにもアメリカっていう感じよね。でもいったい誰が計画しているの。藤崎先生も関係なさそうだし」

「ワトソン自身も循環器科じゃなくて、恐らく遺伝子治療の重要技術の研究開発と臨床応用の総指揮というのが彼の役割なんだろうね。でもね、内科部長の奥さんが、実はペン大の循環器科の部長らしいんだ」

「うそぉ～、すごいわね。ワトソンを応援する医学部長の仲間が内科部長で、その奥さんが循環器科部長って。で、その循環器科の奥さんの研究室が新たに遺伝子治療に取り組む研究者を探しているってことなのね。まさか、アキラさん。帰国を延ばしてまでその遺伝子治療をやりたいの。まぁ、その気持ちはわからなくはないけど」
「僕が今の脂質の研究室で満足できないことを時々愚痴ってたから、藤崎先生が教えてくれたみたい。自分が循環器科部長に連絡するから、せっかくだから面接を受けてみたらって言ってくれてね。大事な話だから、久美に相談しないと返事できないし。久美はどう思う、この話。たった一年半程度じゃ成果なんてあがらないと思うけど。でもね、このまま帰国したら、きっと悔やみそうな気がするんだ」

アキラは話しながら興奮していることに自分でも気がついていた。この街に来たのは、今度のこの話にたどり着くためだったのではないかと勝手に思い込んでいた。

それがアキラの悪い癖であると同時に、素晴らしいものを探す鋭い嗅覚といういい点でもあると、まだ一年数カ月しか一緒に暮らしていない久美は感じていた。もう自分ですでに決めているのであろう。この人はよくも悪くも正直な性格で、夢追い人なのだ。

「でもそんなおいしそうな話、経験も技術もある優秀な研究者がたくさん応募するでしょうに。アキラさんの気持ちはわかるから私は決して反対しないわ。前向きなアキラさんは好きよ。運よく選ばれるといいけど、面接があるんでしょ。がんばってね」

アキラは久美と一緒に一つ下の階の藤崎の部屋を訪ねて、面接を受けてみたい気持ちを伝えた。採用される確率は一割もないだろうし、そもそも留学途中で研究室を替わる日本人留学生の話はあまり聞いたことはなかった。

「こんばんは。この前の件で少しお話がありうかがいましたが、今よろしいでしょうか」

「久美さんも一緒ですね、どうぞ入って。あなた、佐野さんがいらっしゃったわよ」

藤崎先生の奥さんも東帝大医学部を卒業した遺伝学者で、現役の研究者だ。
アキラたちとは反対側になる北向きの窓からは、夕日に照らされたウィサヒッコンの森がどこまでも広がっているのが見える。時々久美や藤崎と一緒に出かけるウォルナットレーンゴルフ場もその森にあり、十ドルも払えばハーフラウンドが楽しめるので、いい息抜きにも、留学生同士の情報交換の場にもなっていた。

藤崎夫妻は目を細めながら佐野の気持ちを確認するように話を始めた。

「面接を受けてみますか。給与が出るかどうか、出ても少ないでしょうけど、間違いなく今の日本では経験できないような研究ができますよ」

「すごそうな話みたいで、ぜひ面接の機会を頼んでいただきたいですけど、ご存じのように遺伝子治療の基礎知識や分子生物学の技術とかないんです。大丈夫でしょうか」

「確かに短期間で成果をあげて論文をいくつも書いたり、日本に研究技術を持ち帰ったりすることは難しいかもしれませんね。でも、遺伝子治療はアメリカで今最もホットな領域ですし、将来性は限りなく、これから優秀な若い研究者たちが一気に押し寄せそうな分野ですよ。その遺伝子治療のアメリカでトップの、つまり世界でトップの研究所をペン大に作ると今からもういろんな計画が医学部長の肝入りで進んでるんです。眼科とか、神経内科とか、肝臓とか、いくつかの科ですでに何人かの優秀な研究者が採用され全国各地から移籍してきています。私の研究室は循環器科部長の研究室と共同利用のとても広い部屋なんですが、その同じ部屋に、ジル・ベルベットという眼科の女性研究者が最近ハーバードから移籍してきました。遺伝子治療の研究をワトソンと一緒にするためです」

「僕が面接で合格する確率はかなり低そうですね。でも話を聞いてしまったので、このまま面接を受けずに帰国したくはないです。たとえ給与が出なくても、論文が書けなくても夢のある研究チームに参加したいです」

「そうですね、厳しいかもしれません。ほんとに給与なしでもやると言えば採用されるかもですね。まぁ、それは冗談です。給与は絶対もらうべきです。わかりました、明日にでも循環器科のスワンソン部長に面接してくれるよう頼んでみます」

こうして帰国延期・留学期間延長の話が急に進みだそうとしていた。出身医局の教授の許可や、経済的に実家の父親に今後もさらに大きな経済的援助をお願いしなきゃならない点などは、採用が決まった後に相談というか、通知すればいいだろう。もちろん、不採用なら黙って帰国すればいいことだ。

二週間後にはアキラの両親が旅行で渡米してくる。帰国前に、美しい秋の東海岸を両親と数日間ドライブして回る予定だった。日本で一緒に旅することなど絶えて久しかったが、不思議と海外留学はそんな気分にさせてくれる。それまでに面接を受け、幸運にも採用されたら、その時は両親に直接留学延長と経済的支援の話をするつもりだった。

アメリカ建国当時の首都で、今も全米有数の大都市であるフィラデルフィア市内には五つの大学医学部がある。アキラが留学しているフィラデルフィア医科大学はアメリカ最古の女子医大として誕生した。市街地から少し離れて緑が多く、周囲にはネイティブアメリカン由来の地名が至るところに残る。アーデンパークからは歩いて二十分弱だが、途中に治安が悪い地区もあり車で通っていた。

小さなロータリーに面した病院玄関は美しいコロニアル様式で、アキラの研究室はその真横の二階にあり、隣には脂質代謝が専門のカプジ教授が診察室を備えた教授室を構えていた。大柄なイタリア移民二世のボスは根っからの臨床医で、基礎研究はポーランド系の生化学者に委ねていたが、有力大学や著名な研究所のレベルには程遠く、平凡な日本の研究室に近いだろう。刺激は少ないが、心を病むような競争第一の環境でもなかった。

今年の夏にはカプジ夫妻と一緒にイタリアのフィレンツェで行われた国際脂質異常学会に久美を連れて参加した。親の故郷イタリアに行きたい教授が、アキラに学会発表をうながしたのだった。

ローマ空港で小ベンツのマニュアル車を借り、古い教会があるアッシジや高い塔群で有名なサンジミアーノを経由して古都フィレンツェの学会に参加した後は、ピサの斜塔や美しいポルトフィーノ海岸を訪れ、最終日の夜はミラノのスカラ座でオペラを楽しんだ。アメリカ国内では何度か発表したが、他国で発表するとは考えたこともなかった。

アキラを直接指導してくれるのは血小板接着因子を専門とする生化学者、ロベルト・カリンスキー教授。第二次世界大戦後にポーランド移民として幼くして渡米したので完璧な英語を話す。研究室にはポーランドから数名のポスドク（博士号を持つ独立前の任期制の研究者）も受け入れる優しい心根の五十代だ。この大学に移籍する前は、市内北部のテンプル大学に在籍していた。

「アキ、先月投稿していた接着因子の論文だけど、受理されたと連絡あったよ。よかったね。次の論文のほうは、仮説証明を補強する追加実験をしたら受理してくれそうな査読内容なので、急いで追加実験の計画をしよう。ところで、旅行の計画はもうできたかい。秋のいい季節だから、きっと両親も喜ばれるよ。研究室にも必ず連れてくるんだよ」

実験の手を休めてそう笑顔で尋ねたのはロベルトだった。彼の機嫌が悪い姿はこれまで一度も見たことはない。

「一番案内したいのはフィラデルフィアの街ですが、レンタカーを借りて、ワシントンやニューヨーク州を巡ろうと考えています。もちろん、研究室にも連れてきますから皆さんいてくださいね。数日間のお休みいただきます」

「両親との時間を大切にしなさい。治安のよくないところもあるから気をつけなさい」

アキラは他の大学へ面接を受けに行くことをまだ誰にも話していなかった。最初に迎えてくれた研究室の恩師を裏切るような気持ちは日本人特有の感情で、アメリカ人は自分の可能性を信じて移籍を繰り返すものだ。そう自分に言い聞かせて、なんとか心を落ち着かせていた。

希望を伝えてから二日後、ペンシルベニア大学循環器科部長のスワンソン教授が翌々日の金曜日の午後三時に面接をしてくれるとの返事を藤崎から聞かされた。

「何も特別な準備もいらないと思うし、普段着で気軽に面談を受ける感じでいいんじゃないかな。佐野君に不都合がないなら、僕も同席してもいいですよ。毎日のように顔を合わせている仲だし、もしも細かい話が出たら一緒に対応したほうがいいでしょ」

「それは心強いです、助かります。ぜひ同席してください」

「アパートから一緒に行きましょう。駐車場や建物に入るセキュリティーのことも面倒ですしね。簡単でいいから履歴書はあるほうがいいでしょう。分子生物学の技術に不安を持ってることは先に伝えてますし、そのうえで会ってくれるので、緊張しなくていいですよ」

　四十三歳の女性が有力大学のメジャーな循環器科部長に就任するとは、いくらアメリカでも驚きだ。名古屋大学や九州大学クラスの有力な内科の主任教授に四十三歳の女性が着任するような感じだろう。かなり小柄で少し早口な彼女は、能力が発揮できない研究者には少々厳しい対応をしがちだと、藤崎は苦笑いを浮かべて教えてくれた。実際に会うといったいどんな女性だろうか。いくら緊張しなくていいと言われても、面接の結果次第でアキラの人生は大きく変わるのだから、緊張しないはずはない。


　二日後の面接は藤崎の研究スペースもある広い研究室で行われた。四隅に広さ六畳ほどの小部屋があって、その一つをスワンソン部長がスタッフとの面談や雑用に使用していた。立派な個室を病院棟に持ってはいるが、基礎研究に関連する用事の際は研究棟を使用するという。連絡廊下でつながっているものの、病院棟からは少し離れている研究棟は八階建てで、内科系の基礎研究室の多くが集まっていた。

　アキラは日本と違って面接にスーツ姿で臨むことはしなかったが、お気に入りの薄茶色のツイードのジャケットを着ていた。

　約束の午後三時ジャストに、眼鏡をかけた短いブロンドヘアーの小柄な女性が、分厚い書類の束を腕に抱え、白衣をなびかせながら速足で研究室にやってきた。研究中のスタッフに笑顔で挨拶をするように一言ずつ元気に声をかけながら小部屋の前で待つアキラたちのほうに向かってくる。小柄な女性なのにグイグイと押してくる迫力を感じる。彼女は研究室でタカと呼ばれている藤崎に軽く合図し、自分の小部屋に入室をうながした。

「あなたがドクター・アキラ・サノね。タカからある程度のことは聞いているわ。タカの推薦だから多分いい人だと思うけど、一応は面接をしないとね。そこに座っててちょうだい。私はアンナ・スワンソンよ。アキって呼んでもいいかしら。ただ、あまりゆっくり話をしている時間がないのよ、今朝、レジデントが病棟で少し問題を起こしてね。さぁ、始めましょう。まずは自己紹介してくれるかしら」

　ちょっと早口だったが、わりと聞き取りやすい発音だった。渡米して一年半が経過していたのでなんとかついていけそうだった。

「日本では循環器内科医で、数種類の動物実験を手がけたことがあります。基礎研究に関しては、……」

　アキラは現在の研究室での研究内容や過去の日本での動物実験に関する経験など、これまでの研究歴などをまず話した。分子生物学や、遺伝子治療の基礎知識や経験が非常に乏しく、基礎研究者として自己アピールできる点が少ないことも素直に話した。

「経験はあるほうがいいけど、なくても別にかまわないの。そのこともタカに聞いてるし、必要な技術は教えるわ。私がほしいのは、ぜひこの新しい分野の研究を一緒にここでやりたいという強い意欲がある人なの。私は循環器分野でも遺伝子治療を手がけたいけど、医学部長も内科部長も、彼は夫だけどね、大きな期待を抱いて来年トム・ワトソンをペン大に迎え強力なチームを誕生させたいの。すごく夢のある研究領域なのよ。でもね、全く新しい領域だからこそリスクも正直あるわ。研究室の最初の立ち上げの時期だから、すぐに期待するような成果がどんどん出るとは限らないの。立ち上げが苦しいことはわかるでしょ。だから、現在自分の研究がうまくいっているような中堅の研究者は、今はまだ様子見の時期といった感じなのよ。もう少し上の世代になると、恐らくついていける分野じゃないし」

「成果がすぐにあがらないことや論文が書けないリスクは当然ながら理解しています。この分野に必要な基礎技術や知識も乏しいですし。でも誰よりもヤル気はありますよ。僕がほしいのは、日本では容易に経験できないような夢のある研究なんです、大きな科学的刺激なんです。今の研究室での内容は日本にいてもできそうなことでした。論文も書けましたが、世界最先端のすごい研究に触れてみたいんです。藤崎先生にワトソン先生がペン大でやろうとしている研究の話を聞いた時、絶対これだってすぐに思いました」

「アキ、あなたのヤル気は確かに感じるわ。あなたみたいなヤル気満々の眼科医も少し前にハーバードから参加してくれてる。今、研究室の向こうの隅の小部屋にいて、我々と毎週勉強会を一緒にやってるの。ジル・ベルベットっていうけど、彼女は技術と知識と能力をちゃんと持ってるわ。加えてすごいヤル気も持ってるの。眼科医だけど、彼女が我々内科の研究室で一緒にやれるようにしたのよ。将来きっと彼女は何かをやり遂げるわ。でも、アキにはヤル気だけしかないようね」

　スワンソン部長は、ニコッと笑いながらそう言った。遠慮なく痛いところを突かれたが、決して嘲笑うような感じではなかったので、アキラも藤崎も一緒になって笑った。

「今の研究室は年収いくらなの。結婚してるのよね、生活費の不安はないの」

「今は年間一万五千ドルです。貯金もあるし、足りない分は日本の親から送ってもらいます。最近は円高で、一ドル八十円だから楽になりました。給与はいりませんから、ぜひ私にもワトソンの下で遺伝子治療の研究をやらせてください」

　日本人医師の研究留学生の半分ほどは、アキラと同等の給与か、それ以下だった。研究歴が豊富で優秀な人は日本からの給与に加えて返済不要の研究費を獲得して留学してきたが、人によっては全くの無給で留学していた。企業派遣の研究者のほうが数倍もの収入がある。この程度では当然ながら生活費は足りず、三年間留学すると日本で医師として勤務するよりも数千万円のマイナスになる計算だ。それでも留学に何かの価値を見出した若い医師たちは、思い思いの夢を抱いて海外に飛び出していく。アキラもそんな医師の一人で、お金に換算できない留学の価値を理解してくれた両親のおかげでもあった。

「わかったわ、アキ。今日は面接に来てくれてありがとう。あなたを採用するかどうかは、数日以内にタカに伝えるわ。いろんなアメリカを学んでほしいわね」

　その言葉で面接は終わった。能力が全く足りないことを見抜かれたようだ。どう考えても採用は難しく、もう二度とここには来ないだろう。そう考えているのを感じたのか、藤崎が、先ほど名前が出た眼科医のジル・ベルベットを紹介すると言う。

「やぁ、ジル。彼は、今日アンナのラボの面接に来た日本人のアキだよ。まだ日本では全く始まってない遺伝子治療をやりたいらしい。アンナが採用してくれたら、ジルもいろいろ教えてあげてね」

「こんにちは、アキ。私はジルよ。私もトムと一緒に遺伝子治療を臨床応用したくて最近ペンに移籍して来たのよ。私は眼科医で、遺伝的な視力障害の子どもたちの視力を救いたいの。遺伝子治療って夢があるでしょ。来年にはペン大が強力に応援してるトムの新しい研究所が動きだすわ。優秀な研究者たちも全米の各分野から集まるだろうからとっても楽しみよ。きっと世界一の遺伝子治療研究室になるハズよ。アキは循環器内科医なのね、ぜひ一緒にやりましょう」

「初めまして、ジル。ありがとう。採用されるかどうかすごく不安なんだけど、もし採用されたらよろしくね。いろいろと教えてください」

　三日後の月曜日の夜、藤崎が面接の結果を知らせにアキラの部屋にやってきた。笑顔がなかったので結果は聞かずともわかったが、久美と一緒に藤崎の言葉を待った。

「今はまだ採用できないと、アンナが言っていました。残念でしたね。でも、今はまだ……ってなぜ言うのか、そこは何かわかりませんけど」

「そうでしたか。そうですよね。ジルみたいなすごい研究者がどんどん集まって来るでしょうね。僕の研究歴を見たらあまり役に立たないと思われたんでしょうね。当たり前ですよね」

「彼女は自分にも他人にも厳しいですけど、アンチも少なからずいますけど、性格はスパッとして裏表もないです。なぜ、今はまだ……といったのか、何か意味がありそうですけど」

　相当な失望感だったが、確かに少し変な断り方だ。もう少し研究業績をあげて出直せという意味なのか。アキラにはそんな時間は残されていなかった。

木曜日の夜、藤崎から今度は電話でアキラの部屋に連絡があった。

「帰宅間際にアンナがラボ（研究室）にやってきて、佐野君にもう一度会いたいって言ったんですよ。詳しく聞けなかったんですけど、なんとなく採用の可能性もありそうな雰囲気でした」

「ホントですか。無理だとあきらめてはいますけど」

「結局ダメって断られる可能性もあるけど、会ってみたらどうですか。アンナは笑顔でしたよ。短気な性格なので明日の午後四時に来てくれって言ってますけど」

「明日ですね。もちろん行きますよ。すごいのを一度知っちゃうと、そう簡単にあきらめて帰国できませんよ。眼科のジルみたいな優秀な連中が続々と集まるんでしょ。もう一度会いに行ってもいいよね、久美」

そばで電話の会話を聞いていた久美に顔を向け、アキラは意見を聞いてみた。

「あなたの好きなように。決して後悔しないようにしてください。もし私があなたなら、お金に困ってでも希望の研究室に採用してほしいです」

久美がどう言おうがアキラの気持ちは変わらなかっただろう。二度も面接で落とされたならあきらめもつく。これまでの経歴や能力が足りなかったと素直に認めるしかない。

翌日の午後四時少し前に研究棟の入り口付近で藤崎と待ち合わせ、先日と同じスワンソン部長の部屋に向かった。研究室のドアを開けて入ると、少し離れたベンチ（実験用長机）で実験中だった眼科のジルと眼が合った。素敵な笑顔で右手をあげてくれた。テクニシャン（実験補助員）なのか、隣の黒縁眼鏡のアジア系の小柄な男性も一緒に手を振ってくれた。

今日はすでにスワンソン部長は自室にいて、中国系の女性と研究会議の途中だったようだ。

「やぁ、アキ。来てくれてうれしいわ。彼女は私の研究室のミシェル・シュー、台湾出身の循環器科医よ。ミシェル、彼は日本からのアキ、今度ここに来てもらい、トム・ワトソンの研究室に行ってもらうの。よろしくね」

アキラは冒頭の会話の内容が予期せぬもので言葉が出ないくらいに驚いたが、藤崎は先刻承知だったらしく、ニコッと隣でうなずいている。眼科のジルも知っていたのかもしれない。

「実は、昨日の朝に新しいグラント（研究資金）を獲得できたのよ。すでに二年近く留学中のあなたを無給で働かせるのは悪くてね。だから、ちょっと待ってもらったのよ。あなたのヤル気を聞いたら、私が断るわけないじゃない。優秀なタカの紹介だし。年間二万五千ドルなら出せるわ。ちゃんと健康保険も付くわよ。今より多いと思うけど、それでいいかしら。アキ、私やトムの遺伝子治療チームに参加してくれるかしら」

早口で事情を説明してくれたスワンソン部長は手を差し伸べ、アキラはその小柄な女性の力強い掌を笑顔で握り返した。アキラが一言も発しないままに決まった、わずか一分間の二度目の面接。映画「ロッキー」の中で無名のロッキーが、世界チャンプのアポロから突然対戦相手に指名されたくらいの驚きだった。このチャンスをなんとか活かしたい。

ドアの外には、循環器科の数人の研究員や眼科のジルたちが集まっていて、笑顔で出てきたアキラに次々に祝いの言葉をかけてくれた。

「よかったわね、アキ。一緒に研究できるのを楽しみにしているわ」

横から怖そうな顔つきの男性が現れ、アキラの腕をつかんで別の小部屋に連れていった。どうやら研究室の事務室のようだ。強い訛りの発音で言葉が聞き取りづらい。ボサボサ髪で肉体労働者みたいな風貌の彼はなんと教授秘書だった。移籍採用に必要な手続きをわかりにくい早口言葉で説明してくれ、ニヤッと笑いながら派手に握手を求めて来た。

現在のビザが切れる一九九三年一月から翌年三月までの契約期間が提示された。遺伝子治療研究の黎明期、新しい研究室が立ち上がる時期のわずか一年三カ月間はあまりにも短いが、今の研究室との通算で三年三カ月間に及ぶ。ほどほどで帰国しないと患者を診察する臨床能力が衰えて病院復帰に困ることだろう。それはよき臨床医を目指していた佐野の本意ではないが、与えられたチャンス、たとえ短くとも活かすしかない。日本の嶋田教授も、驚きこそすれ反対はしないだろう。

アーデンパークで待つ久美に一刻も早く知らせたかった。研究室から電話を借りようかとも思ったが、直接会って一緒に喜びたかった。今の研究室や両親に伝えるタイミングはあわてず考えてみたい。


濃紺色のリンカーンコンチネンタルで、アキラは久美と共に到着する両親を迎えるためにワシントン郊外のダレス国際空港に向かっていた。アメリカが初めての両親に、ホワイトハウスや国会議事堂を最初に案内したかった。

整然と並ぶスミソニアン博物館群の数や広さに驚き、ワシントン記念塔の上からの眺めを気に入っていた。塔を囲む芝生の広場には独特な風貌をした多くのアーミッシュの人々が集まっていて、両親は初日からアメリカの多様性とスケールに圧倒されていた様子だ。

　翌日の昼食後、四人はフィラデルフィアに向かった。今夜は市庁舎と美術館の中間にある美しいローガン広場に面したホテルに泊まって、明日の午前中に大学の研究室に案内する予定だ。約二時間半の道中、時差ボケの両親は車内でぐっすりと眠っている。市中心部に着いてから声をかけて両親を起こした。

　夕食は「ブックバインダー」という海鮮料理レストランに案内した。著名人も多く訪れる海鮮料理の名店で、旧市街の一角にある。大西洋からデラウエア川を船でさかのぼって昔の入植者たちが上陸した小さな港があった場所だ。対岸はニュージャージー州で、眼の前にお洒落な水族館がある。渡米して間もないころ、夜間の水族館を借り切って大学が研究セミナーを開催したのには驚かされた。時差ボケから眼が覚めた両親は、ロブスターの立派さだけでなく、アメリカ人たちの豪快な食べ方を感心しながら眺めていた。

　翌朝早くホテルに迎えに行き、久美も一緒に四人で朝食を摂った。二人の時差ボケは続いており、夜は目が覚めてしまうようだ。ホテルを出て先に少し市内を回ることにした。先日決まった移籍の件は、研究室の人たちにはまだ伝えていない。予定通り年内はきちんと働くつもりなので、十二月になってから知らせようと思う。ただ、両親には今回の旅行の最後にニューヨークで話すつもりだ。資金援助の継続を頼まざるを得ないし、アメリカで自分の夢を新たに見つけたことを直接伝えたい。

　東西に走るチェスナット通りを挟んで、アメリカ独立記念館と自由の鐘を見ることができる。一七七六年七月にここで独立宣言が読まれ、リバティーベル（自由の鐘）が打ち鳴らされたアメリカ独立と自由を象徴する場所だ。近く移籍するペンシルベニア大学医学部は、アメリカが独立する十一年前に北米初の医学部として誕生している。

スクールキル川沿いの美しいケリードライブを北に走って右に折れ、アキラの研究室があるフィラデルフィア医科大学に向かう。女優グレース・ケリー家の姓に因んだ道路と川の間には、映画ロッキーの中でシルベスター・スタローンが駆ける遊歩道が芝生の中に延々と続いている。市内の各大学・高校や倶楽部がその広い川でボート競技の練習をしていて、美しいクラブハウスがいくつも川沿いに並んでいる。この街は昔からボート競技が盛んで、グレース・ケリーの父親もオリンピックの金メダルを獲得している。一帯が公園となっており、アキラは休日にロッキーの気分に浸りながらそこでのんびり過ごすのが好きだった。

約束の時間に研究室に行くと、カプジ教授やカリンスキー教授が待ち構えてくれていた。英語が苦手な両親だが、笑顔と身振り手振りでうまく交流ができていたようだ。研究室のメンバーを交えて写真を撮り、暮らしているアパートメントへ向かうことにした。

道路の脇には少し挙動不審な男女の姿がある。危険なエリアを避け、出来るだけ安全で緑豊かな住宅街を通ってアーデンパークへと向かう。日本で言うならば超富裕層が暮らすような瀟洒な邸宅風の戸建て住宅が並ぶのを見て溜息をつく両親だったが、この街には隣の家が見えないような遥かに豪華な邸宅が少し郊外に行くと数え切れないほど存在する。かつて上流社会をモデルにした「フィラデルフィア物語」というキャサリン・ヘップバーン主演の映画があったが、アメリカ独立時の首都であったフィラデルフィアとはそんなアメリカの光と影を抱く奥深い街だった。

アーデンパークの敷地は、東西三百、南北四百メートル。そこに十階建てのレンガ造りの築六十年の中層アパートメントが四棟。中央には屋内温水プールやアスレチックジムの専用建物、二面のテニスコート、立派な園芸ガーデンが配置されている。かつてはミニゴルフ場もあったらしいが、時代と共に駐車場になってしまった。その中で一番安い部屋をアキラと久美は借りていた。

　四人はアーデンパークを離れ、今なお原生林が残るウィサヒッコン渓谷自然公園に沿うように北へ向かった。チェスナットヒルで遅めの昼食と古きよきアメリカの街の風情を堪能してもらったが、田舎暮らしの両親にとっては、郊外の美しい小さな街並みは普通に見えてしまったようで、久美と一緒にクスっと笑ってしまった。やはり、巨大で見たこともないようなものにこそアメリカを感じる典型的日本人なのだろう。四人はフィラデルフィアを離れ、ニューヨーク、マンハッタンへと車を走らせた。

　旅の最後の夜、アキラはマンハッタン島の最南端に聳え立つツインタワー、ワールドトレードセンタービル最上階の展望レストラン「ウインドウ・オブ・ザ・ワールド」へ両親を連れていった。百階を超える高さのレストランから眺める豪華な夜景。東西のイースト川とハドソン川の黒い筋に挟まれ、北側にどこまでも広がる光の絨毯。そして一際美しい姿を見せてくれるクライスラービルやエンパイアステートビルの摩天楼。

「どうだった、初めてのアメリカ旅行は」

「どこも素晴らしかったねぇ、お母さん。ホワイトハウスの中に入れるとは思ってもなかったよ。このニューヨークも素晴らしいね。あの百二階のエンパイアが戦争の十年以上前に完成してたとか、この百十階のビルが大阪万博のころに建てられたなんて信じられない」

「フィラデルフィアも緑が多くて素敵だし、歴史的な街並みもあるし、大学の人たちもいい人ばかりだったわよね、お父さん。あなたの暮らすマンションも素晴らしいところよね。あれがアパートとはね。あと残り数カ月よね、帰りたくなくなるでしょうね」

「あのね、そのことなんだけどね。あと一年ほど留学を延長して、別の大学に移籍しようと思うんだ。そこでは日本にいては絶対に経験できない最先端の遺伝子治療の研究ができそうで、面接を受けたら採用してくれたんだ。やっとやりたい夢をつかんだ気がする」

　アキラの言葉に一瞬驚いた両親だったが、一呼吸ついて賛成してくれた。

「そうか。お前がいろいろ考えた末にそう言うならそうなんだろう。いいんじゃないか。賛成してあげようよ、お母さん。でもまたしばらく仕送りがほしいって言うんだろうな」

「そうなんだよ、迷惑かけるけど」

　両親はアキラの選択を信じていたし、アキラも両親が決して反対しないと信じていた。


　吉備大学病院では木曜日午前の教授回診が終わって、管理棟の第三内科の医局で定例の医局会が行われていた。嶋田教授は医局会の終了を待って、助教授の古川を近くに呼び話しかけた。手招きされた医局長の中村もそばで話を聞いていた。

「昨夜な、佐野が、フィラデルフィアに留学している佐野アキラが国際電話を我が家にかけて来た。

相談というか、お願いがありますと神妙な声で言い出すじゃないか」

「佐野は確か脂質異常と凝固関連の研究で留学中ですよね。あいつは特定の研究班には属さないままに、教授のお世話で、特別に早期の留学でしたよね」

「俺が世話したというか、第一外科の留学先の関係で話が舞い込んで来たんで、前々からすごく留学したがってた佐野に振ってみたんだ。ＬＤＬのレセプター（悪玉コレステロールの受容体）が同定されたばかりで、血小板の接着因子も重要だしな」

「動脈硬化、血管系の研究はこれから伸びるでしょうしね」

「それなりに成果も出て、何本か論文も書いてるらしいが、電話で佐野が言うには、他にぜひやりたいことが向こうで見つかったので、近く研究室を移籍して、留学期間を延ばしたいというんだ」

「もう二年近いですよね、今から何をやりたいと言ったんですか」

「それがな、遺伝子治療がやりたいらしい」

「ほ〜。アメリカで遺伝子治療が注目されていることは最近少し聞いていますが、国内ではまだ東大や京大も始めてないでしょうし、留学に人を出したとかも全然聞かないですね。ですが、そんな最先端の研究をしたいと希望しても、佐野にチャンスはないでしょ。具体的にどこの研究室か、あいつは教授に言いましたか」

「同じ市内の、今とは別のペンシルベニア大学に来年早々新しく遺伝子治療の研究所ができるらしい。そこに誰か人を出したいペン大の循環器科の主任教授の面接を佐野はすでに受けに行ってて、なんとか採用されたらしいぞ。だから、ぜひ許可してほしいと電話をよこしたわけだ」

「しかし、よく採用されましたね。で、教授はなんと返事されたんですか」

「すごく夢がある話じゃないか。もし俺が若ければ、佐野と同じことをすると思う。お金の心配さえないならば、せっかくのチャンスだから後悔しないようにがんばってみろ。そんな感じで許可したよ」

「そうですか。あいつは入局したころから他の連中とは少し変わってましたもんね。まぁ、悪い意味じゃないですけど。遺伝子治療は最先端の領域だし、いい話じゃないですか。最初の立ち上げ段階はなかなか困難で時間もかかるし、論文の成果はあげにくいですが、それを超える刺激と面白さがありますね」

「そうだな。俺もあと一年半で退官だから佐野と一緒にはやれないが、古川君は後任の教授になって佐野と一緒に遺伝子治療に取り組めたらいいよな」

「私が後任教授になれればいいですが。しかし、遺伝子治療と言っても、臨床でヒトに実際に治療をできるようになるのは、早くても十年はかかるでしょうし、なかなかそんな気の長い研究に飛び込もうっていう奴はそういないでしょう」

「古川君、中村君、まぁそんな感じだ。佐野は留学期間を一年少々延長して、来年の三月に帰国するらしい。そのつもりでいてくれ。ちょうど私が退官するころだな」


　両親をニューヨークのケネディー空港で見送ってから約二週間後、アキラは研究室で今後のことを二人の教授に打ち明けた。当初の留学期間は残すところあと一カ月程度だったので帰国への準備を始める時期でもあった。アメリカでは新しく若き民主党のクリントン大統領が選ばれたばかりだ。美しく賢そうな夫人と共に、爽やかな新風をもたらすだろうと大学の若い連中は話している。

　アメリカでは研究者が数年単位で大学や研究室を移籍することはキャリアアップへの当然のことなので、多分理解してもらえるだろうという気持ちがあった。

「教授、ここでの留学期間は年末までで終わります。初めてのアメリカ生活、慣れない研究室生活でご迷惑をおかけしたと思います。お二人を始め、研究室の皆さんには大変お世話になりました」

「もう帰国の時期になったのか。早いよね、月日がたつのは」

「アキ、この前の二本目の論文の訂正後の再提出、帰国前に急がないとね。書きかけの三本目の論文も投稿だけはすましてから日本に帰ってくれよ」

「実は教授、僕はもう少しアメリカに残るつもりです。全く今とは異なる領域ですが、遺伝子治療の臨床応用を目指して研究したいんです。日本人の留学仲間の紹介で、来年一月からペンシルベニア大学循環器科へ移籍することになりました」

「そうなのか、いい話じゃないか。詳しくは知らないが、脂質異常の分野でも家族性高コレステロール血症を遺伝子導入して治せないかという話が出始めてるということは聞いたことある。そんな感じの研究をペン大でやってるのかい」

「ヒト遺伝子治療研究所というのが来年から医学部長の肝入りで始まるらしく、今はまだないんです。所長はミシガン大学から来るのですが、僕はコラボレーションする循環器科枠での採用です」

「それは面白くなりそうだね。日本じゃまだ遺伝子治療は手がけてないんじゃないか。アキが最初の日本人研究者になるかもだぞ。せっかくアメリカに来たからには、日本じゃできないことをしたいだろうしな。よかったじゃないか」

「ご理解いただけてよかったです。アメリカは思い切った研究をするにはいいところですね。生活も楽しいし、すっかり気に入ってしまいました」

「それはよかった。でもね、アキのような日本人留学生は比較的経済的にも余裕があって、帰国後のちゃんとした居場所もあるよね。だから、こう言っては気分を害するかもしれないが、旅行者的な立場で気軽に研究できるのかもしれないね」

「確かにそれは少し感じます。留学先で顕著な成果をあげられなくても、あるいはファカルティー（正式な教員職位）が得られなくても、帰国して臨床医に戻ればとりあえず生活には困りませんし、帰国して研究テーマをガラッと変えてしまうことも多いです。次の遺伝子治療の研究も、果たして期間中に成果があがるかどうか全然わかりませんし、恐らく大した成果は数年程度では得られないでしょう」

「その通りだよ。私もポーランド移民だし、英語を母国語としない研究者がアメリカで立派な成果を短期間であげ続けて安定した研究ポジションを得るのは決して容易なことではないんだ。最近の東欧の政治的激変で、希望を胸に、あるいは経済的理由からアメリカに渡って来る東欧系の基礎医学研究者も少なくないけど、あまり英語ができないと、どんなに母国で優秀でも馬鹿にしたり虐めたりするアメリカ人も少なくないんだよ。もっとも、ほとんどが数年で帰国するような日本人留学生には比較的優しいんだけどね」

「ロベルトにもそんなつらい時期があったんですか。英語はネイティブみたいだけど」

「今はもう大丈夫。ここはみんな理解あるし、優しいし。でもテンプル大学で最初に大きな成果をあげて軌道に乗るまでは実に苦しかったよ。もう年齢的に他へ移籍してまで活躍したいという気持ちはないけど、テンプル大学のころには早く次のステップへと移籍したかった。言葉が不自由な新しい移民はいろいろと大変なんだ。今ここにも英語が少し下手な東欧系移民の研究者が何人かいるだろ。僕は東欧系移民の先輩として、彼女たちが嫌な思いをせずに研究できるように少しでもサポートしたいと思って受け入れているんだよ」

「なんとなくそうかなぁと思っていました。そういう意味では我々日本人留学生は恵まれているのでしょうね」

「同じアジア系でも、韓国人や最近増えてきた中国人は帰国せずアメリカで成功したいと思っている場合が多いから、アフリカ系や中南米系の移民と競合してしまいがちだ。いろいろと衝突し、攻撃対象になる可能性が高く、実際にそんな事件が報道されることが増えてきた。その点、日本人は数年で帰国する人がほとんどだから、衝突は少ないね。国民性の違いかもしれないけど」

　これまで移民問題はデリケートな話題なのでロベルトたちと話すことを避けていたが、日本人留学生にはうかがいしれない暗い闇の部分もアメリカには少なくないようだ。

　クリスマスのホリデーシーズンを前に、アキラはようやく移籍と留学延長の書類手続きを完了し、関係者への説明と承諾を全て得ることができて少しホッとしていた。ただ、来年への大きな期待の陰で、控えめな不安感がアキラを包んでいた。鳴り物入りでこの街にやって来るトム・ワトソンとは、果たしてどんな研究者なのだろうか。

今回の移籍話が出る前に決めていた年越しの旅行に、アキラと久美は出かけた。前年はニューヨークでの年越しを日本人らしく楽しんだが、今回はもう二度とないだろうと思っていたので、日本から行きづらい大西洋に浮かぶバミューダ島で過ごそうと決めていた。飛行機が謎の失踪をするというバミューダ・トライアングル。そのミステリアスなイギリス領の美しい小さな孤島で静かに新年を迎えた。素敵な年になりそうな予感がした。

第四章　ヒト遺伝子治療研究所

一九九三年

アキラが留学して三度目の秋を迎えていた。夏に久美が出産準備のため日本に帰ったので、初めて一人で過ごす秋だった。夕食も大学で軽くとり、毎晩遅くまでラボで過ごすことが多い。夜九時を過ぎたころには清掃専門のスタッフが毎晩ラボにやってくる。夜十時を過ぎると屈強そうな警備スタッフが時折巡回してくるので、少なくとも研究棟の中は安全だった。

「いつもありがとね。昨日は孫とフィリーズの野球の試合を見に行ったのかい」

「今年は優勝しそうよ。アキは、クミがいなくて寂しいでしょ。いつも遅くまでがんばってるのね。気をつけて帰るのよ」

アキラは、顔馴染みになった彼ら彼女らと静かな夜のラボで短く何気ない言葉を交わすのが好きだった。静寂の中で緊張がとけ、ホッとする時間だった。いろんな人々が影日向に研究者を支えてくれ、励ましてくれる。

日本に比べ、セキュリティーの関係からか研究者の多くは比較的早く帰宅するが、外国からやってきたポスドクたちを夜遅くラボで見かけることは少なくなかった。中にはたびたび帰宅時に出くわして、無縁の研究室であっても顔見知りになる場合がある。二つ上の階の女性ポスドク、アキラたちがキャリーと英語風に呼んでいるカリコ・マジャールもそんな一人だった。数年前にハンガリーからやって来た東欧訛りの英語を話す長身でショートヘアーの女性だ。

「ヘイ、アキ。調子はどうなの。最近はかなり遅くまで残ってるみたいじゃない」

「久美が帰国したから部屋に帰ってもつまんないしね。キャリーは朝も早いし、夜もたぶん一番遅いし、娘の世話で早く家に帰らなくていいの」

「私は研究が一番楽しいもの。そのためにはるばるアメリカに来たのよ。夫も娘もよき理解者で協力してくれるわ。ハンガリーにいたころはもっと遅かったのよ。アメリカみたいに銃社会じゃないから危なくもないし。娘が生まれる前は、ラボで徹夜することも多かったわ。日本人も同じでしょ」

「アメリカは確かに怖いからね。徹夜したいとかは思わない。だけど、キャリーみたいな女性研究者は少ないよね」

「まだあまり業績をあげてないし、がんばって論文を書かないと次の契約更新ができなくなるかもしれないし。研究室をクビになってハンガリーに戻りたくないわ。やっぱりアメリカのほうが研究環境はいいもの」

カリコも同じ循環器科のポスドクだが、バーンスタイン准教授の研究室で雇用されている。研究会議などで顔を合わせる機会はなかったが、廊下やコピー機の前で時々出会い、なぜか気になる存在だった。

毎週水曜の朝、アンナの研究室では論文抄読会が開かれる。日本の研究室や病院で行われるスタイルとほぼ同じで、教授を始め、基本的にはメンバー全員が出席する。最近は人数が増え、アンナは内科系研究棟と渡り廊下でつながったジョン・モルガン基礎医学研究棟の病理解剖学教室の会議室を利用していた。

非常に歴史ある石造りの建物で、内装は至るところに美しい大理石が施され、赤を基調としたクラシカルな壁紙と濃緑色のビロードのカーテンが重厚さをさらに演出していた。階段の踊り場には、大理石の壁に大きな絵画が飾られ、毎回アキラの眼を奪って見飽きることがない。階段教室の底の中央にある寝台に横たわる患者の横で、学生たちに診療と診断の講義を行っているウイリアム・オスラー博士を描いた有名な絵画だ。医学史に大きな名を残すオスラー博士は、約百年前の一時期、この大学で学生たちに医学教育をしていた。アキラは日野原重明先生が紹介されるオスラー博士の伝記に心酔していたこともあって感慨深く、毎週の抄読会に向かう際のひそかなたのしみだった。

今日の抄読会は眼科医ジルの担当だった。遺伝子導入ベクター（運び役）として新しいＡＡＶ（アデノ随伴ウイルス）を利用する可能性に関して論じた論文をジルは選んでいた。

「現在はレトロウイルスかアデノウイルスが主流で、私もアキも今はトムの研究室でアデノウイルスをベクターとして利用する研究を進めていますが、この論文が示唆するように、今後はＡＡＶが応用される割合が増えるのではないかと思います。アデノに比べると小さく、組み込めるＤＮＡのサイズにも限度がありますが、導入時の効率もよく、細胞傷害性が他のウイルスベクターに比べると相当少ないという期待があるようです」

「アキはどう思うの。ジルと同じ意見なの」

「僕も実際にはＡＡＶを扱った経験はないですが、ジルと同じ考えです。トムの研究室でも最近の勉強会はＡＡＶの話題が増えています。いくつかのサブタイプが発見されていますし、今後もっと増える可能性もあります。各臓器への適性を含め、どのタイプのＡＡＶが好ましいか、導入遺伝子や対象臓器により選択しながら応用されるかなぁと感じます」

アキラはジルと顔を見合わせ、さらに言葉を続けた。

「実際に遺伝子治療をヒトで臨床応用するのが我々の目標ですが、組織傷害は研究継続への大きなリスクをはらんでいますからね。これからワトソン研究室では実際にレトロやアデノをベクターにした臨床応用を秋から冬にかけて計画していますが、実はその先のベクター探しも並行して進めています。その第一候補がＡＡＶでしょう」

抄読会とは、重要と思われる興味深い論文を事前に担当者が詳しく読み込んで、それを要約しながら他のメンバーに説明する勉強会だ。日本でも広く行われ、時間の節約をしながら研究の流れをグループで共有できる。ジルが循環器科の抄読会に参加するのは、月に一度必ず行われる遺伝子治療がテーマの会だけだが、他の誰よりも賢くさえてると、アキラは毎回楽しみにしていた。抄読会が終わって、アキラはジルに感想を伝えた。

「先天性の網膜疾患には遺伝子治療はいいターゲットだよね。視力を取り戻せる日が早く来ればいいね。ＡＡＶは眼科領域にはマッチしやすそうだね。トムたちのところで早く供給できる体制ができればいいけど、まだレトロとアデノの可能性を捨ててはいないし、むしろ今からがアデノの本番と思ってるみたいだしね」

「細胞傷害性は多くの研究者が危惧してるからね。アキは内科研究棟の上の階のキャリーを知ってるでしょ。彼女はとりわけ細胞傷害性をなんとか回避したいと考えてるの。できれば今主流のウイルスベクター自体を避けて、もっとｍＲＮＡの利用を進めたがってるの」

「キャリーとは遅くなった時とかに彼女のラボで話をすることはあるけど、あまり研究の話をすることはなくて、東欧の話とか生活の苦労話とか雑談がほとんどだったから」

「今度はちゃんと研究の話もしたらいいわ。賢くてがんばり屋だから」

ジルはあのカリコをすごく高く評価しているようだ。

その日は循環器科のラボで、アキラは朝から実験データの整理をしていた。外線着信を知らせる電話が鳴り、近くにいた女性循環器科医のミシェル・シューがアキラに向かって明るく声をかけた。

「アキ〜、久美から国際電話よ。彼女がラボに直接電話するとか珍しいわね」

「ありがとう、ミシェル。今ごろは、日本は深夜の時間帯だよ。何か悪い話じゃないといいけど」

アキラは少し緊張しながら受話器をミシェルから受け取った。

「もしもし、どう。疲れたような声だけど、大丈夫かい。生まれたのかい」

久美はアキラがペンシルベニア大学で研究を始めたころに初めての子を身ごもった。アメリカでの出産を希望する留学生も多かったが、久美の父親も兄も産婦人科で、久美の強い希望もあり帰国して出産することになった。

「一時間ほど前に無事に生まれたわ。元気な女の子よ。父が取り上げてくれたの」

「そうか、よかった。すごくうれしいよ。疲れただろうね」

「少し難産だったけど、今は大丈夫よ。あなたに早く会わせたいけど、しばらく帰国は難しいわよね」

「そうなんだ、すごく会いたいけど。九月末にワトソン研究室が主催して、ホテルに宿泊しながら深夜まで研究テーマを語り合う合宿があるんだよ。彼のラボに直接間接に関係している研究者だけじゃなく、他のラボで違うテーマや手法で研究してる大学内の優秀な研究者たちも何人か声をかけてるみ

書肆侃侃房
Shoshikankanbou

Woman's Best 17　韓国女性文学シリーズ14

小さな町　ソン・ボミ　著　橋本智保

本体1,800円＋税　978-4-86385-592-2

過去をすべて消しても生きていけるだろうか

私だけが知らなかった、
私のもう一つの物語

幼い頃の記憶。火事に見舞われた小さな町で、亡く
った悲しみに犬を飼う人々。死んだ兄。森の中に隠
て暮らす女性。いなくなった父。母の秘密。夫のスク
ップブックと、消えた女優。現在と過去が交錯し、思
ぬ真実が立ち上がってくる。

カッコの多い手紙

スリーク、イ・ラン　著　吉良佳奈江　訳

本体2,000円＋税　978-4-86385-593-9

《手紙には何度も（カッコ）を使いましたね》
ミュージシャンで、フェミニズムの同志。先
行き不明のコロナ禍に交わされたイ・ラン
とスリークふたりの往復書簡。

猫と暮らすこと、妊娠する身体、憂鬱な心の話を分
ち合い、ヴィーガニズムや反トランスジェンダー差別
語り合う。私的なことと社会的なこと、共感と対話の
いだを行き来しながら紡がれる優しくゆたかな言
たちは、あたらしい距離を測りつづけている。

まぼろしの枇杷の葉蔭で

祖母、葛原妙子の思い出　金子冬実

本体1,600円＋税　978-4-86385-590-8

おばあちゃんとのことについて、色々な人が色々なことを言っているだろう。あれはみんな違うんだよ

「幻視の女王」とも評された、戦後短歌史を代表する歌人、葛原妙子。彼女には家族にしか見せなかった別の姿があった——。チャーミングで愛おしい、「異形の歌人」の横顔。

現代詩ラ・メールがあった頃

1983.7.1 — 1993.4.1　棚沢永子

体2,000円＋税　978-4-86385-585-4

から40年前、ふたりの女性詩人が男性主導の文芸シーンに一を投じるべく立ち上がった。
川和江・吉原幸子責任編集「現代詩ラ・メール」の創刊である。

性による女性のための詩誌創刊。女たちの発表の場を作り出し、また人たちを発見しはぐくみながら、詩の大海原を航海し続けた10年間。いあり、涙あり、事件あり。ここで語られる数多の出来事は、単なる過去思い出話ではない。現代にも繋がる熱きシスターフッドの物語である。

寺山修司　彼と私の物語

——九條今日子の告白　青目海

本体1,900円＋税　978-4-86385-584-7

「青目……寺山のこと、好きだった？」

恋人、元妻、師、同志として、生涯を寺山修司のパートナーであり続けた九條今日子が、晩年に再会した著者にだけ開いて見せた思い出の小箱。誰にも見せることのなかった寺山の素顔に胸打たれる。元天井桟敷の著者が綴る今は亡き九條今日子と寺山修司の物語。

ミステリ映像の最前線　原作と映像の交叉光線《クロスライト》

千街晶之

体2,300円＋税　978-4-86385-582-3

ステリが映像化される際、何のために、
のように改変されるのか。

アガサ・クリスティー、東野圭吾、横溝正史など、名作とその映像化のもたらす化学反応の面白さ。その秘められた意図とは？

リエント急行殺人事件／屍人荘の殺人／女子高生に殺されたい／探偵はBRにいる／キングスマン／お嬢さん／サスペリア／ナイトメア・アリー　など

post card

恐れ入りますが、切手をお貼りください

810-0041

福岡市中央区大名2-8-18
天神パークビル50

書肆侃侃房 行

フリガナ
お名前　　男・女　年齢　　歳

ご住所　〒

TEL(　　　)　　ご職業

e-mail：

※新刊・イベント情報などお届けすることがあります。　不要な場合は、チェックをお願いします→□
著者や翻訳者に連絡先をお伝えすることがあります。　不可の場合は、チェックをお願いします→□

□**注文申込書**　このはがきでご注文いただいた方は、**送料をサービス**させていただきます
※本の代金のお支払いは、本の到着後１週間以内にお願いします。

本のタイトル	冊
本のタイトル	冊
本のタイトル	冊

読者カード

本書のタイトル

購入された書店

本書をお知りになったきっかけ

ご感想や著者へのメッセージなどご自由にお書きください

※お客様の声をHPや広告などに匿名で掲載させていただくことがありますので、ご了承ください。

◀こちらから感想を送ることが可能です。

書肆侃侃房　http://www.kankanbou.com　info@kankanbou.com

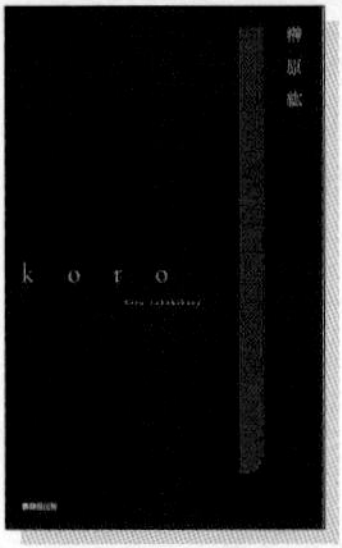

koro　榊原紘

本体2,100円＋税　978-4-86385-588-5

眼の奥に錆びた秤が一つあり泣けばわずかに揺れる音す

『悪友』で熱烈な支持を集める著者の、無二の進化を遂げた渾の第二歌集。

銀漢に表裏があれば手触りは違うのだろう　指輪を外す
百合のように俯き帽子脱ぐときに胸に迫りぬ破約の歴史
ボトルシップの底に小さな海がある　語彙がないから恋になるだけ
ヘアバームのくらいにおいだ泣くのなら最初の一粒から見ていたい

前川佐美雄歌集　前川佐美雄／三枝昂之編

本体2,400円＋税　978-4-86385-589-2

いますぐに君はこの街に放火せよその焔《ひ》の何んとうつくしからむ

生誕120年！　塚本邦雄、山中智恵子の師であり、「現代短歌の発端」として比類なき歌を紡いだ歌人・前川佐美雄。代表歌集『植物祭』『大和』を完本で収録、前川佐美雄の短歌世界を見渡せる1600首。

春がすみいよよ濃くなる眞晝間のなにも見えねば大和と思へ
火の如くなりてわが行く枯野原二月の雲雀身ぬちに入れぬ

ユニヴェール20　流　桜川冴子

本体2,100円＋税　978-4-86385-594-6

水俣を離れ続けてほーれ、ほう流民の舟にあれば歌へり

流──水俣を離れて50年。
ふるさとの家はなお水俣にありて歌い続ける著者のこれまで5冊の歌集から抄出した選歌集

頼りない湯豆腐のような君なれば生姜のように座ってあげる
沈黙の会議はつづく　微笑みてをれど開かぬモナリザの唇《くち》
大宇宙つくり給へる手を想ふまつ白な雪を転がしながら

精神の生活　クリスティン・スモールウッド　佐藤直子訳

本体2,100円＋税　978-4-86385-587-8

このままならない身体とのつきあい方を、誰も教えてくれない。トイレの個室で不安をひとり抱きしめているひとがいる。そこで何が起こっているか、あなたは本当に知っているだろうか。
──永井玲衣（哲学研究者／『水中の哲学者たち』）
この痛みを何と呼んだらいいのか？　「流産」というテーマを克明かつ赤裸々に描いた傑作小説。

たいなんだ。循環器科からも、アンナの研究室メンバーだけでなく何人も参加するので僕も行きたいんだ」

「そうよね、今はそれが最優先よね。お宮参りの時は数日だけでも帰国して一緒に行けたらうれしいけど」

「とんぼ返りしてでも会いたいよ。それと、命名は久美にまかせるよ」

長い時間がかかったのだろう。十三時間の時差があり、深夜二時近くの電話だった。

電話を切って振り返ると、ラボのメンバーたちが口々にアキラにお祝いの言葉をかけてくれた。まだ親になったという実感がわかなかったが、研究への意欲がより一層増したような気がした。


九月最後の週末に、ワトソン研究室主宰の勉強会合宿が二泊三日のスケジュールで開催された。会場はペンシルベニア州の東隣、ニュージャージー州の最南端の岬にある小さな海辺の街、ケープメイ。大学からは約百キロの距離で、参加メンバーたちは互いに車に同乗して瀟洒な海辺のホテルに到着していた。大西洋に面し、海以外に何もない素朴な落ち着いた雰囲気の海浜リゾートだ。夏の喧騒も今は過ぎ去り、落ち着いて勉強するのにふさわしい。アンナの研究室からは、アンナ以外の全員が参加した。遺伝子治療の臨床応用に世界で最も迫っているワトソン研究室と一緒に学べるまたとない機会だった。

場所のせいか、誰もがリラックスしているようだ。しかし、それも勉強会が始まるまでのことだろう。厳しい討論や質疑応答が寝る間を惜しんで行われるに違いない。

会場には先に眼科のジルもテクニシャンのマーを連れて到着していた。笑顔で二人が話をしていたのはカリコ・マジャールと彼女の同僚ポスドクのリーだった。マーとリーは中国内の別の場所から異なる時期に渡米してきたが、仲がいいのはアキラも知っていた。

「ハーイ、アキ。道に迷わなかった。楽しもうね。キャリーも、トムのラボのミーティングは初めてだから興奮気味みたいよ」

「やぁ、アキ。海がきれいよね。ハンガリーには海がないから、今日はウキウキしてるわ。それにこんなリゾートホテルでの合宿勉強会なんて、ハンガリーじゃ考えられなかったからね。参加費が高いのが難点だけど、たくさん勉強してその費用分は取り戻すわよ。また後から会場で会いましょうね」

夏のシーズンが過ぎたホテルは、ロビーや廊下で参加者たちが論文などを手に討論したり、飲み物を手に談笑したりして、まるで研究室がそのまま引っ越してきたかのようだ。

チェックインして部屋に向かい、アキラは楽な服装に着替えをした。日本なら相部屋だろうが、それぞれに個室が用意されていた。人種も宗教も習慣も食生活も様々に異なるアメリカでは、たとえ同じ研究室であっても家族以外は個室が当たり前なのだろう。二階の南向きの部屋からは広い砂浜の向こうに明るい静かな大西洋が見渡せた。心地いい風が吹いている。右手にはフィラデルフィアに続くデラウエア湾が広がり、大小のヨットでセーリングを楽しむ人々の上空を白い海鳥が気持ちよさそうに群れ飛んでいる。

一階の広い会議室には、机と椅子がスクリーンに向くように並べられていた。参加者は総勢六十人ほどで、七割ほどの顔をアキラは見知っていた。ほぼ全員がワトソン研究室を含むペンシルベニア大学の関係者だったが、循環器科やジルの眼科の他は、肝臓や骨格筋、さらには脊椎や脳など中枢神経領域の研究者も多くいたようだ。様々な領域で遺伝子治療の可能性を探っているのだろう。医師の研究者は四割ほどで、半分以上はカリコのような医師でない研究者だ。昨年末に応募したころに比べて、様々な領域で遺伝子治療研究への興味が急速に高まっているのをアキラはすごく感じていた。

遺伝子治療研究者には大きく三つのタイプがいる。ワトソン研究室のように、遺伝子導入ベクターのデザインや作製に加え、実際に臨床応用しようと総合的に迫っているトップチームの研究者たちで、現時点では世界中にそう多くない。ジルやアキラたちのように、協力機関ですでにデザインされ作製されたウイルスベクターを自分の専門領域の遺伝的稀少疾患の患者やモデル動物の実験系に最短距離で臨床応用できないかと模索している医師の研究者たちは少なくない。最も多くを占めるのは、遺伝子導入技術を培養細胞を使った実験系などに応用して疾患の原因究明や病態解明を試みようとする基礎研究者たちだろう。

実際に患者に臨床応用するには一筋縄ではいかない険しい道のりもトップランナーたちの間で予想され始めており、多くの研究者たちは身近な実験システム内での限定的なウイルスベクター利用を考えているようだ。どんな研究領域でも苦難の過程が存在し、仮説と実験を繰り返し目標に近づき到達することが先駆者たちの喜びであり存在意義でもあろう。初期メンバーの多くは高い壁に阻まれ挫折しがちだが、ここに集う研究者たちの中から後世に認められ社会に大きな貢献をする人は育つのであろうか。アキラは憧れの眼でトムやジルの姿を近くで見ていた。

金曜日の昼過ぎ、トムの挨拶で研究会が始まった。日曜日の昼過ぎまで丸二日間、散歩と食事以外はホテルで完全な缶詰めとなり、熱い討論の渦に巻き込まれる刺激的な時間が続きそうだ。

「研究者の皆さん、ジュラシックパークへようこそ」

偉大なリーダーの第一声を待っていた研究者たちの大きな笑いと拍手が会場に満ち溢れた。トムは最近封切りされた大ヒット映画の話題で参加者の気持ちをガッチリつかんだようだ。アキラも発掘した琥珀に封入された蚊の血液中のＤＮＡから絶滅した恐竜を蘇らせるという物語に魅了された一人だった。全ゲノム解析やゲノム編集、そして遺伝子操作や治療に最近は世間でも大きな興味が集まっている。

「ペンシルベニア大学ヒト遺伝子治療研究所長のトム・ワトソンです。これから丸二日間、我々が目指す共通の目標、つまり遺伝子導入技術を臨床応用して世界中の様々な疾患に苦しむ人々に全く新しい治療アプローチで恩恵をもたらせるよう勉強会を開きます。各自の研究進捗レポートではなく、行く手に横たわる手強い諸課題を突破するために、診療科や研究室の垣根を越えて英知を出し合いましょう。皆さんと一緒に、昨日までよりも少しでも前に進めればと思っています」

わずかに笑みを浮かべながらも真摯な態度でトムが開会の挨拶をした。ジルもキャリーも最前列に座り、日ころ見たことがないような真剣なまなざしで若きゴールデンボーイの言葉にうなずいている。

「初日は我々の研究室の各分野のチーフが、現状報告とクリアすべき課題を話します。そのうち、レトロウイルス・ベクターを利用するＬＤＬＲ（悪玉コレステロール受容体）遺伝子異常と、アデノウイルス・ベクターを利用するＣＦ（嚢胞性肺線維症）に関しては、すでに臨床応用の最終段階に近づいています。患者の選定を含む治療プロトコール作成も慎重に検討を重ねています。この辺りに関しても、フロアから、特に医師の皆さんから忌憚のないご意見をいただければと思います。明日は他のラボから参加されている方々の研究アイデアをご披露いただき、その実現のための最適なアプローチ方法や懸念される困難克服方法などを一緒に考えてみたいと思います。そして夜は、大きな可能性を秘めると期待されるAAVのベクター応用に関し、我々の研究室に新しく加わってくれるシューとジャオ、それと眼科のジルを中心に、ディスカッション形式で学びたいと思います。最終日には、不安定で治療への応用に見通しが立たないながらも、理論的には大きな可能性を秘めていると私も感じているmRNA研究の現状と治療応用への克服すべき課題やその見通しなどを一緒に考えてみたいと思っています。そのため、循環器科のカリコ・マジャールにも声かけをして参加してもらいました。ボスのアンナは急いで循環器科全体をウイルス・ベクター利用の遺伝子治療で染め上げたいみたいですが、私自身はアンナより我慢強いので、mRNA医薬の将来的なポテンシャルも認めていますからね。ただし、今言ったことはアンナには絶対に内緒ですよ。よろしいですね」

　トムが笑顔でそう言うと、会場から大きな拍手と笑いが巻き起こった。ノーベル賞に値するような画期的な業績をあげるには知識に裏づけられた天才的なひらめきが必要だが、努力と我慢強さがなければ難しいだろう。そして選択と集中、時には強引さも大切な役割を果たすのではないか。決して皮肉ではなく、アンナと強い絆で結ばれた仲間同士の親愛の気持ちから発せられたトムの言葉だろう。この一言で会場の緊張が一気にほぐれて、スムーズに合宿勉強会がスタートした。

　基本的な遺伝子導入方法には複製能力を失わせたウイルスをベクターとして用いる方法がその効率性ゆえに最も注目され、この秋にもワトソン研究室が実際にヒトを治療対象に応用を始めようとしていた。導入する遺伝子がＤＮＡでなく、もっと直接的にｍＲＮＡを、脂質膜で包むなどウイルスを用いない方法で導入を試みる研究グループも世界中にいくつもあり、カリコたちもその一つだ。その試みをトム・ワトソンは、将来的に技術革新が起これば応用範囲が広く有力な候補になると期待していたのだ。ただ彼ら自身にはその技術や研究にさける余裕もなく、機会をとらえて熱心に質問を繰り出すキャリーの研究への熱意を興味深くとらえていたのだろう。

ケープメイで開催された勉強会は、期待どおり寝る時以外は学び続けるような刺激に満ちたものになった。トムの将来展望を聞けば聞くほどアキラは久美と気持ちを共有したかったが、彼女は日本で初めての子育てに翻弄されていることだろう。二週間後には日本にとんぼ返りしてお宮参りをする予定だが、写真が国際郵便で送られてきて少しは実感もわいてきた。受話器から聞こえてくる泣き声は元気そうで、アキラは娘に早く会いたい反面、一日も研究日を無駄にしたくなかった。

アキラは循環器科研究室でアンナと言葉を交わした後に内科系研究棟を離れた。美しい学生寮、通称「クワッド」前の南三十六番通りを歩いて北に向かい、交通量が多いスプルース通りを渡ってウイスター研究所にあるワトソン研究室に行った。横断歩道からよく見える二階の角部屋が所長のトムの部屋で、今も窓辺に彼の姿が見える。

今日は定例のメンバー会議が予定されている。十五人ほどが座れる会議室は、いつも十人近い立ち見の参加者もいて混雑し、やる気がない研究者には何とも入りにくい雰囲気が漂う。循環器科に所属するアキラは定例会議に自由に参加が許された唯一の部外者だった。トムと親しいアンナの後押しによる特例だ。この領域の基礎知識に乏しく一年期限のアキラは、トムにとっては役立つ存在ではない代わりに危険な存在でもなかったからだろう。実際、会議で矢継ぎ早に交わされる細かい議論にはついていけなかった。

それでも会議に参加すると刺激的なことも多く、今日は近く予定されている家族性高脂血症の治験ボランティア患者の話が出た。約一カ月後の十一月初旬に実施予定の治療計画は、レトロウイルスを遺伝子導入ベクターとして利用する方法で、ＬＤＬＲ遺伝子を患者五人に投与して、その後の血中ＬＤＬ値を時間を追ってモニターするという。驚いたことに、五人の患者の中にアメリカ国籍は見当たらない。誰かがささやいていたが、リスクがないと言えないだけに、アメリカ人を最初の治療群に加える不安が大きかったのだろうか。まだ実験的要素が色濃い治療法なのだろうとアキラ自身は計画を聞きながら感じていた。

十月中旬、アキラは長女誕生のお宮参りのために日本に一時帰国した。皇太子の結婚で明るい話題もあったものの、日本はいつのまにかバブル景気が崩壊して少し寂しげな雰囲気が漂っていた。成田空港で国内線に乗り換える時にテレビで日本シリーズの模様が流されていたが、大リーグのほうが肌に合うようになっている自分を感じた。今年は久々にフィラデルフィアを本拠地とするフィリーズが大活躍をしていたからかもしれない。ナショナルリーグ東地区でミラクルを連発して勝ち上がった野性的個性派ぞろいのフィリーズは、西地区のアトランタ・ブレーブスをプレーオフで制した。十月十六日からはワールドシリーズでアメリカンリーグの覇者トロント・ブルージェイズと戦い、第二戦を終えて一勝一敗。アキラが日本からフィラデルフィアに戻る時にはすでにワールドチャンピオンが決まっていることだろう。テレビで大リーグ生中継を見れないのが残念だった。

久々に瀬戸内県平和市にある久美の実家を訪れた。座敷の小さな布団で長女はスヤスヤと午睡をしていた。

「おかえりなさい。娘の元美ですよ。あなたに似てるでしょう」

「そうかな、眠っているからよくわからないけど、健康ならそれでいいよ。もう身体は大丈夫なの。明日のお宮参り、天気はよさそうで安心したよ」

「そうね、少し涼しいかもしれないわね。ご両親とは午後二時に待ち合わせをしています。今夜はここに泊まって、明日はご実家で久しぶりに過ごしてください。三日後にはアメリカに戻るんでしょ。時差ボケする暇もないわね。元美の顔をしっかり覚えて戻ってくださいね」

「今から新幹線で吉備大学の医局に行って、嶋田教授に報告に行ってくるからね。医局の他の先生たちとも会って話をするだろうから少し遅くなるかも」

アキラは元美の寝顔を右から左から愛おしく眺め、薄く生えた髪の毛を時折触りながら、わずかな時間を惜しんでいた。

アキラは吉備大学第三内科の中村医局長をまず訪ねた。

「おう、佐野。元気そうじゃないか。教授室で嶋田教授がお待ちかねだぞ。古川助教授は急用ができて会えなくなったが、一生懸命がんばれよって言われてたぞ」

嶋田教授とは渡米後に二回、ＡＨＡ（アメリカ心臓学会）の会場で短時間アキラは顔を合わせていたが、ペンシルベニア大学に移籍してから直接会って話をするのは初めてだった。あと半年もしないうちに帰国し医局に戻るが、嶋田教授はその直前に教授を退官して、後任教授の選挙が行われる。古川助教授が有力な後任候補だが、教授選では予測できない波乱も多い。次の教授次第で帰国後の研究環境が大きく左右されるだろうが、アキラが教授選に関われる余地は全くなかった。

「ご無沙汰しておりました。一時帰国したのでご挨拶がてら医局に立ち寄りました」

「元気そうだね。座りなさい。どうだ、今の研究所は。去年の秋にお前さんが急に電話してきて移籍したいって言うもんだから、俺も古川もビックリしたぞ。なにしろ、遺伝子治療なんて去年の今頃は日本で誰も言ってなかったからな。少なくとも臨床の連中は」

「ご心配おかけしています。勝手に移籍し、帰国延期も許していただき申し訳ありませんでした。研究テーマを大きく変えましたが、なぜ移籍したいか、何をしたいかなどは電話や手紙で説明したどおりです。現在は、ペン大の循環器科のスワンソン主任教授のラボに籍を置き、ワトソン所長のヒト遺伝子治療研究所で実際の活動をしています。スワンソン教授とワトソン所長は非常に仲がいいので、自由に研究所の全ての会議などに参加させていただいています」

「実際にヒトに臨床応用が始まるのか。もうそんな段階にアメリカはあるのか」

「そうなんです。循環器科領域では、今年中に難治性家族性高コレステロール血症の患者にレトロウイルスをベクターとして、ＬＤＬの受容体の遺伝子を導入する臨床応用を行う予定です。現在、研究所と大学病院の臨床医との間で頻回に打ち合わせが行われています」

「ホントかぁ。ちょっと日本じゃ想像もできないほど先行してるなぁ。お前自身は何をしてるんだ。日本じゃ何にもその分野の経験なかったから苦労しとるだろ」

「僕はレトロウイルスの次の段階と期待されるアデノウイルスをベクターとする遺伝子導入を実験動物に試みています。バルーン治療後の血管平滑筋の再狭窄予防が現時点での具体的なターゲットではありますが、同時に心筋細胞への導入にもチャレンジしています。今のところはレトロに比べて導入効率は高く、細胞傷害性は少なく将来性はありそうですが、実際にヒトの臨床応用へ直結するかはわかりません。リスクとベネフィットの関係だと、一般的な疾患への応用はまだまだ厳しいかもしれません。ただ、アメリカ人に多い致死的疾患である呼吸器系遺伝病の嚢胞性肺線維症に対しては、年内か来年早々には欠損遺伝子導入の臨床応用をヒトで計画してるようです」

「ホントかぁ。アメリカはすさまじいな。大丈夫なのか、そんなに急いで」

「ボストンのグループが先行して類似治療を終え解析を進めていますが、僕の印象では細胞への導入効率は必ずしも高いとはいえず、細胞傷害性の問題に関しても安心して臨床応用できそうなところまでクリアして進んでるようには見えません。完全な実用化には遠いんじゃないかと思います。ただ、英語の話し合いが細部まで全部理解できるわけでもないので、ゴーサインが出てるということは、案外と安全性も含め問題ないのかもしれません」

「そうか、お前はとにかく何でもどんどん見てこい。論文を書くような段階ではなかろうが、お前のような個人的成果を求めず先駆的知見を眺めて学んで伝えてくれる奴も日本には必要なんだ。幸い親父さんが経済的な支援はしてくれるだろうから、甘えて学べるだけ学んで来い。お前を見てるとうらやましいぞ。昔の元気だった自分を思い出す」

「今のアメリカは誰もが遺伝子治療を目指してるようにさえ思えますが、ウイルスベクターの炎症惹起や予期せぬ潜在リスクを懸念して、あえて手を出さずに別の遺伝子導入法を試みようとする研究者もいます。例えば、親しいハンガリー人のポスドクはｍＲＮＡを直接細胞に導入してタンパクを作らせようと試みています。この前は線維芽細胞に遺伝子を導入して心筋細胞のように同期した拍動をする細胞を実験的に作成して見せてくれました。驚きました。とにかく、遺伝子治療の研究に携われて幸せです」

「そうだよな。わかるよ、お前の気持ち。帰国後に一緒にやりたいが、そのころはもう俺は退官していないからな。新しい教授と一緒にうまくやれ。とにかくがんばれよ」

　退官が近づいた嶋田教授は、アキラを気持ちよく再びアメリカに送り出してくれた。


　フィラデルフィアの紅葉も盛りの時期を迎えている。日本のひなびた寺院の苔と紅葉の美しさをこよなく愛するアキラだが、ハロウィンから感謝祭にかけてのアメリカ東海岸の紅葉はことのほか素晴らしいと感じている。

　十一月上旬からジョージア州アトランタで第六十六回ＡＨＡが開催され、アキラはアンナたちと参加した。昨年まで見かけなかった遺伝子治療関連の演題がいくつか発表されている。まだ初歩的な遺伝子導入技術に関するもので、すでにアキラたちのグループも同様の実験を実施していたので特に目新しい発表はなかった。実際の競争は学会発表や論文が印刷される前に激しく行われていることが多い。

会場に集った面々の表情や質問の傾向や、その質問をどのグループがなぜ会場で行うのか、それらを観察するのも学会参加の目的であった。研究室で多く見かける中国人のポスドクたちの姿は比較的少なく、アジア系の参加者は遺伝子治療関連の会場でほとんど見かけなかった。

広い会場の中ほどに座り熱心に発表を聞いているアジア系男性の姿がアキラの目に留まった。演題が終わるごとにまわりと何やら話をしている。ニコニコしているのか、細い目と小太りの体型が印象に残った。日本人だろうか、それとも中国人なのか。アキラより少し若そうだ。その広い部屋にはアキラ以外のアジア人はその若者しかいなかった。

「こんにちは、日本の方ですか」

アキラはセッションが終わって次の会場へ向かう際に、少し前を歩くその若者に日本語で話しかけた。

「そうですよ、浪速大学からスタンフォードに留学中の森山といいます。あなたも日本人でしょ。先ほどから気になっていました。あの会場にはアジア系は他におらず目立っていましたからね。どちらからですか」

「森山先生でしたか。あなたの最近の論文を読んだことがあります。僕より若いのに発想や業績がすごいなぁと思っていました。確かに遺伝子治療に今後関連してきそうな研究テーマだと感じていましたが、接点が今までなく、お顔も知りませんでした。僕は佐野アキラといいます。吉備大学第三内科からペンシルベニア大学に留学中です」

「ペン大で遺伝子治療って、あのトム・ワトソンの研究所ですか」

「そうです、ご存じですか」

「すごいですね。あそこに日本人が留学しているとは知りませんでした。どんな伝手でワトソンのラボに行くことになったんですか。日本ではまだ誰も遺伝子治療関連で業績をあげるどころか、取り組み始めてもいませんからね」

「確かにワトソンのヒト遺伝子治療研究所に毎日出入りして一緒に研究はしていますが、実際の所属は循環器科主任のスワンソン教授のラボなんです。相当実績がないとワトソン研究所の正式スタッフに採用されることは考えられませんからね。僕はいろんな事情で偶然チャンスをもらっただけで、残念ながら正式メンバーではありません」

　アキラは、大学が遺伝子治療の一大研究拠点を築きたい方針と、循環器科もいち早く研究手法を取り入れたい思惑と、留学生仲間の紹介でタイミングよく採用された事情などを手短に森山に説明した。

　初対面でそこまで詳しく話すのかという内容だったが、森山の醸し出す独特の人懐っこさと会話のリズムが、アキラの警戒心を完全に解き放っていた。

「そうなんですね。ペン大は噂どおりすごそうですね。僕は来年の春に日本に帰ります。浪速大学遺伝子研究センターの金村先生が私の恩師の一人で、金村先生を中心に日本でもこの領域の研究会を立ち上げたいと思っているんです。佐野先生はいつ頃帰国の予定ですか。もしよかったら、その研究会に参加されませんか」

「金村先生を中心とした研究会は興味深いですね。先生の遺伝子導入手法の論文をワトソン教授が読んでて、同じ日本人だからと教えてくれたので知っています。ここで話していいかわかりませんが、近くペン大でＬＤＬＲ遺伝子のヒトへの導入を予定しているので、教授から金村先生を知っているかと聞かれたことがありました。知らないと答えましたけどね。実は僕も来年の三月に帰国予定です。もしよければ一緒にやりたいです。またいろいろと教えてください」

「ワトソン教授が金村先生の名前を佐野先生に訊ねたんですか。それはうれしいですね。まだ日本人で遺伝子治療の研究に実際に携わった人は非常に少ないですし、アメリカの有力ラボに留学経験がある人は貴重です。ぜひ参加してください。ここで佐野先生のような方にお会いするとは全然思っていませんでした。また連絡させてもらいます」

若い森山との偶然の出会いは、長いつきあいの始まりのようにアキラは感じていた。

あと十分ほどでワトソン研究室では今週の定例研究会議が始まろうとしていた。会議室のドア近くには初めて見る男女二人の姿があり、白衣には名前の上に循環器科と代謝内分泌科の所属名が赤い刺繍で書かれていた。二人とも手に分厚いファイルを抱えている。

「アキ、今日のトムのラボの定例会議だけど、病院スタッフが参加して、近く始まる臨床応用の計画について話し合う予定だからよく聞いてきてちょうだい」

循環器科の研究室を出てくる時にアンナに呼び止められていたので、誰がなぜワトソン研究室の会議室にいるのかは容易に推測できた。

定刻になると先ほどまで実験台で作業をしていた主だったメンバーがいっせいに会議室に集まって

きた。これまでになく重要な会議になるだろう。あっという間に全部で二十席ほどの椅子は全て埋まった。立ち見の参加者が普段よりかなり多い。アキラは一番隅の席に運よく座ることができた。

所長室のドアが開き、トムがいつも以上に真剣な表情で会議室に入り、真ん中の空いた席に座ると同時に会議の進行を始めた。

「やぁ皆さん、始めましょう。今回は近く計画しているＬＤＬＲ遺伝子導入に関してです。まず最初にマリー、計画の全体像を手短に説明してください」

ワトソン研究室の主要スタッフであるマリーが治療対象患者五人の年齢や性別など患者情報を説明した。年齢幅は八歳から二十七歳、国籍は中国、メキシコ、アルゼンチンなど外国人ばかりで、アメリカ人は今回の対象には含まれない。病歴や家族歴に加え、患者背景や気になる点の有無や内容も説明されたが、特に問題にならないと判断された。一例目の遺伝子導入処置を行った翌週に次の二例を、さらにその翌週に最後の二例に遺伝子導入処置を行い、処置自体は半月で終了する。効果判定や合併症の評価などは半年間に渡って毎週行い、初期段階の結果の取りまとめ予定という。

「ありがとう、マリー。特に患者側へのインフォームドコンセント（説明を受け納得したうえでの同意）は、君のほうで技術的な点を、そして病院スタッフのほうで手技的な点を十分にしておいてくれよ。病院の法律顧問にはすでに相談していると思うが、二回目の倫理委員会の開催は明後日だったかな。最終承認され次第、最も早いタイミングで治療開始しましょう。次にリン、今回使用するベクターの特性や準備状況を説明してください」

中国系のリンもワトソン研究室の中心メンバーだった。今回の臨床応用の鍵を握るのはリンを中心として設計され準備されたベクターであろう。もちろん、ワトソン自身が数年をかけて練り上げ準備してきたレトロウイルス・ベクターは、動物実験で浮かび上がった様々な課題を克服して今回の臨床試験に応用される。リンは早口で詳細なベクターの新規改良点や導入する遺伝子情報などを説明していくが、会議室内で本当に理解するのはリンとトムの他は数名しかいないだろう。アキラも途中で理解することをあきらめた。ここまで最先端の技術的な発展があると倫理委員会メンバーの判断のレベルを超えてしまうのではないかと危惧するほどだ。したがって個々の研究チームの自主的な倫理性が今後より問われるに違いないが、アキラはワトソン研究室のメンバーを強く信頼している。

「ありがとう、懸念していた安全性と有効性の問題点もなんとか克服できた感じだね。まだ有効性自体は満足とはいかない感じだが、導入効率も先月までよりも五十％程度は改善しているね。今後もさらに改良を継続してください、リン。次に、マーク。遺伝子導入処置後の効果判定の方法や、副反応の評価方法や対処方法の説明などをお願いします」

　イギリスケンブリッジ大学からワトソン研究室に参加していたマークは、血中ＬＤＬ値の推移を含む一般採血はもちろんのこと、拒絶反応などや免疫系マーカーのチェックリストを手短に説明した。副反応の検出や評価や対処法は実施病院の担当スタッフと入念に事前打ち合わせを重ねており、一部をマークに代わって会議に参加している循環器科医が説明していた。医師でもあるトムからも細かい質問が病棟スタッフになされていたが、満足できる回答を得られていた様子だ。基本的に臨床医であるアキラにとっては、英語力の限界もあって、リンが行った細かいベクターの説明よりも臨床的な議論のほうが理解は容易だった。こうした世界初の治療プログラムが動きだす様子を身近で体験できる機会は一生に何度もないだろう。静かな興奮がアキラを包み込む。

「ありがとう、マーク。では忙しいところ会議に参加してもらった病院スタッフのフォックス先生、実際の治療手技に関してと、関係スタッフの人数や配置等に関してご説明願えますか。また、病棟側から何かご質問があればどうぞ」

短髪で精悍な循環器科医のフォックスが治療当日の流れやスタッフ配置などの具体的な説明を行った。すでにトムやマークとの間で事前の検討を何度も重ねてきていたので特に追加の質問も出ず、現場は準備万端の様子だった。明後日の倫理委員会も問題なく承認されるだろうとの印象をアキラは抱いていた。

アキラの眼前で家族性高ＬＤＬコレステロール血症の患者に対して世界初のレトロウイルス・ベクターを使用するＬＤＬＲ遺伝子導入の治療計画が具体的に検討され、近く実施されるのを待つばかりとなった。世界初の臨床応用にリアルタイムで立合える喜び。アキラは震える思いだった。

二日後の倫理委員会で研究計画は問題なく承認され、第一例目の治療は七日後に行われることが正式に決まった。秋も深まり、スクールキル川沿いの見事な紅葉も風に舞い、少しずつ散り始めていた。

世界初のＬＤＬＲの遺伝子治療が開始されると、すぐに世界で二施設目となるＣＦ（嚢胞性線維症）の遺伝子治療実施に向けての定例会議がワトソン研究室で毎週行われるようになった。今年初めに研究室がスタートしたころは一時間程度の研究会議が週一回ペースで開催されていたが、今では他に三十分程度の定例会議が週二回開催されるようになっていた。各回の参加者数も当初の倍の平均二十人にまで増えて、立ち見の参加者も当たり前になっていた。

ＣＦに関しては研究室の遺伝子治療としても二疾患目の臨床応用だったため、会議内容はより具体的となり、直接的な問題解決への議論が繰り返されるようになっていた。この疾患の対象患者のほとんどはアメリカ人だった。

二度目ということもあり、アキラは会議内容を理解することが少し容易になった。内容を理解すればするほど、遺伝子治療関係の基礎知識に乏しかった自分がいかに能力を超えて世界最先端レベルの研究に関わっているかも当然気づくようになり、同じことは絶対に日本では行えないだろうという現実にも考えが及ぶようになっていった。このことは、帰国が近づいていたアキラの心に暗い影を少しずつ落とし始めていた。

帰国まで日程的にも余裕が少なく、アキラ自身の研究は特定のテーマで論文を書きあげるのは恐らく不可能だろうとの判断となった。そのため、トムやアンナと相談のうえで、主要な研究者の様々な実験の手伝いをしながら手技や方法を学んでいくことになった。言いかえると、研究者というよりも複数の研究者の補助をしながら実地を身につけていくとでもいえようか。幸い、ワトソン研究室の全ての会議への出席を許された立場は帰国まで維持されることになった。

帰国の日が近づくにつれ、アキラはアメリカで可能な限りいろんなことを見てみようという気持ちがふくらんでいった。以前の医科大では可能な限り臨床カンファランスや病棟勉強会に参加していたが、ペンシルベニア大学に移籍してからのアキラは基礎研究を専ら優先していた。しかし、論文を書き上げることをあきらめた今、主任教授であるアンナの計らいで臨床系の勉強会の他に、入院病棟を訪れることが増えていった。吉備大学の嶋田教授が日本で心臓移植検討会の委員長であったこともあり、国内で中断されたままの心臓移植への興味もあった。

　ある日、アンナの紹介で移植コーディネーターに会いに行き、入院している心臓移植直後の男性患者から話を聞かせてもらった。

「手術もうまくいったし、ありがたいね。今はとても身体が楽で、自然な感じだよ。新しくもらった命とチャンスだから、僕に心臓をくれたドナーの分まで生きてみたいね。だけど、どうして日本じゃ心臓移植はやらないんだい。日本の医療レベルはアメリカと並んで一流だって聞いてるけどね」

　術後の患者は、心臓移植を中断している国から来た若い医師にていねいに答えてくれた。この国では心臓移植が自然に受け入れられていると感じる。遺伝子治療や再生医療で心臓機能の不全状態を回復させることが将来どこまでできるのだろうか。現時点では移植のほうがより実際的だとアキラは思うのだが、映画ジュラシックパークが製作される現代なら、科学者が挑戦をしたくなる気持ちは決して不思議ではないだろう。

　十二月下旬、ホリデーシーズンを迎えてもワトソン研究室は熱気に溢れていた。新しく数億円単位の研究費が数件採択され、ＬＤＬＲ遺伝子の導入結果が少しずつ出始めていたからでもあった。ただ、初めての臨床応用の結果は、ワトソン研究室の科学者たちを満足させるには程遠かった。臨時の検討会議が連日行われていたが、参加者は実施に深く関わった者に限定され、アキラも一部にしか参加を許されなかった。

　ワトソン所長は普段からポーカーフェイスであったため、表情から読み解くことはできない。アンナも主任教授として次第に出揃いだした結果を知っていると思えたが、彼女の表情も普段とあまり変わらなかった。世界初の臨床試験といえども、二人にとっては通過点の一つなのであろうか。

　アキラは検討会議から出て来た英国人のマークを呼び止め、状況を聞かせてくれないかと頼んでみた。マークにも笑顔は見られなかったが、いいよと言って中間結果の印象を伝えてくれた。

「一部の解析しか終わってないから成功とも失敗とも言えないけど、大成功とは言いがたいね。実験動物に比べてヒト肝細胞へのＬＤＬＲ遺伝子導入効率が落ちないことはｅｘ ｖｉｖｏ（生体外で細胞組織に遺伝子を導入して再び生体に戻す方法。対するｉｎ ｖｉｖｏは、生体内で細胞組織に直接遺伝子を導入する方法）だから確認できているけど、治療後の血中ＬＤＬ値の低下率が期待したほどではないんだ。二週間の時点では期待した半分程度の低下率しか示せなかった。まだ解析の途中だけど、これでは実臨床では効果不十分だろう」

「少し残念な結果だね。やはりベクターの特性なんだろうか。レトロではこの辺りが限界なんだろうか。細胞傷害性はどうかな」

「投与後に微熱が出たり血中の肝機能値が少し上昇する例があるが、今のところは時間経過と共に軽減しているからウイルスベクター投与自体を避けねばならないような感じではないね。免疫系の血液検査の数字はまだ解析中だけど、特に大きな予期しない問題点はなさそうだ。ただ、どうかな。トムはあまり喜んではいない様子だね」

「センセーショナルな大成功という結果ではなかった感じだね。そもそもＦＨ（家族性高コレステロール血症）にはすでに経口の薬剤も出てるし、将来的には血液透析での吸着療法なんかも理論的には期待できるし、あえて遺伝子治療のターゲットにすべきか再考が必要かもね。たった一度の遺伝子治療で服薬から解放されるのを期待したけどね。続けるにしても、ベクターの改善で導入効率のかなりの改善と遺伝子の長期発現がかなうかどうか、まだまだ先は長そうだね」

「そうだよね。一応、今回の臨床試験は結果がよくても悪くても論文になるだろうし、研究者間で世界的にも注目され議論されるだろう。でも、臨床試験を近いタイミングで追従する病院はないだろうね。少なくとも今回のベクターを次回もそのまま使うことは我々も考えにくそうだ、残念だけど」

　驚く結果でも、悲嘆する結果でもなく、科学の発展の過程、特に初期段階ではよくありがちな結果だった。ここをどう次につなげて科学の発展に貢献していくのかが肝要だった。

　ある日の午後、アキラはワトソン所長の秘書を通じて面会の約束を取り付け、一人の日本人を連れてトムに会いに行った。数日前にアキラに電話をかけてきた関東の大学の病理学の助教授だった。普段はトムとは研究室やカンファランスで話をするだけで、所長室に面会に行くのは採用された日以来だった。研究所の南西の角部屋で、大学内を東西に貫くスプルース通りと美しい歴史的建物群に囲まれた広いキャンパスの両方が見渡せた。

「やぁ、アキ。がんばってるかい。今日はここで研究を希望している日本人を連れて来たんだね。履歴書には先に眼を通したけど、アキの親しい知り合いなのかい」

「トム、今日は面接の機会を与えてくれてありがとう。アオヤマさんは私の日本の大学の教授と親しい方で、私自身は直接知りません。私がここで働いているので、ぜひ自分も一緒に働きたいと仲介を頼まれました」

テーブルの上には投稿前後の論文や編集委員をしている専門誌の査読用論文などが整理され山積みになっている。その横には世界中の研究者たちから送られてきた履歴書の束も重ねられている。

「そうかい、アキ。ドクター・アオヤマ、あなたがこれまでやってきた主な研究を手短に説明してくれますか」

トムはすごく多忙で面会のアポを取ること自体が難しい。時間が限られているので、青山は自分の研究歴のいくつかを手短に緊張しながら説明していた。

その間、アキラはトムの部屋の壁に飾られた写真や額を眺めていた。フットボール姿はトムの学生時代の写真なのか。確かに立派な体格をトムはしている。横の額には誰かの言葉が添えられている。彼の座右の銘なのだろう。

『重要なのは、勇者の戦い方や挫折を批判する批評家ではない。実際に闘技場に立ち、その顔が埃と汗と血で傷ついている男こそ重要なのだ』

最先端科学という戦場に立つトムの姿に重なるこの格言は誰の言葉なのであろうか。

青山が緊張しながら八分ほど話したところでトムが遮り、再び質問をした。

「ありがとう、わかりました。立派な研究歴ですね。ところで、分子生物学や遺伝子治療関連の研究歴はありますか。それと、具体的にここで何を研究したいのですか」

　横で聞いていたアキラは自分もすごく緊張しているのを感じていた。事前に青山の経歴をアキラは聞いていたが、とてもトムが喜んで迎え入れるような研究歴ではなかったからだ。実績や質ではなく、あまりにも領域が違いすぎる。日本では始まっていない領域ゆえにしかたなかろう。アキラがこの研究室で自由に動けるのはアンナのおかげで、アキラ自身が評価されたからではなかった。

　説明しながら自分でも感じたのであろう、青山は次第に英語の説明がたどたどしくなり、緊張で全身に汗をかいているのが横からよくわかった。

「ありがとう、ドクター・アオヤマ。あなたの研究に対する熱意をすごく感じました。でも、この研究所で活躍していくにはこの分野での経験が少ないかもしれませんね。今日はわざわざ面接に来てくれてありがとう。結果はアキを通じて早めにお知らせします。アキもご苦労様。後でもう一度ここに戻ってきてくれないかい」

　トムはそう言って立ち上がり、青山に手を差し伸べて握手をした。

　二人で一緒に所長室を出た途端、青山は全身から力が抜けてしまったように肩を落とし、背中を丸めて両手で顔を覆ってしまった。世界有数の研究所で憧れの研究者と一緒に働く夢を抱いてアメリカでの面接に臨んだ気持ちがよくわかるだけに、彼の表情には同情が湧いてしまう。と同時に、自分がいかに幸運な立場にいるのかを改めて感じていた。

　落胆する青山を見送り、三十分後に再びアキラは所長室に向かった。トムは、アキラを椅子に座らせると、青山の履歴書とは別に数人分の履歴書をテーブルに置いた。

「アキ、残念だけど先ほどの彼は採用できないよ。後でそう伝えてほしい。研究資金には相当余裕があるけど、研究スペースの問題もあってね。とりあえず、九四年度前期には五人ほど増やす予定だけど、世界中から三十人を超える履歴書が届いている。そのうちの十人くらいは自分の研究室を確立できるくらいの立派な業績があるし、今すぐ一緒にやりたいような若手研究者もいる。例えばこの中国人のゴウ博士。今はフロリダ大学だけど、彼には新しいウイルスベクターを開発してもらおうと期待している。レトロやアデノを凌ぐ新しくてより安全なウイルスベクターがこれからの遺伝子治療には必須だ。例えば、AAVとかだ。アキと仲がいいジルも熱心に研究を始めようとしている。アオヤマには申し訳ないが、いまほしいのはゴウ博士みたいな研究者なんだ。他の何人かも魅力的で、ビジョンと熱意がある。若い彼らに、何か十年前の自分の面影を感じるんだ」

研究所を出て、アキラは大学のキャンパスを歩いて風に吹かれてみた。冬の装いの若者たちがベンチに座って本を読んだり語らったり、足早に行き交ったりしている。公園のように広い芝生の上では子どもが犬と遊ぶ姿も見える。少し冷たい風だったが、火照った身体のアキラには心地よい。トムのビジョンに触れたアキラは、不思議な興奮を味わっていた。

あと三カ月余り、春には日本に戻る予定だ。お客様のような立場でなく、本物の研究者としてトムの研究所に採用されていたらどんな気持ちだったのだろうかと想像してみた。素晴らしい研究環境だが、成功か挫折かの厳しい世界で、根性なしの自分には耐えきれなかったかもしれない。そんな世界を知っただけでも、この先の人生に何か役に立つと信じたい。三カ月前に生まれたばかりの娘の姿がアキラの胸に思い浮かんだ。

第五章

東欧訛りの女性ポスドク

一九九四年

一九九三年七月に久美が帰国してからは、アキラは研究室で長い時間を過ごすようになっていた。朝夕は内科系研究棟のアンナの循環器科研究室で過ごし、途中の時間帯は少し離れた建物にあるトムのヒト遺伝子治療研究所で時間を費やすことが多い。昼食はスプルース通りに並ぶワゴン式屋台でトルコやベトナムなどのエスニック料理をテイクアウトし、主がいないアンナの部屋に集まってワイワイ言いながら食べるのが常だった。まれに主人が自室を使用している時は、キャンパスの長椅子や芝生の上で学生たちの姿を眺めながら食べたりする。

ある日、ジルと働くマーが中華料理を食べながらアキラに話しかけてきた。彼は中国満州出身のテクニシャンで、アキラがアンナの面接を受けに来た日以来、いろいろと声をかけてくれ親しくしていた。

「時間があれば、いつか四階のバーンスタインのラボに一緒に行ってみないかい。血管内膜傷害後の再狭窄予防の研究をしているよ。アキも似たようなことをやってるんだろ」

「そうだね、バルーン拡張治療後の再狭窄は循環器科の最近の主要な研究テーマだからね。だけど、そのラボでは何か面白い研究手法でも使ってるのかい。ありきたりな方法なら興味はあまりないけど」

「そこの中国人のリーというポスドクと仲がいいから時々ラボに行くけど、ここ数年一緒にやってる女性研究者がいろいろと興味深いことを手がけてるみたいでさ」

「へ～、何なのそれ」

「よくはわからないけど、この前ジルと一緒に行ったら、ジルが話し込んじゃってね。あとで彼女をすごくほめるんだよ。ジルが他の研究者をあんなにほめるのは他に知らないね。どう、興味あるなら今からでも行ってみない。彼女はいつだって研究室にいるから、きっと今もいると思うよ」

「面白そう、どんな人かな。わかった、いいよ。食べ終わったら行ってみよう」

マーがジルに許可をもらおうと伝えたら、ジルが笑顔で送り出してくれた。

「行ってらっしゃい、アキ。彼女、素晴らしいわよ。英語はうまくはないけどね。でも、アンナには黙っておくほうがいいかもね」

なぜそんなことをジルが言うのか不思議だったが、アキラはマーと一緒に四階へと向かった。

アンナの研究室の二割もないせまい部屋だった。アンナやトムの研究室では、一つのベンチ（実験机）を一人で専用していたが、バーンスタインの研究室では数名で兼用しているようだ。心臓外科医でもあるバーンスタインは主に病院にいるのか、その時間には研究室では姿を見なかった。

マーと仲良しのリーの他にもう一人中国人がいて、彼女はチェンという名前だった。韓国人や日本人はどこの研究室でもあまり見かけないが、インド人と中国人の割合は白人より多いくらいだ。

その部屋で一番目立っていたのは、長身でスラッとした少し濃いブロンドのショートヘアーの女性だった。白衣ではなく丸首の綿の半袖シャツを着ていたが、彼女が例の女性研究者に違いない。マーが紹介してくれた。

「リー、チェン、キャリー、彼は一月からアンナのところに来てる日本人のアキだよ」

「アキです。循環器内科の医師で、スワンソン教授のラボとワトソン博士の遺伝子治療研究所を兼任しています。今はアデノウイルス・ベクターを循環器疾患へ治療応用できないかの基礎的研究をやってます。よろしく」

「リーだよ、よろしく。彼女がカリコ。みんなキャリーと呼んでる。ジル・ベルベットから評判を聞いてるでしょ。このラボの実質的な主任研究者だね。裏ボスかな。そうだろ、キャリー」

　キャリーと同僚に呼ばれた女性は、いかにも東欧出身とわかる訛りのきつい英語で話す。

「からかわないでよ、リー。初めまして、アキ。カリコ・マジャールよ。ハンガリーから八年前にアメリカに来たけど、なかなか英語がうまく話せなくて。中国人もインド人も英語の訛りがひどいのは私と似たようなものね。それに比べ、アキは英語の発音は上手ね。発音だけよ、文法は似たようなものね」

「へ〜、ハンガリー人ですか。こちらでポーランド人研究者はたくさん会いましたが、ハンガリー人は初めてです」

「そうなのよ、私が最初にアメリカで働いたテンプル大学もポーランド人が多かったわ。どうしてかしらね。ハンガリーやルーマニアとかもソ連との関係では似たような国なんだけど、確かにあまり見かけないわね」

「去年までいたフィラデルフィア医科大の研究室の教授もポーランド人なんですが、最初はテンプルにいたみたいで、東欧系に優しいイメージなんでしょうかね」

「そうかもね。ハンガリーから一九八五年にいくつもの大学に履歴書送ったけど、テンプルだけが好意的に受け入れてくれたの。とにかく自由に思いっきり研究を続けたくて、二歳の娘を連れてこの街に来たのよ。ヨーロッパから近いのもあるけど、なんたってここは友愛の街、自由の鐘の街、それに不屈のロッキーの街でしょ」

カリコはすごく話好きな快活な女性だった。聞き取りにくい英語ではあったが、とにかく一生懸命に話すので印象に残る。ジルがほめるということは、彼女の頭の中ではグルグルと勢いよく研究のアイデアが回っているのであろう。

「キャリー、歓迎の印にアレをアキたちに見せてあげたらどう、例の動くやつ」

「そうね、できたてほやほやのアレね」

カリコは顕微鏡に細胞培養シャーレをセットして一度のぞき込んでから、笑顔でアキラを手招きした。動くやつと言ったが、いったいなんだろうと思いながら顕微鏡をのぞいた。細胞が手を少し広げて重なるように隣の細胞と接触し、それらが一定のリズムを繰り返しながら同時に動いていた。どう見ても心筋細胞が拍動している印象だ。

「キャリー、これ、同期して拍動する細胞だと思うけど、心筋細胞そのものなの。それとも、もしかして線維芽細胞か何かを心筋様細胞に形質転換でもしたの」

「アキ、よくわかったわね。そうよ、線維芽細胞にいくつかのｍＲＮＡを導入して拍動する細胞に作り替えたの。同期して拍動するから心筋様細胞と言えるかも。昨日できたばかりで、今日もまだ拍動してるわ。たった一度のトライだから、ｍＲＮＡの一過性トランスフェクション（細胞に効果的に核酸を導入する方法）に成功したと安易に言えないけどね」

「すごいじゃない。心筋細胞への形質転換は、いろんな研究室が試みてるけど成功していないし、あきらめてるって聞いてたよ。いったいどうやったの。驚きだよ、キャリー。急いで論文にすべきだね」

「私はｍＲＮＡを細胞に導入して治療に使いたいの。だから効率よい遺伝子導入の方法を探ってるのよ。少し前に発表された荷電リポソームを利用する方法がわりとよさそうなので、最近はいろいろと試しているの。今回のこれも数種類のｍＲＮＡを直接導入してみたら拍動する細胞に変わったのよ。偶然の産物だけど、私的には大成功よ。でもこれに時間をかけてる場合じゃないし、検証すべき点も膨大になりそうだから、今は急がず温めておくわ。面白いでしょ、ｍＲＮＡの世界も」

　さらっと驚きの世界初を見せられて、アキラは我を忘れるような時間を過ごした。彼女はギラギラとした近視眼的な欲を持ってない、一途で純粋な研究者に思えた。その日は早めに戻らなければならなかったが、こんな研究者と話すとこちらも楽しくなる。もう少し訛りが少ないと聞きやすいのだが、その訛りこそが彼女の魅力の一つなのであろう。

　少し興奮しながら二階へ戻ると、ジルが笑顔で声をかけてきた。

「どうだった。キャリーは何か面白いのを見せてくれたかな」

「もうビックリ。彼女が素晴らしい科学者だというのは少し会っただけでわかった。でも、なぜアンナに言わないほうがいいの。もしかして、ライバルなの」

「ライバルなハズないでしょ、アキ。アンナは小さな身体だけど、ペン大循環器科のトップなのよ。バーンスタインは何人もいる准教授の一人で、キャリーは彼のポスドクの一人なの。言わば女王と兵隊の関係よ。アンナがトムを支援していることをアキも知ってるでしょ。恐らくペン大の循環器科も遺伝子治療で全米トップにしたいんじゃないかな。でも、キャリーとバーンスタインは、ｍＲＮＡの研究を止めてまで今の遺伝子治療の大きな流れに乗ろうとしないのよ。その気持ちは私にはわかるわ。キャリーはハンガリー時代から十五年近くｍＲＮＡ研究に専念しているｍＲＮＡのプロなのよ。

簡単にこれまでの研究を止めたら、逆にそのほうがおかしいわ」

「そういう意味ね。なんとなくわかった。彼女と話すだけでも楽しいので、また研究室に遊びに行ってみるよ。アンナには言わないでおくけど」

立場の違い、果たすべき役割の違いというのもあるだろう。個々の研究者の挑戦と、組織がさらに強くなり仲間全体に恩恵が行き渡るようにしたい管理者の間には、研究に対しての考え方に違いがあって当然だ。もちろん、双方が一流の研究者であるべきだが。


翌週金曜日の夕方、研究室を最後に出たアキラは家に帰らず、階段をのぼって四階に立ち寄ってみた。案の定、バーンスタインの研究室の明かりは消えていない。木のドアのガラス窓から中をのぞくと、少しゆるんだ白い半袖シャツに細いジーパン姿のカリコがベンチで実験ノートを読み込んでいるようだった。横には論文のコピーらしき紙の束も積まれている。

アキラはドアをノックして、振り向いた彼女に小さく手を振った。それが誰か気づくと、ニコッと笑って手で入ってこいと合図をくれた。夜八時を過ぎており、他には誰もいないようだった。

「やぁ、アキ。いらっしゃい。まだ帰ってなかったの」

「ごめんね、キャリー。帰る途中で、特に理由はないけど来ちゃった。邪魔でしょ。大丈夫かな」

「いいわよ、アキならいつでも歓迎よ。別に今すぐしなきゃいけないことじゃないし。ちょうどよかったわ。私も誰かと時々話がしたくなるの。家に帰れば娘や夫もいるんだけど、研究室で過ごす時間が長くてね。週末もほとんど研究室にいるし」

「それならよかった。ねぇ、二人の時はカリコって呼んでいい。日本人の女性の名前っぽくて、キャリーよりも親近感がわくんだ」

「へ〜、そうなの。いいわよ。アメリカ人も中国人もカリコって発音しにくいみたい。日本には行ったことないけど、豊かで安全で住みやすい国みたいよね。科学レベルも高いし、長い伝統もあるみたいだし」

「僕は三年前にハンガリーに行ったことがあるんだよ。民主化された翌年の一九九〇年八月だったけど、ブダペストからルーマニアのブカレストを列車で往復したんだよ。いろいろトラブルも経験したけど。それにしてもブダペストは美しい街で、すごく印象的だった」

「珍しいわね。アジアからの旅行者は少ないでしょ。民主化されて少しは旅行しやすくなったと思うけど、その前は西側の人々には理解しにくい国だったかも。自国しか知らないと特に不満もないけど、科学者には西側からそれなりに情報が入って来るしね。経済的に厳しさが増していった時代だったの。研究を支援する政府の資金も減らされてしまってね。十年前からは経済的にもイデオロギー的にも限界に近づいたのね。八十年代半ばは東欧の民主化の直前で、一番暗い雰囲気の時代だったのよ。だから小さな娘を連れてアメリカに渡ったのよ。それにしてもハンガリーに旅行した人と初めて話したわ。私もアキに親近感がわいてきたわよ」

「僕が知らないような難しい問題もあるんだろうね。ルーマニアでは、数学者や工学博士から少し話を聞いたことがあるよ。ところで、カリコは英語では困らないの」

「そうね。アメリカで一番困るのはやっぱり英語よね。ハンガリーでも研究論文は英語で読むことが普通だけど、会話の時がね。それと研究助成金の申請ね。書類を準備するのに英語が弱いから時間がかかりすぎるし、英語のせいか、なかなか研究資金を獲得できないのよ。困ったものだわ。研究内容には自信があるのだけどね」

「カリコはずっとmRNAを研究しているんだよね。せっかくワトソン研究室とかがペン大にはあるのに、浮気しそうにならないの」

「それはないわね。いろんな研究者がいていろんな考え方があるのはわかるけど、私自身はmRNAの研究を進めて絶対にものにしたいのよ。アキはワトソンやスワンソンと親しいから、私の気持ちはわからないかもしれないけど」

「そんなことないよ。ジルだってトムに非常に近いけど、いつもカリコをほめてるよ」

「一番最初は脂質の研究室に配属されたのよ。脂質って、私には少し退屈だったの」

「僕も去年は脂質と血小板を研究してたんだよ。確かに脂質は少々退屈なんで、刺激的な遺伝子治療がやりたくなったんだ。また僕ら似ているところがあったね」

「へぇ～、アキも脂質の研究室にいたのね。ますます親近感がわいたわ」

カリコは笑いながら話を続ける。

「いろんなところからmRNAには将来性がない、扱いが厄介で夢物語だっていう批判めいた声も聞こえるけど、私は批判されるのは大丈夫。むしろ少しストレスがあるほうががんばろうってはげみになるわ。批判は私を賢くさせてくれるわ」

カリコはアキと話ができてうれしそうだった。研究への想いや悩みを素直に聞いてくれる身近な研究者仲間は案外と少ない。上下関係があったり、競争相手となればなおさらだ。

「論文も査読で突き返され、掲載拒否されることも少なくなかったわ。論文業績が増えないと研究助成金も獲得しにくいしね。でもあきらめる気はないの。私は絶対めげないわ。実験結果が当初予想と違うことも多いけど、その解釈のほうが大事よ。きっと何かの秘密やヒントが隠れているはず。テレビドラマのコロンボ刑事をアキも知っているでしょ。冷静に考えるの、絶対に何かあるはずだって」

アキラはカリコの熱意を感じながらうなずいて、黙って続きを聞いている。

「家族には少し申し訳ないけど、週末もできるだけ実験をやるの。手順も結果も全部記録して、無駄に同じ実験を繰り返すんじゃなく、条件を少しずつ変えながら前に進めるの」

彼女は机の上の数冊のノートを手に取った。表紙も汚れ、上下の角も折れている。

「この青いファイルが私の実験ノート、このブルーブックに全てを書き留めるの」

アキラは黙ってうなずく。彼女はノートを机に戻し、一息ついて柔らかな笑顔に戻った。

「狙いを定めてしつこく突き詰めるの、絶対にあきらめないでね」

アキラは同窓の大先輩からありがたい話を聞く学生のような気分だった。できればもっと話を聞かせてほしかった。カリコはアキラの気持ちを察したかのように、それから二人はさらに三十分ほど話し込んだ。彼女はこれからもう少し実験ノートの整理をするという。金曜の夜、研究棟で明かりが灯っていたのはほんの数部屋だけだった。

日本から娘が生まれたとの久美の電話を受けた日の夕方も、アキラは四階を訪れた。その夜もカリコが一人で、白衣も着ずに細胞培養フードの前でピペットを手に培養液の交換をしていた。

「アキ、いらっしゃい。もう少しで終わるから、数分待っててくれる」

アキラはカリコの研究机の上に置かれた論文の原稿を眺めてみた。荷電リポソームを使ってマウスの血管平滑筋細胞にｍＲＮＡを導入する効率をどう高めていくかの実験のようだった。バーンスタインの興味は血管なのだろう。確か彼は心臓外科医だった。

「ごめん、待たせたわね。アレ、なんだか今夜はニコニコしてるじゃない。何かいいことがあったの、アキ」

「うん、娘が生まれたんだ。初めての子ども。日本から今日電話が研究室にかかってきた」

カリコは大きなジェスチャーでアキラを祝福してくれた。

「素晴らしいじゃない、アキ。女の子ね。きっとかわいいわよ。私にも娘が一人いるわ。もうすぐ十歳なの。ハンガリーで生まれたけど、もうアメリカ人と同じね。日曜日には時々スクールキル川にボート競技の練習を見せに行ったりするわ。彼女、いつかママと同じペン大でボート選手になりたいって言うのよ。子どもの成長を見るのは楽しいわ。いつ久美と娘は戻ってくるの。待ち遠しいわね」

「いや、戻っては来ないよ。僕が来月ちょっと会いに日本に帰ってくる。来年の三月には帰国の予定だからね」

「そうなの、すぐに会いに帰らなきゃ。会いたいでしょ」

「そうなんだけど、今月末にワトソン研究室の合宿勉強会があるから、それが終わってからと思ってる」

「まぁ、そうね。アキ、その合宿勉強会だけど、実は私も参加するのよ。しかも、ｍＲＮＡを治療応用する将来のビジョンを話してほしいってトム・ワトソンから話があったの。直接話を彼としたことはなかったから、彼がｍＲＮＡに興味があったなんて驚いたわ。どうもジルがトムにすすめてくれたみたいなの。十五分ほどの短い時間だけど、光栄なことね」

「すごいじゃない、カリコ。僕も知らないことが多いから勉強させてもらうよ、楽しみだなぁ。トムもカリコを演者に招待するとか、やるもんだね」

「そうよね、ほんと。ところで娘の名前はもう名づけたの」

「まだ、考え中。日本じゃ、女の子の名前の最後に子をつけることが多いんだ。かよ子とか、まり子とか、あき子とか」

「なんだか、私に似ているわね。いっそのこと、かり子にしなさいよ」

「りか子はよくあるけど、かり子という名前は日本じゃ聞いたことないね。まぁ、君が将来ノーベル賞を取れば同じ名前でうれしいだろうけど、研究費に苦労しているくらいだからね。本命ワトソンを差し置いて、まさかノーベル賞の予定はないでしょ」

　そう言って二人は思いっきり笑った。アキラはカリコと過ごす時間が楽しかった。カリコもまた、この小さな研究室に他のラボからの研究者の訪問はほとんどなかったので、この時間がいい気分転換になっていた。

　娘のお宮参りを終えアメリカに戻っていたアキラが週末の夜にカリコの研究室を訪ねると、彼女は薄いグレーの長袖セーターを着て赤いボールペンを手に論文を読んでいた。

「お帰り、アキ。約束通り、娘の写真を持ってきたわよね。早く見せてちょうだい」

小さな和服を着せた元美と、彼女を胸に抱くアキラの母親の着物姿の写真をカリコは物珍しそうに眺めていた。娘の顔が大きく写った写真とアキラの顔を見比べ、おどけるように言葉を選んで話しかける。

「アキ、あなたが父親で間違いなさそうね。かわいい女の子でよかったわね。へぇ～、これが日本の着物なのね。とってもきれいね。赤ちゃんも着せてもらっていいわね。日本の誕生の儀式なのかしら。アキラのお母さんもうれしそうな表情ね」

「戻ってきたくなかったけど、僕はアメリカに研究をしに来たんだからね。ところで、この前のワトソン研究室の合宿勉強会の君の話、とっても興味深かったよ。けっこう質問が出たよね。遺伝子治療の研究者連中もいろいろと壁にぶち当たっているから、なんとか打破したいんだろうね。違う手法だけど、目標というか目的は同じだからね」

「そう言ってもらえるとうれしいわ。ヒューマン・ゲノム・プロジェクトが真っ盛り。病気で変異や欠損している遺伝子を見つけて、効率よくＤＮＡを生体に導入して体質改善させ持続的に治そうとする遺伝子治療。でも、稀少で重篤な遺伝病はいいにしても、全部がそんな永久的な治療じゃなくって、多くの病気や治療はテンポラリーな短期間の遺伝子発現ができればいいんじゃないかと思うのよ。だからｍＲＮＡを直接導入したほうが疾患治療の理にかなうことも多いと思ったの」

確かに短期間の遺伝子発現ができて、増やしたいタンパク質が一時的にでも産生できれば十分な場合もあるだろうとアキラも感じている。

「私は医師じゃないから本当のところは誤解があるかもしれないけど、最近は猫も杓子も遺伝子治療ばっかりでしょ。それに、核酸を細胞に運ぶウイルスベクターも私は少し心配なの。いくら改変してると言っても、繰り返し投与すればベクター自身への免疫反応も無視できないでしょうしね。大学を卒業して最初のころ、ハンガリーで脂質関係も少し研究してたことを話したことあったでしょ。今の脂質粒子が最適な方法とは思えないけれど、ｍＲＮＡの導入にはなんとか使えるの。臨床応用には、まだまだいろいろな検討が必要なんだろうけど。少なくとも今の時点ではウイルスベクターよりいい感触なのよ。大切な安全面でもね。とにかくｍＲＮＡをいろんな病気の治療に使いたいと思ってるの。先天性だけじゃなく、将来的には後天性の疾患でも広く使えると思うの。予防ワクチンへの応用だって候補の一つかなぁと思うのよ。まだまだ克服しなきゃいけないことばっかりだけど」

　話を聞けば聞くほど眼の前のカリコの不思議な雰囲気にアキラは魅かれていく。

「ｍＲＮＡをどうしたら安定化させられるかもすごく大切だけど、テンプル大学時代のラボの教授がシュード・ウリジンの研究をやっていて、何か塩基修飾にヒントになりそうな考えも当時少し浮かんでたの。私一人じゃ無理かもしれないけど、誰かといい知恵を出し合えたらなんとかうまくいく気もするのよ。それと、ｍＲＮＡを安定した状態で細胞にどう運ぶか、さらなる脂質粒子の改良がやっぱり必要ね」

「一人じゃ苦労するよね。でもこの前の発表は何か期待させる感じが僕にはしたよ。ウサギとカメの逸話を知っているよね。トムがウサギで、カリコはカメかもしれないね」

「あまり周囲は信じてくれないし、はっきりと言わないけどバーンスタインに好意的じゃない人もいるの。彼は数少ない私の理解者よ。彼に採用してもらって好きな研究を続けられてるし、おもしろそうなデータも出てきてるのよ」

カリコは苦笑いをしていた。アキラは気になっていたことを訊ねてみた。

「ところで、最初にここに来た時に見せてくれた同期拍動する心筋様細胞のことだけど、あれだって誰かの技術を改良しながら試行錯誤した産物なんだよね」

「ア～アレね。ラホヤ研究所のボビー・マリオンが八七年に発表したｍＲＮＡ導入方法を少し改良して応用したのよ。彼は驚きの結果を大学院生時代に示したの。いわゆるビギナーズラックだと思うけど」

「アキがやってるウイルスベクターもそうだけど、核酸を用いる臨床応用にはどう見ても薬物デリバリーシステムがやはりポイントなのよね。私がこの大学に来た八九年にマリオンがうまくいったのは、当時フェルグナー博士が開発したばかりの正荷電したカチオン性リポソーム（リン脂質から構成された人工の遺伝子運搬カプセル）を利用して、負荷電したｍＲＮＡとの結合力を高めたことがよかったのよ」

「実際にリポソーム自体の利用はもっと古いよね。いい結果を導いたマリオンよりも、荷電リポソームを改良したフェルグナー博士のほうが画期的アイデアかもね」

「そうとも言えないわ。どちらが大事というより、運よく二人がそろってこそすごくうまくいったのよ。互いに認め合ってこそね」

「そうだね。運命の出会いみたいなのが、科学の世界には他にもいろいろありそうだね」

「でもね、そのリポソームとmRNA自体はともに六十年代に発見され研究され始めていて、すでに七八年にはオスロー博士がリポソームに封入したmRNAを初めて細胞に送達したの。私がハンガリーで大学を卒業したころよ。mRNAをなんとか治療に使えないかと、その時この方法に私は興味を持ったの。十五年も昔の話ね」

「かなり前からみんないろいろ工夫を続けていたんだね」

「そのころはまだmRNAを実験室で合成できなかったけど、八四年に実験室でのmRNA合成にハーバード大学のメルトン博士やクレイグ博士が成功したのよ。mRNAは極めて不安定だから研究するのにいろいろと不都合だったけど、それでも他の研究者にとっては素晴らしい朗報よ。ハンガリーでこの研究を聞いた時に、これで夢がかなう道が開いたと思ったわ。もっと研究したいと思ったの。でもね、国の経済は厳しかったし、科学予算も年々削減されて大変だったの。アメリカや西欧諸国の科学研究予算とは全く比較にならなかったから、研究機会を求めて八五年にこのロッキーの街に来たのよ」

　日本で研究を志向する医師たちとは大違いだ。カリコだけでなく、ジルもトムもアンナも国中を大胆に移籍しながら、ある数年間だけ偶然一緒の場所に集まり、知恵を出し合い科学を進める。その運命的な出会いと別れをアキラは素晴らしいと感じていた。

「日本の研究者、特に医学部じゃ男性優位の世界だけど、こっちに来てみると女性の医師や研究者がすごく多いなぁという印象を持ってる。ハンガリーはどうだったの」

「女性の労働者はソ連の周辺国じゃ少なくないけど、科学者となると厳しい世界ね。科学者としての夢を見させてくれるアメリカに来てよかったと思うわ。アキのまわりを見渡してみてよ。素晴らしい女性研究者やドクターが大勢いるでしょ。ジルはこれから絶対に伸びるわよ。アンナは現役の科学者とは言えないけど、トランスジェニック（遺伝子導入技術を応用して特定の遺伝子情報を取り込ませる）動物開発で八十年代にひと時代を築いたじゃない。あの若さでペン大循環器科のトップに上りつめるってすごいわ。私の誤解かもしれないけど、医師免許を持つ研究者のほうが好きみたいね。確かに疾患への視点や知識の点で優位なんでしょうけど。彼女の場合、すごく引っ張り上げてくれる場合もあれば、その逆もありそうよね。すごくパワフルだけど、敵にしたくない感じね。アキは恵まれているのよ」

カリコはアキラには全く警戒感も持たずに、他の誰にも言えない話ができるようだった。二人の間では、研究の話よりも雑談の割合のほうが次第に多くなっていった。

世界初は逃したものの、ＣＦ（嚢胞性肺線維症）の肺病変にＣＦＴＲ（Cystic Fibrosis Transmembrane conductance Regulator）遺伝子をアデノウイルス・ベクターでｉｎ ｖｉｖｏ導入した話題が地元有力紙の第一面を派手に飾った日の夕方、アキラはカリコの研究室に立ち寄ってみた。今夜はポスドクのリーとチェンも研究室で実験をしており、カリコも珍しく黒い丸首セーターの上に白衣を身につけていた。

「おやっ、キャリーが珍しく白衣を着てるぞ。彼女は本当に研究者だったんだね」

「たった一枚しか白衣持ってないみたいよ。着るのはせいぜい週に一度かな」

　チェンがアキラと一緒にカリコをからかった。枚数は冗談ではなく図星だったのか、カリコは笑いながら手にした論文を読んでいた。

　いつも無口で自分からは話しかけてこないリーが珍しくアキラに声をかけた。

「今朝の新聞にデカデカとワトソン研究室の遺伝子治療の記事が載ってたね。世界初じゃなく、地域初ってなってたけど。数カ月遅かったみたいね」

「私も読んだわ。この前のＬＤＬＲに続いてＣＦへの臨床応用とか、すごいわね。さすがゴールデンボーイとまわりが言うだけあるわね。ｍＲＮＡ研究者から見たら正直とってもうらやましい。これでさらに研究費が集めやすくなるでしょうしね」

　カリコは本気でうらやましそうだった。

「今は誰もが遺伝子治療に集まって来るけど、解決すべき課題が実際には多いみたい。僕のレベルじゃわからないことも少なくないけど、ワトソン研究室の連中は決して喜んでばかりじゃない。ネガティブなデータもいろいろあるんじゃないかな。もちろん、全ての遺伝子治療研究者に共通する悩みだろうけど」

　感じていた懸念を正直に伝えた。三人はうなずきながらアキラの話に耳を傾けていた。

「恒久的な治療を期待する場合、タンパク生成の持続は当然のこととして、一番の困難な問題は発現レベルの制御よね」

　カリコの言葉に、女性ポスドクのチェンが続ける。

「優先すべきは発現の確実性と安全性で、今は制御の問題は横に置いてでも、まずは確実な発現を目指してもいいんじゃないかしら」

「今のレトロやアデノは安全性の点では当面厳しいいんじゃないの。この前、ジルが教えてくれたけど、ＡＡＶベクターの改良ができるなら、臨床応用に可能性を秘めてると私も思うわ。今のままじゃ被験者に安全性の面で何かが起こり、急速に高まっている科学的興奮が早々にピークを迎えて、遺伝子治療全体への批判が噴出する危険性もあるんじゃないのかな。そうなると、皆が不幸よ」

　経験が最も多いカリコの言葉に、アキラには小学生のころの衝撃的な札幌医大の心臓移植事件が思い浮かび不安が隠せない。

「ただ一度の死亡事故で、その後長いあいだ日本で心臓移植手術を計画することさえ停滞してしまった。それと同じような感じかな」

「その事件のことは知らないけど、新しいセンセーショナルな治療法の実施には相当な慎重さが絶対に必要よ。もし死亡事故がミスや手順の問題で生じたりすると、その後に遺伝子治療の流れも大きく停滞したりしちゃうわね。ジルやトムは他の研究者たちと比べると極めて厳格な手順を踏んで進めてると信じてるけど、逆に先頭ランナーだからこそ踏んでしまう避けがたい地雷ってあるはずよね」

　アキラはトムに絶大な信頼を置いているが、カリコのような研究者と話すことで見えてくることがある。

　妹の葵に長女レイが生まれて半年後、菅原家族がフィラデルフィアにあるトーマス・ジェファーソン大学に留学してきた。同じ街になったのは、彼の研究内容で探した全くの偶然だったが、同じアパートに暮らし、それぞれの両親に安心をもたらしたようだ。時々一緒に食事をしようと部屋に誘ってくれるので助かったが、菅原の性格も研究内容も身近に暮らすことで知ることができて幸いだった。アキラとは同じ専門領域で年齢も近く、穏やかで相手を立てる性格の義弟とは先々も仲良くやれそうな気がした。以前はギクシャクした関係の兄妹だったが、異国の地での頼り合う生活が幸いしたようだ。

一九九四年を迎え、あまり雪が積もらないフィラデルフィアを寒波が襲ってきた。初めて渡米した時も大雪で、フィラデルフィアに向かう国内線がいきなり二時間も遅れて困り果てたことを今も懐かしく思い出す。多くの留学仲間は先に帰国し、それぞれの古巣で再び研究生活を始めていた。アキラも三月には帰国し、吉備大学循環器病研究所に戻る予定だ。

帰国まであと一週間を切った。アキラは循環器科と遺伝子治療研究所を行ったり来たりであわただしく過ごしていた。そんなアキラのもとに日本から国際郵便が届いた。一足先に帰国した浪速大学の森山からだった。

「帰国目前でお忙しいと思います。かねてお誘いしていた遺伝子治療研究会の発足を計画しました。佐野先生もぜひ参加をお願いします。設立準備会に実際に研究されている若手研究者を中心に声をかけていまして、十五人程度でのスタートになると思います。留学経験はなくても国内にも優秀な方がおられます。九帝大病理の米森先生は若いですが、先が楽しみな研究者です。帰国されたらご紹介します。他に東帝大と京帝大の著名な先生数名にもご参加いただきます。設立時の会長などをお願いするかもしれません。詳しいことは会合で話し合って決めていきたいと思います。実務は浪速大の金村先生と私が中心になって務めます。大阪市内で開催しますが、四月上旬の土曜日の午後に予定しています。正式に決まり次第また吉備大学のほうへご連絡します。では、お気をつけて帰国してください」

アトランタの学会で抱いた第一印象どおり、若い森山は仕事がすごくはかどり頼りがいがあった。アキラは準備会に参加予定の日本の若手研究者たちにも早く会いたかった。

吉備大学からは次期教授の選考結果と共に、アキラに期待を寄せる手紙が中村医局長からも届いていた。

「帰国準備で忙しいでしょう。新しい教授は京帝大の助教授だった永井先生に決まりました。古川先生とはわずか二票差で、残念でした。永井先生からは、さっそく医局員の研究の話が出て、君の話題も出ました。なかなか参加できない志摩カンファランスという招待制の研究会がありますが、今年のテーマは遺伝子治療ということです。永井先生は君に一緒に参加してほしいと言われています。期待が相当大きいから、帰国したら忙しくなるでしょう。気をつけて帰ってきてください。いろいろと新しい情報や技術を持ち帰ってください」

二通の手紙から日本でも遺伝子治療への興味が高まっている印象をアキラは感じたが、新しい教授の期待に応えられるほどの自信は残念ながらないと言わざるを得ない。論文至上主義かどうかわからないが、他大学から大きな希望を胸に着任する若い教授をガッカリさせて嫌われないといいのだが。

送別会は大学に近い小さなレストランで開かれた。この一年三カ月間に数名が研究室を離れたが、送別会が開かれたことはなかった。

「アキ、プレゼントよ。このポロシャツを着て、日本に帰っても私たちを思い出すのよ。立ち上げ仕事ばかりで論文を書く状況ではなかったけれど、あなたの前向きな明るさにはみんな励まされたわ。何か日本で困ったことがあれば私にぜひ手紙をちょうだい。できることは何でもするわ。少し日本で偉くなったら私とエドを講演などに招待してちょうだい。約束よ」

エドはアンナの夫で内科部長だ。エドもプレゼントを用意してくれていた。

「がんばったな、アキ。短期間だったが、もうアキも我々の仲間だ。このペン大のネクタイを日本で研究会に出る時には着用しなさい。ここで遺伝子治療の黎明期に立ち合ったことを忘れるなよ。医学部長が一生懸命トムの研究所をサポートしているから、将来必ずここで研究したことを誇れる日が来るはずだ。タカが紹介してくれて本当にラッキーだった」

アキに面接の機会を作った藤崎にエドは振り返って笑顔を見せた。藤崎も笑顔で目を細めていた。隣のテーブルからジルが声をかける。

「ヘイ、アキ。すぐに久美と娘を連れて戻っておいで。一緒にやろう、失明の子どもを直しちゃおう。遺伝子治療なら何も循環器科にこだわることないよ」

それにはアンナも珍しく大きな声で笑っていた。

「皆さん、これまでどうもありがとう。短い期間だったけれど、最初に渡米して来た時には想像もできなかったエキサイティングな研究を皆さんと一緒にできてとてもうれしいです。特にアンナ、最初の面接で採用されなかった時はあきらめて帰るつもりだったけど、チャンスをくれてありがとう。きっとこの一年三カ月間は、僕の人生において決して忘れられない最高の季節になります。アンナの厳しさには時々泣きそうだったけど、ラボの皆さんも助けてくれてありがとう」

　アキラはなかなか上達しなかった英語で精一杯の感謝を伝えた。二度とめぐりこない日々と思うと、不覚にも涙が溢れてこぼれそうだった。

　翌日は、ペンシルベニア大学での最終日だった。すでに研究室の机や実験台の整頓、報告すべき実験データの整理と提出などは前日までに終えていた。あとは入館証を兼ねた身分証明証と研究室の鍵を返却するだけだった。

　アキラは大学を離れる前に、ウイスター研究所にあるヒト遺伝子治療研究所に向かった。親しいメンバーに最後のお別れをしに行ったのだが、今週はずっと出張で不在なのを聞いていたので、すでにトムだけには先週末に挨拶をすませていた。

　広い研究室で多くのスタッフやポスドクやテクニシャンたちが各自の仕事や実験を今日も黙々と真剣な表情で行っている。世界有数の研究所の緊張感漂う風景はトップが不在の時でも全くゆるむ素振りも見せない。知人たちはアキラの記念写真の撮影に応じ、挨拶時に少しだけ笑顔を見せるが、スッとすぐさま再び研究者の真剣なまなざしに戻る。この先も次々に画期的な遺伝子治療の臨床応用を試みるだろうが、その陰では研究チーム全体の一体的な努力と工夫と情報共有が必要不可欠だ。果たして日本が世界に伍して戦える未来が来るのであろうか。アキラはあきらめの混じった感謝の思いを胸に、主が不在のワトソン研究室を後にした。

その後、アキラが最後に向かった場所があった。カリコ・マジャールの研究室だ。三人のポスドクが実験中だった。小さな窓から美しい歴史建造物の学生寮、クワッドが眺められる。

アキラに気づいたのは、細胞培養フードで培養液の交換をしていたリーだった。

「アキ、今日はどうしたんだい、カメラなんか持って。あっ、そうか。もうすぐ帰国するんだったね」

珍しく白衣を着てベンチで青い実験ノートの整理をしていたカリコも振り返っていつもの笑顔を見せてくれた。

「今日で最後なのね。寂しくなりそうね。このラボに訪ねてくる人はあまりいないから、アキがやってきていろんな話ができるのが楽しみだったのよ」

「キャリーが白衣を着てる姿は珍しいから、記念写真にちょうどよかった」

リーが笑うと、女性ポスドクのチェンもクスッと笑った。

「私が将来ノーベル賞をもらう時のために、アキが仲間だった証拠写真を撮らないとね」

カリコは笑いながら撮影をチェンにお願いすると、細胞培養フードの側面を背にして、アキラとリーを手招きした。実験スケジュールが記載された黄色い広めの画用紙がマグネットでフードに留められていた。セーター姿のアキを真ん中に、右側に背が高いカリコが並んで立った。カメラを見つめるカリコは笑顔を惜しみなく見せている。

「アキは帰国後、日本でも今の続きの研究をするつもりなの」

「そう希望しながら実験をしていたけど、日本のバイオ規制や研究費獲得が難しいので悩んでいる。少額なら簡単だけど、巨額な研究資金が獲得できないと、日本で遺伝子治療の研究を立ち上げるのも難しいだろう。改めてアメリカのすごさを感じてるよ」

「そうよね。研究費獲得こそが一番の厳しい問題よね。新しくスタートする時期こそ潤沢な研究費が必要だけど、助成金は実績主義だからね。ハンガリー時代だけでなく、この豊かなはずのアメリカでも何度も研究費獲得に苦しんできた私が言うから間違いないわ」

「その愚痴は何度も君に聞かされたよ」

「日本には遺伝子治療研究の仲間はいるの」

「僕の大学には全くいない。他の大学や研究所にもすでに業績をあげてるような研究者は恐らくいないんじゃないかな。スタンフォードに最近まで留学していた森山という研究者から帰国したら一緒に何かやろうって誘われてはいるけど、全く先のことはわからない。こちらでもワトソン研究室の連中がいろんな点で悩んでいるのも知ってるから、それを日本で僕らが容易に克服できるとは思えないね」

「アキ、あなたが日本で偉くなったら私を研究会や学会に招待してちょうだい。ぜひ日本にも行ってみたいわ。楽しみにしてるわ」

「了解。キャリーも誰かさんににらまれ解雇されないようにがんばってね。将来のノーベル賞も少しだけ期待してるよ。またいつか会おうね」

「アキったら、からかわないでよ。元気でがんばってねぇ」

カリコたちに笑顔で見送られ、アキラは名残惜しくペンシルベニア大学を後にした。

フィラデルフィアでの最後の夜は、菅原家族と共に外食に出かけた。

「最後の晩餐はやっぱりフィラでお義兄さんが一番お気に入りのレストランですよね」

「ここの渡り蟹はもうたまらないね。チリパウダーが辛すぎるけど麻薬みたいにうまくて手が止まらない。バケツに山盛りだけど、案外ぺろって食べれらるもんね。塩分も滅茶苦茶多そうね。喉がかわいてコーラをグーッと流し込むのがまたたまらん」

「ロブスターも東海岸らしくていいですが、チェサピーク湾の蟹が断然安くてうまいですね。ちょっと物騒な地区に店があるのがアレですけど」

アキラは会話も惜しむように蟹を腹一杯食べ尽くした。

妹家族と数カ月間を一緒に過ごせてよかったとアキラは振り返った。研究能力は乏しいが、面白いものを見つけ出すのは人一倍得意と思っていた。いつの日か研究者としての夢を義弟がアキラの代わりにかなえてくれることを、隣で渡り蟹を頬張っている妹の横顔を見ながら願っている自分に気づいた。

「おいしかったねぇ。これ以上は食べられない。帰国したらこの味がすぐに恋しくなるだろうな。今夜は少し遠回りしてフィラの夜景を見ながらアーデンパークに帰りたい。ケリードライブの対岸からボートハウスの景色が見たいな」

「そうですね、義兄さん。そうしましょう。明日の朝はそれほど早く起きなくていいでしょうから、ゆっくり最後の夜景を楽しみながら帰りましょう」

翌日、アキラは菅原が運転する車でニューヨークのケネディー空港へ向かっていた。

三月下旬でずいぶんと明るくなり春の気配が漂っていた。アーデンパークの庭にはドッグウッド（ハナミズキ）の蕾が膨らんでいて、もうすぐ可憐な姿を見せてくれるだろう。

大好きな朝のケリードライブを走り、街の中心部の歴史地区をゆっくりと走り抜ける。ニュージャージー州との境でもあるデラウエア川にかかる大きなベンジャミン・フランクリン橋を渡りながら、アキラは見慣れた風景と過ごした時間を振り返った。三年前の大雪の日に到着した街は、すでに自分の第二の故郷になったようだ。次にこの街を訪れるのはいつになるだろう。日本で生まれた長女や将来生まれるかもしれない子どもにも、この歴史ある美しい街と大学のキャンパスをいつか見せてあげたい。

日本航空のニューヨーク～成田直行便が水平飛行に移り、シートベルト着用サインが消えた。アキラは窓側の席から流れていく景色を眺めていた。時折遠くに光るのは五大湖なのだろうか。

ノーベル賞受賞者が主宰するテキサス州の研究室で学んだ東帝大の秀才が留学を終え帰国する機内で、それまでの暗雲が一気に晴れるようなひらめきを得たという逸話をアキラは思い出していた。留学前年の素敵なエピソードだったが、アキラ自身は将来のハードルが機内で次第に高くなる気分だった。

日本では始まってもいないに等しい遺伝子治療研究は、アメリカですでに十年ほど先行する歩みがある。将来の商業的成功を期待して大学や企業の特許取得の動きに加え、先駆的研究者と製薬ベンチャー企業との経済的連携を模索する機運さえある。日本とは異次元の研究環境だ。華やかな成果もある一方で、その陰に隠れた問題点も少なくなく、また小さくもなかった。世界有数の研究室であればあるほど、その問題点をはっきりと認識している。華やかなアカデミア（科学界）の動きに対し、早々と経済的連携に関する倫理面の懸念を表明した科学ジャーナリズムの存在もアメリカらしい。

遺伝子発現を改変・調整し、タンパク質の生成をコントロールすることによって病気を治療または予防する可能性は、以前から多くの医師や科学者の心をとらえてきた。アキラも遺伝子治療の臨床応用の夢に魅了された一人で、いても立ってもいられず面接を受けて研究室を移籍し留学期間を延長したのだった。

ただ、シンプルに見える概念とは裏腹に、これまでも多くの失敗を積み重ねてきている。ワトソンらが現在までにヒトの臨床治療として実施してきた二つの試み、すなわちＬＤＬＲ遺伝子をレトロウイルス・ベクターを用いてｅｘ ｖｉｖｏで肝細胞に導入する方法や、ＣＦＴＲ遺伝子をアデノウイルス・ベクターを用いてｉｎ ｖｉｖｏで気管支内皮細胞などに導入する治療法も、その効率や安全性の面で多難な前途が見え隠れする。もちろん、これから先も多くの失敗と工夫を積み重ねて、研究者たちは遺伝子治療を広範囲の後天性や遺伝性疾患を治療するための実行可能なアプローチとして追究していくに違いない。そして、この先、五年から十年、あるいは二十年という長い年月をかけて日常的な治療法となっていくのかもしれない。

トムやジル、あるいはｍＲＮＡを治療に用いるという別の夢を抱いた優秀な研究者たちの誰かが、いつかきっと抱いた夢を成し遂げ世界に大きな貢献をしてくれるとアキラは信じているが、残念ながらそれは日本国内の研究室の誰かではないであろう。

アキラはこの一年半近い時間をウイルスベクターの開発と応用に費やしてきた。いや、恐らく「見学した」と言うべきだろう。実験に利用はしたが、修飾や改良をしたわけではない。ＣＦの肺病変に対して利用されセンセーショナルに全米で報道されたアデノウイルス・ベクターだったが、トム自身もさらにいいベクター、効率性と安全性を両立させる新たなベクターの開発をすでに念頭に置いている。だからこそ、ジルや新しく採用する研究者たちに期待しているのであろうが、技術的な課題は小さくない。

ＤＮＡという大きくて高度に荷電した分子を特定の細胞集団に効率よく送達する際の課題は今後も長く続くことだろう。欲を言えば遺伝子発現の程度を病気の程度や時期によりコントロールしたいところだが、それはまだ遠い先の話になりそうだ。まずはジルが挑戦している遺伝性失明のような特殊で重大な病態が最初になるだろう。血管病や心臓病などに応用するには、発現のコントロールが不可欠だ。ウイルスベクターに噂される発がんの危険性も、今後の研究の隆盛を左右しかねない。

日米の研究費の問題は、エベレストと富士山の差以上にかけ離れている。アキラがその差を知った時の驚きは相当なものだった。遺伝子核酸関連への巨額な研究費の民間からアカデミアへの流れも新鮮であり、いくつかのプロジェクトに光明が灯れば、現時点では悪魔のささやきとして研究者たちが躊躇しているベンチャー企業の設立への流れが加速するかもしれない。同じ優秀な研究者でありながら、それに最も近いトム・ワトソンと、恐らく遠いカリコ・マジャール。タイプの異なる二人が研究に真摯に取り組む姿に身近で触れたことこそがアキラの留学の一番の成果かもしれない。日本にいながらでは決して想像もできなかった。

ワトソン研究室は、間違いなく世界有数の遺伝子治療関連の研究室だ。トム・ワトソン始め、優秀な研究者たちが世界中から集って寝食を忘れて研究に時間を費やしていた。多くのディスカッションが週に何度も行われ、成果よりも課題のほうが遥かに多く議論されていた。研究者というのもおこがましく英語の議論が全て理解できていたわけでもないアキラだが、課題の大きさは理解できていた。

研究者の性として、高い壁も深い谷も長い塀も、時としてやりがいをもたらすモチベーションに変え得るだろう。能力を少し超える程度の壁は科学者の望むところだ。それを超えた時に得られる喜びこそが、一流二流を問わず多くの研究者を連綿と科学の世界にひきつけて来たのだから。

昨年秋に学会で出会って親しくなった浪速大学の森山や彼の恩師金村が、彼らが立ち上げる予定の研究会に誘ってくれてうれしいが、アキラの大学の実情は遺伝子治療の夢を語るにはお粗末すぎる。

トムたちと同じようなことを日本で実現できると本気で思っているのか。帰国して日本で何をしようとしているのか。そう自問し始めると、アキラは底なしの闇の中にゆっくりと落ちていく感覚を覚えるのだった。

それはアキラが医学部受験に失敗し、かつて京都にあった古いレンガ造りの予備校寮の窓なし三畳間で、悶々と将来を悩みながら浪人生活を過ごしていた時に感じた底なしの不安にも似ていた。ただ、そんな時期こそかけがえのない人生の季節だとも感じながら、アキラは日本への機内で新しい家族との暮らしを思い描いていた。

第六章　時空を超える手紙

二〇二二年　春

昨夜もロシアの侵略戦争の映像を嫌になるほど見せられた。また不快な夢を見るのかと不安な思いで佐野は床についたが、幸いにも異国での若き日の愉しい夢の数々を久しぶりに見ることができたのは、昨日の日本国際賞授賞式のおかげだろう。

「どうですか、最近の体調は、佐藤さん。息は大丈夫ですか、苦しくないですか」

「先生、なんとかまだ生きてますよ。でも私は、いっぺん死んでるんです」

五月に九十六歳になる佐藤さんは、杖もなく背筋をシャンと伸ばして歩けるものの、数年前から診察のたびに同じ話を繰り返すようになっていた。認知症に特有な症状だ。新しく覚えるのは難しいものの、昔のことは鮮やかに覚えていて、来院のたびに活き活きと佐野に話しかけてくる。それはそれで幸せな晩年だと佐野はうらやましく感じながら、毎月繰り返されるシベリア抑留話を覚えてしまうほど聞かされていた。

「満州で終戦を迎え、ソ連の連中にシベリアに強制的に連れていかれて。十月になると寒くなって日没も早くなって。連中は食料も十分にくれずに強制労働ばっかりさせられて、冬になったら仲間が次々に何人も凍えて死んでいくのですよ。不思議なもので、深い雪の中で作業してるうちに眠くなって、今度こそ俺も死んでいくんだなあと感じるんです。だけど、なんとか生き残って二年後に復員しました。ソ連の連中はもうひどいとですよ。人の気持ちはないとでしょうね。寒さと飢えで、仲間の半分がその時に死にました」

いつもと同じ話で始まったが、今回の佐藤さんは少し饒舌だった。

「最近のウクライナ侵略とか、ロシアは昔のスターリン時代のソ連と全然変わらんですね。あの終戦の時も降伏した後で攻め込んで来て、男は殺すか捕虜にして、女は辱めを受けて。信用ならん連中ですよ。今の八十歳以下の日本人はシベリア強制労働の実態とか全然知らないでしょうね。学校でも教えないとでしょう。今のロシアの連中もウクライナ住民をシベリアに強制移住させてるらしいですね。相変わらず恐ろしい国ですね」

「それは大変でしたね、佐藤さん。僕が生まれる前だから知りませんでした」

佐藤さんを診察しながら、佐野はいつもと同じように答える。

「将来ロシアが北海道に侵略に来て、日本人を無慈悲に殺したり強制連行しそうで怖いですね。ロシアがなぜ国連の常任理事国なんですかね、先生。何とも恐ろしい世の中ですね。プーチンはスターリンやヒトラーに似てるじゃないですか」

佐藤にしてみれば、自分の悲惨な体験を忘れぬうちに若い日本人に伝えておきたいのだろう。佐野には十分に伝わってはいるが、政治家やマスコミ関係者などにロシアや中国寄りの人が多いのはなぜなのだろうか。

佐藤が診察室を出ると、話を聞いていた看護師の酒井菜摘が佐野に話しかけた。

「独裁国家って本当に嫌ですよね。ウクライナをネオナチ呼ばわりしてるロシアこそ、武器を持たない住民を虐殺したり強制的にシベリアに送ったりして。中国のチベット政策や新疆ウイグルの問題だって、ひどい人権問題じゃないですか。そんな独裁国家が好きな経団連や政治家って私には全然理解できません。子どもの将来が心配ですよ」

「人間は自由じゃなきゃね。香港とか悲惨だよね。台湾人も怖いだろうね。ウクライナが徹底抗戦する気持ちもわかるなぁ。でも、菜摘ちゃんは若いのにいろいろと詳しいね」

「話変わりますけど、ワクチンの四回目が始まりますよね。院長はどう思いますか」

「三回目のワクチン、若い人に全く人気ないね。毎日うちも半分以上を廃棄してるからね。特にモデルナの不人気って驚くよね、なぜかねぇ。モデルナアームのせいかねぇ。昨日とか十八人分の接種枠あるのに予約は二人だよ。ファイザーだと余らないのに、相当イメージ悪いんだろうか。液量を次は半分に減らすけど、逆に不信感を増すかもね」

「それにしても最近の反ワクチン運動ってすごいですよね。誰かがワクチンを推奨すると、いっせいにネットで叩かれ恐ろしくなりますよね。言葉も凶暴で、ワクチン接種してがんばっている医療関係者は悲しくなりますよね」

「日本は外国と違って義務じゃないから、嫌なら打たなくてもいいのにねぇ」

「そうですよね。妨害や脅迫はやめてほしいですよね。当院の職員でも打たない人いますけど、それを院長先生は認めてますしねぇ」

「彼らの論調には数種類のパターンがあって、反医療や反科学だけじゃなく反政府だったり、全部が同じ反ワクじゃないんだよね。でも、ごく一部だけど凶暴な言葉で攻撃するから困ったもんだね。誰かの説のコピペなんだろうけど、最初のころみたいに笑えるようなデマだけでなく、近ごろは時々無下に否定しがたい話もするんだよね。出所が怪しげでも、扇動的なインフルエンサーや過激に物申す医師が言うと普通の人は信じちゃうんだろう。確かに今年の第六波のオミクロン株には効果は乏しそうだから、高齢者や病弱な人でなければ三回でもいいかもね」

「接種できない理由を書いた証明書を発行する医師もいますよね」

「それは別に悪くないと僕は思うけど、代わりに生理食塩水を注射して接種済み証明書を発行する診療所が東京にあるって噂が流れてるね。内部告発だろうけど、本物を接種したい希望者にも偽物を注射してお金も請求してるらしいから、そのうち摘発されると思うけどね。反ワク以外の点では、本当は優しい医者なのかもしれないけど、残念だね」

「オミクロンの全体死亡率は今じゃ一%未満ですけど、透析患者の第六波の死亡率は確か七%ですよね。ワクチン前の透析患者の死亡率は二十五%で、すごく怖かったです。やっぱり透析患者や高齢者はできれば四回目もすべきですよね」

「身近な人が死んだり重症になってないと怖さは実感しにくいかもね。今は明らかにフェーズが変わったしね。いろんな立場で考え方が違うのは無理もないな。これだけ今年に入り弱毒化すると、僕みたいに副反応が強く出て翌日ぐったり寝込む体質だと四回目は遠慮したいよ」

「大きな病院だと業務を縮小できますけど、小さな介護入居施設や透析施設とかは縮小しにくいからですね。院長先生は最初の武漢のころから介護施設や透析施設を重点的に守れって、テレビや新聞で何度も訴えてましたもんね」

「そうだったね。菜摘ちゃん、あのころの僕が出たテレビを見てたのかい」

「そうですよ。だから島波クリニックで働きたいと思ったんですよ。でも、分断や対立だらけの嫌な日本になってしまいましたね。いっそのこと、ワクチンを有料化して任意接種にすればいいと思いますけど」

「ｍＲＮＡワクチン開発は、ｍＲＮＡを医薬としてすみやかに危機的状況で供給できるように人類がなったという点で素晴らしい話なんだけど、それを義務化するかとか、頻度をどうするかとか、どのタイミングで誰を対象にするかとかは、開発した科学者側の問題ではなく、政治家や政府の諮問委員側が決めるべき問題なんだよね。もちろん、ワクチン企業からどれだけ購入するかも政治家の権限だからね」

「そうなんですね」

「今回の件で言えば、カリコやバイオンテック社のウグア・シャヒン、そしてＮＩＨの科学者は開発者なんだけど、製造販売のファイザー社やモデルナ社はビジネス企業で各国政府と交渉するのも両社の役割なんだよね。だから、カリコやウグアら科学者の貢献は政治や行政の不手際で汚してほしくないなぁと僕は思うんだよね」

「一般の人にはわかりにくい点でしょうね」

「共産独裁国家も嫌だけど、行きすぎた言論の自由も厄介だね。医師や科学者の名を語るヘンテコな有害インフルエンサーやユーチューバーも多いから、ワクチン反対派も慎重派も積極派も、結局は誰の言葉を自分が最も信じるかなんだろうと思うよ。僕の場合は、カリコやウグア夫妻と、本庶先生を含めた本物の科学者たちを信じてるから」

「確かにそうですね、カリコ博士と院長はお友達でしたね。院長もとっくに還暦過ぎた高齢者ですから、早めに四回目を打たないといけないですね」

「こらこら、やっぱりボーナスは減りそうだねぇ」

「困りますよ、院長先生。子どもたちは食べ盛りなんですから」

佐野が午前の外来診療の後、透析室で二十五人ほどの回診を終えて診察机に戻ると一通のメールが届いていた。タイトルも名前も全てアルファベットで書かれており、予想外に早いカリコからのメールだった。果たして彼女は佐野のことを覚えてくれていただろうか。昼休みは緊張で始まった。

アキへ

アキ、お手紙ありがとう。ほんとに久しぶりね。

あなたから日本で手紙をもらうなんて、なんてうれしいサプライズなんでしょう。

昨夜は授賞式の後もいろいろと忙しくてね。夜遅く部屋に戻ったら、あなたからの手紙と一緒に写真が添えられていてすごく驚いたわよ。本まで届いていて、うれしかったわ。

もちろん、アキのことは今でもよく覚えているわ。

なぜかって言うとね、当時の私がいた研究室は少人数で全然有名なラボじゃなかったし、他の研究者が訪れることはあまりなかったのよ。あなたは何度もラボに来てくれたし、私のmRNA研究の話も熱心に聞いてくれて、私はうれしかったのよ。

あのころの私はなかなか研究費の獲得ができず、論文も採択されず、少し悩んでいた時期だったの。当時の循環器科は、いやペンシルベニア大学全体がね、いっせいにワトソンたちの遺伝子治療やゲノム解析に向かっちゃってて、私のようなｍＲＮＡの研究者は異端児みたいな感じで見られてたわ。特にトップの人たちにね。あなたがよく知っている人もその一人よ。私もｍＲＮＡを治療に応用したいと思ってたから目標は同じだったのに、なかなか認めてくれなくてね。あなたが日本に戻ってからの数年間はけっこうつらかったわ。

研究以外のいろんな話もしたじゃない。私は渡米して八年目だったけど英語はハンガリー訛りが強くて全然うまくなかった。あなたも三年目にしちゃ英語は下手だったわね。英語ができないと馬鹿にされちゃうものね。下手同士で気が合ったのかもね。

あなたがアメリカに来る前の年、私の故郷のハンガリーに旅行した話も印象に残ってるわ。ハンガリーに旅行した人と話をしたことなんてないもの。ビザのトラブルで、大変だったのよね。笑いながら話したことを覚えてる。あのころの東欧ってどこも混乱してたけど、私の渡米より五年も後だから、自由へ向かって気持ちは少し明るくなってたんじゃないかしら。最近はロシアのせいで変な逆向きの流れがあるし、ソ連の亡霊を見てるようだわ。

それにしても、あんな古い写真をよく大事に持ってたわね。

循環器科時代に私が白衣を着ている写真は、たぶんこの一枚だけよ。古い写真を見たいとマスコミにリクエストされることがあるけど、不思議と白衣を着ている写真が全然ないの。よく見たら胸元にＣａｒｄｉｏｌｏｇｙって刺繍まであるし、すごく貴重な写真だわ。当時の私は研究さえできれば服装なんてどうでもよくて、お金もなかったから数枚のセーターとＴシャツばっかりだった。そうでしょ、アキも覚えてるわよね。

今夜のハンガリー大使館のレセプションも、アキが近くに住んでいるなら参加してほしかった。昨日は日本のエンペラーと一緒だったからすごく緊張したわ。いろいろと懐かしい話やその後の話もしてみたいけど、遠い場所みたいで残念ね。でも、こうしてメールで連絡できたからよかった。いい時代になったわね。

日本はいいところね。最初は二〇〇五年にあの大切な論文を発表した時に、北海道の大学から講演に呼んでもらったの。その後は期待したほど注目されなくてね。次は二〇一三年に横浜だったかな。今回のワクチンのことがなかったら、今も私は無名のままだったかもね。オリンピック金メダリストの母親としてのほうがアメリカでは有名だったけどね。

その娘が初めてアメリカ代表としてボート競技に出場したのが日本の岐阜だったのよ。二〇〇五年のことよ。ずっと途中はアメリカがリードしてたけど、最後にトップでゴールできなかったの。それで娘も私もいろいろと学んだわ。ぜひゴールをトップで通過したいと。私にとっては、それは研究を臨床応用して実際に治療に用いて世界の人々の役に立つことなの。だから今まで研究のどんな苦労もつらくはなかったわ。何度も挫折を経験し、ポストを外されたこともあったけど、それでもあきらめずに必死に努力をしたわ。なかなか認められず、研究費も獲得できなかったけどね。

でも、最近ようやく少し世界のお役に立てたみたいで、研究者としてうれしいわ。

少し長く書きすぎちゃったわね。いただいた手紙には詳しく書かれてなかったから、今度はアキの話を聞いてみたいわ。

日本でも研究を続けていると思っていたけど、アキは実地医家になって診療がメインなのね。自分で始めたクリニックなのかしら。どうして研究をやめたの。その他にもいろいろと聞きたいわ。
私のプライベートなメールアドレスはこれ。よければ、ぜひ返事ちょうだい。
あと数日は東京にいるわ。

キャリーより

興奮と安堵が混じった気持ちで佐野はカリコからのメールを読み終えた。名前は本名のカリコではなく、研究室での愛称だったキャリーと書かれている。覚えてないのに儀礼的な返信はもらいたくなかったので、最初に届けた手紙には自分のことも彼女との思い出もわざと詳しく書かなかった。佐野アキラは研究室でアキと呼ばれていたが、手紙には書いてなかった「アキ」の名で呼んでくれた。彼女が佐野を覚えてくれていたのは間違いないようだ。

佐野は妹家族に、返信をもらえて彼女が佐野をよく覚えてくれていたことを伝えた。

「アキラ伯父さん、よかったですね。私もお役に立ててうれしいです」

帝国ホテルに手紙を届けてくれた姪のレイが最初に連絡をくれた。たまたま休日で東京にいてくれてよかった。

「へ～、よかったわね。昨日の授賞式の全編映像が動画サイトに出てたので見たわよ。さすが日本一の国際的な科学賞ね。外国人が天皇陛下に挨拶するってどんな気持ちなんだろうね。カリコさんの笑顔は少し硬かった。かなり緊張したのかな」

妹の葵が次に連絡をくれた。カリコが出る別の動画も見たものの、どうしてこの研究がノーベル賞の有力候補に値するのかよくわからないと言っている。佐野自身も他の研究との優劣に関しては正直よくわからない。そもそも全ての研究は過去の多くの小さな進歩の積み重ねだと佐野は思っている。最後に受賞する人は単にラッキーなだけかもと思うことがあるが、三十年前からの研究歴を知るだけに、幸運よりも必然と思いたかった。

「返事、早かったですね。けっこう覚えてるもんですね。よく読むと、なかなか興味深い内容ですね。トップがｍＲＮＡ研究を応援してくれないとか、誰ですかね。やっぱり義兄さんのボスですかね。彼女は厳しかったですもんね。だからこそ女性なのに強烈に出世ができたんでしょうけど。カリコの挫折の件にも関係してますかね」

佐野の手紙を英語に翻訳してくれた菅原は、アキラの帰国後も二年間近くフィラデルフィアに暮らしていただけに、当時の研究室内のイザコザを何か感じたようだった。

「はっきり書かれてないけど、僕がよく知る女性でトップと言えば一人しか思い浮かばないからねぇ。カリコというより、チーフのバーンスタインにしびれを切らした可能性はなくはないよね。仮にそれが原因でカリコが循環器科をクビになったとしたら、その後にワクチン研究者のワイスマイヤーと出会えて逆にラッキーだったかもしれないね」

「人間万事塞翁が馬でしょうかね。神経内科に拾われた彼女が彼に出会えた一九九七年のコピー機の伝説が、インタビューで有名になりましたからね」

「そうだね。そのトップの一人が仮にアンナだとしても、彼女は僕にとっては幸運の女神だったからね。彼女のおかげで僕はワトソン研究室に行けたんだし、偶然だけどカリコとも出会えた。町医者となった今でも当時のことが確実に気持ちの支えになっている」

「そうですね。当時とは研修制度や専門医制度が大きく変わり、若い人の留学希望者がずいぶんと減りましたが、今でも海外留学に価値はあろうと私自身は思います」

「長い人生だし、もし若い時に行けるチャンスがあればね。また手紙を急いで書くから、次も英訳を頼むかも。その時はよろしく」

昼休みの時間を使って、佐野は急いで二通目の手紙を準備した。今度はカリコが教えてくれたアドレスに、夕方までに直接メールを送るつもりだ。

キャリーへ

忙しい滞在中のスケジュールを縫って、メールを送ってくれてすごくうれしいです。どうもありがとう。もし僕のことを覚えてなかったなら悲しいだろうなぁと思いつつ手紙を昨日ホテルに届けたのだけど、覚えてくれていて安堵しています。

僕は他の大学からペンシルベニア大学の循環器科のアンナ・スワンソンの研究室に移籍しました。

トム・ワトソンの研究所で遺伝子治療の研究に携わりたかったからなのですが、基礎知識がなく英語もうまくなかった僕にその大きなチャンスをくれたのがアンナでした。

彼女はまだ若かったけど、すでに基礎研究者としての第一線を卒業し、循環器科トップとして科全体の臨床と研究のマネージメントが最も大切な仕事でした。それに加えて、招聘したトムの遺伝子治療研究所を盛り立てることを自身の最大の役割だと思っていたようです。

前回のメールの中で、僕がよく知る女性があなたの研究継続の大きな支障となったような意味の文章を目にしましたが、それがアンナなのか他の誰かなのか、今となっては、僕自身は知らないままのほうがいいような気がします。

少なくとも、彼女のおかげで僕は日本では決して経験し得なかった最先端の研究と、それに打ち込む優秀な研究者たちの姿を近くで見ることができました。あなたもその一人です。当時はあなたがここまですごい研究者になるとは考えたこともありませんでした。もし身近な誰かが将来ノーベル賞を受賞するとしたら、トム・ワトソンこそ最も可能性を秘めた研究者だろうと思っていました。

眼科のジル・ベルベットにアンナが自分の研究室を自由に使わせていたことを最初は不思議に感じましたが、能力や将来性を見抜いていたからではないかと思います。ジルのその後の素晴らしい業績も動画サイトなどで知りましたが、初めてＦＤＡが認可した遺伝子治療の製剤を開発するなど、偉大な遺伝子治療研究者の一人になったんですよね。彼女と一緒に学べたことも僕の人生では大切な思い出です。

トムは一九九九年の大きな挫折と長い苦難の経験を経て、今では当時よりもさらになくてはならない存在に復活を遂げたようですね。トムは決して笑わない性格でしたが、ジルとあなたはフレンドリーな笑顔に満ち溢れていた。話が大好きで、僕も話の輪に加えてもらいました。

覚えていますか、トムがケープメイで開催した勉強会。トムはｍＲＮＡを利用した治療法の未来を信じて、あなたに話す機会を与えましたよね。あなたの将来性を誰よりも信じていたからじゃないでしょうか。

ところで、僕自身のその後ですが、一九九四年の春に日本に戻り、遺伝子治療の研究を続けたいと最初は希望に胸を膨らませていました。でも、大学内に研究を一緒に取り組んでくれる人が見つからず、研究費に関してはアメリカとは全く比べようもない少なさでした。当時も今もこれは日本の弱点で、若い研究者から画期的な研究が出にくい理由かもしれません。もちろん、僕自身の実力不足でもありました。

当初は留学時代に知り合った浪速大学の森山氏（現在は国際遺伝子治療センター）や、帰国直後の研究会で意気投合した九帝大学の米森氏（現在は京帝大学）と共同研究などを進めていましたが、数年のうちに僕自身の限界と、日本で遺伝子治療の研究を世界レベルで行うことの限界を強く感じました。

世界的にもレトロやアデノウイルス・ベクターに暗雲が立ち込め始め、多くの遺伝子治療の研究者が、あきらめたり再生医療へ転向して活路を見出そうとしていました。そのころに上司の期待に応えようと無理したこともあり、僕は過労で急に体調を壊して数週間入院することになりました。それが僕の区切りの時、転身のきっかけでした。

当時フィラデルフィアからボストンへ移籍して研究していた妹の夫も、再生医療の領域で大きな成果を出していたので、僕は安心して彼や森山氏や米森氏に研究者としての夢を託せました。研究者としての将来をあきらめた後は迷うことなく、再び実地医家として臨床医を始めました。

生まれ故郷の瀬戸内県で、循環器科を中心とした内科と透析患者のためのクリニックを新しく開設しました。日本の私的なクリニック制度はアメリカとは全く違うので、想像しにくいかもしれません。高齢者のための介護施設もあわせて運営していますが、日本の介護保険制度もまた独特で、クリニック以上に想像とは異なるでしょうね。この施設が前回の手紙でお話したように、昨年の二月に集団感染を生じてしまった施設です。

研究者をあきらめてすでに二十五年が過ぎましたが、実は今でも時々研究者に憧れることがあるのです。特に知っている誰かが大活躍をしたりすると、自分が簡単に夢をあきらめたことに泣きたくなることがあります。でも、不思議と後悔はしないんです。

アメリカでの研究生活も今の町医者としての生活も、全て自分で選択して歩んできたことですから悔やむ理由はないですね。

僕もある意味、アンナと似た性格かもしれません。価値あるものや人物を探し出す能力はありそうです。ペンシルベニア大学であなたたちと出会ったのですから。

帰国して生まれた娘が二人います。彼女たちも医師としての道を歩み始めました。残念なことに、基礎医学の研究者として貢献することには興味はなさそうです。

日本国際賞や世界の名だたる賞を次々に受賞している気持ちはどんなのでしょうか。すごく興味があります。

アキより

昼休み時間だけでは足りず、佐野は診療の合間をぬい夕方までかけて二通目の手紙を書き終え、一枚の写真を添えてメールで送信した。

その写真はケープメイでの合宿勉強会のもので、若い佐野と眼科のジル・ベルベットら三人が肩を組んで写っていた。少し顔を横に向けたジルの手には当日のテキストがあり、討論内容が希望に満ちたものであったことを想像させる三人の表情だった。

今宵は大使館でマジャール博士の歓迎レセプションが開催されている。昨日の授賞式とはうって変わって、リラックスした会になるだろう。話好きな性格は昔も今も全く変わっていないようだから、楽しい会にならないはずはない。おしゃべりなカリコと接した人は、みんな彼女のことが好きになる。佐野は診療を優先したことを少しだけ悔やんでいた。


レセプションから一夜明けた今日も、共同記者会見や各種インタビューなど分刻みの超過密スケジュールだという。

テレビでは朝から晩まで連日ロシアの侵略戦争を伝えている。東部や南部の主要都市が無差別攻撃され、多くの市民が犠牲になっている。いくら科学者たちが英知を出しあい奇跡的な速さでワクチンを開発しようとも、あっという間に数万人の死者をカウントしてしまう戦争には無力感が漂う。

科学者が世代を超えて改良を繰り返した努力の結晶が、片や画期的なワクチン開発へつながり、片や一般住民の殺人兵器へつながるという現実。科学者たちの夢や希望をよそに、人類を混乱や破滅に危険にさらすエゴイスティックな独裁者たち。

科学者たちは家庭も犠牲にして、微々たる進歩のため全てを捧げてきたと言っても過言ではないだろう。特にノーベル賞候補になるような研究の裾野では、どれだけ多くの名もなき科学者たちが奮闘してきたことか。

日本学術会議メンバーを決める手続きで、推薦された候補が拒否されたことがあった。科学の定義が欧米とは異なることが背景にあろう。アカデミア（学究的な世界）の一員かもしれないが、サイエンティストとは認めにくい日本的な科学者たち。そして科学とかけ離れた痴話げんか。あれでは廃止論が出てきてもしかたないし、佐野にはノーベル賞受賞者の会長がイデオロギー論争に巻き込まれてかわいそうにすら思えた。

アメリカで科学アカデミーのメンバーに選ばれるという栄誉はそうやすやすとは得られない。二〇一八年にジル・ベルベットが新たにメンバーに選ばれたと風の便りに聞いた時、佐野は胸が踊るような喜びを感じたものだった。

ウクライナの隣国でもある西ロシア共和国は旧ソ連の構成共和国で、現状では孤立するロシア唯一の同盟国であるが、ウクライナ侵略の拠点として属国のように利用されている。

そんな独裁国家に四年前から単身赴任している柳沢大使は佐野の高校時代の同級生で、故郷の瀬戸内県美島市に残した高齢の父親を定期的に佐野が診察していた。母親を先に亡くし、父親は田舎の広い家に独居だった。年齢のせいもあり心機能が非常に悪く、油断すると悪化して緊急入院を必要とする可能性も高い。そんな不安な状況ではあるものの、ロシアの軍事侵攻が予測されるようになった昨年末から一度も帰国せず現地に留まり情報収集に努めている。図らずも今や超重要国家と目されている国の全権大使として危険な国際情勢の行方を冷静に注視していることだろう。

「仕事大変だろうね。大使館の安全は確保できているのかい。お父さんは今日診察したよ。少し動悸や息切れが出ていたけど、普段と大差はないようだ。入院は考えなくていいと思う」

佐野はＳＮＳを利用して、緊張感が高まる西ロシア共和国の柳沢に父親の体調を連絡した。まだ現地は午前五時のはずなのに、柳沢からはすぐに返信があった。いつもこんな時間帯に起きているのであろうか。

「今の情勢じゃ一時帰国はできそうもないよ。下手すると年内には収まらないかも。父のことは不安だけど、なんとか落ち着いた状態でいてくれたらと思う。ただ、年齢が年齢だから、覚悟は一応してるけどね」

「心配だろうけど、まかせとけ。なんとか君が安心して帰国できるまで、俺が親父さんをみておくよ。もし何かあったら早めに連絡する。君こそ安全第一だぞ」

息子として気が気じゃないことは佐野もよく理解していた。昨年亡くした佐野の父親と同じ年齢で、医療で救えぬ人の運命があることを、還暦を過ぎた今だからこそ身に染みて感じる。

アキへ

お父さんのこと、残念だったわね。ワクチンが日本で始まる直前だったみたいね。もう少し早かったらって、確かに思うわよね。ご家族みんなつらかったでしょうね。

ごめんなさいね、もっと早く完成させたかったわ。

それから、新しい写真もありがとう。あなたもジルも弾けるような素敵な表情ね。ジルはいつだって笑顔で、嫌な顔なんて見たことないわ。知ってるかしら、ジルは数年前にアメリカアカデミー会員に選ばれたのよ。素晴らしいことだわ。なんたって、ＦＤＡが最初に承認した遺伝子治療薬の開発を二十年かけて成し遂げたのよ。彼女は本物の研究者よ。もちろん、トムとの長年の共同研究の賜物だし、ＡＡＶの開発拠点がトムのラボで、ベクター提供や研究環境に恵まれていたからだろうけど、それでも失明を治療したいと願い続けた彼女の一途な努力の成果よ。科学者としても、女性としてもすごく尊敬するわ。

研究をあきらめた経緯を教えてもらったけど、当時の日本でというより、アメリカ以外で遺伝子治療の研究を行うのは相当難しかったんだと私にも理解できるわ。今だってすごく難しいもの。あのころの私は、レトロやアデノウイルスを改変してベクター利用しようという当時の流行に対して懸念を持っててね。導入効率の低さもだけど、特に細胞傷害性が気になっていたの。それよりもｍＲＮＡを治療に生かせるように研究していくことが重要だろうと考えていたのよ。覚えてるでしょ、アキ。あなたが研究室に遊びに来るたびに私がアピールしたりなげいたりしていたことを。

もちろんｍＲＮＡ技術にも課題が多かったから、簡単じゃないことはわかってた。バーンスタインが研究の機会を与えてくれていたから、好きな研究を続けていられたの。あのころもｍＲＮＡ研究の成果は出てたのよ。でも、トップたちにはその時間の流れが遅くてじれったく感じられたんでしょうね。

アキにとって彼女が恩人だというのは認めるわ。すごいキャリアを積み重ねていったのは同じ女性として驚くほどよ。きっと彼女は数年先を見通す勘が鋭すぎたのよ。でも、数十年先までできなかったのよ。偉大な科学者には耐えてがんばる能力も必要なんじゃないかしら。ジルにはそれがあったし、トムにもたぶんそれはあるの。アキには仲良しだったジルと組んで一緒に遺伝子治療の研究を続けてほしかったと今でも思うわ。

私自身にも恐らく耐える力はあると思うの。渡米して十数年間に、ハラスメントを繰り返し受け挫折を何度も経験したけど、私はそんなストレスも研究の糧にできたと思うの。ハンガリーにそのままいても研究は続けられていただろうけど、やっぱり危険を冒してフィラデルフィアに来てよかったわ。

アメリカは女性にもチャンスをくれた。でも、英語はね、厳しかったわ。

二〇一三年に今のドイツの会社に誘われてからは少し視野が広がったわ。社会に役立つことを直接的にイメージしやすくなったの。日々の研究室での小さな発見の連続が研究の喜びだけど、誰かの役に立つことが私の研究のゴールなの。

ｍＲＮＡワクチンに関しては、ＣＯＶＩＤの前年にはすでに実用化に成功していたのだけど、こんなに早くパンデミックが起こるとは夢にも思わなかったわ。

その後はもの凄い勢いで私のまわりの世界が動いていったの。目まぐるしい速さの激変で、夢か現実かわからないほどだった。それまでは研究費の獲得にさえ困ってたのにね、皮肉よね。

昨年春から毎月のように、授賞の話が舞い込んでくるの。秋にラスカー賞をいただいた時は夢のようだったわ。日本からも早慶賞や国際賞など、少し前には羨望のまなざしで憧れてた賞の名前が次々に現れて。雲の上のような存在だった科学者や著名人からほめられ会話もできて、今の自分が信じられないわ。周囲やマスコミからはノーベル賞の最有力候補って持てはやされるけど、そんなこと考えたことないわ。これまで全く賞には無縁だったから。

ハンガリーにいたころのことや渡米して数年間のことを今でもよく思い出すわ。一九九九年にアメリカ国籍も取得したけど、ハンガリーは私の母国だし、今でも大好きなの。アキが帰国した直後の数年間は私にとって最も苦しかった時期でもあったのよ。だから、今のこの状況は心からうれしく喜んでいるんだけど、天狗には絶対になっちゃいけないと自分に言い聞かせているの。でもね。なによりうれしいのは、このワクチンの成功をきっかけに、この先の新しい目標へ向かって挑戦しやすくなったことかしら。すごく注目されているのは感じるし、好意的なたくさんのインタビューを受けて、私の気持ちが届けやすくなったのよ。ｍＲＮＡを利用した治療は、腫瘍や心不全を含めいろんな領域に応用可能で、これから多くの人々を救えるのではないかとワイスマイヤー教授ともよく話をするの。この汎用性とスピードこそがｍＲＮＡ技術の素晴らしいところだと評価されてるのじゃないかしら。ＣＯＶＩＤへの応用は始まりに過ぎないのよ。変異株対応の新しいワクチンももう完成していて治験の段階に来てるのよ、企業秘密だけどね。日本への供給も秋には間に合うと思うわ。

世界中で私のことをシンデレラ物語風に大きく取り上げていただいてるけど、私が歩んだ道のりが、世界中の子どもや若者たち、そしてすでに研究者として歩み始めている人たち、特に女性研究者たちに勇気と希望を与えているとしたら、それが一番うれしいわ。何度も挫折し苦境の連続だったけど、希望を捨てずに続けていれば、研究に限らずなんとか道は開けると思うのよ。女性の場合は、結婚相手の理解が大きく左右しちゃうけどね。その点、すごく私は家族にも恵まれてた。

もちろん、アキのように冷静に自分の置かれた環境や境遇を判断して、余力を残して早い段階で次の目標に切り替えて進むことも大切なことよ。人生はそれほど長くないし二度とないから、思い切って信じる道を進むことね。道は決して一本だけじゃないからね。

ｍＲＮＡが発見されて六十年。私は科学の発展のための積み重ねのほんの一部をやり遂げただけ。その前も、その後も、実際には直接的に研究に携わっていない関連分野の人も含めて、非常に多くの人々が様々に科学の発展に貢献してくれているのよ。たまたま私が工夫したポイントが非常に重要な隠された鍵だったというだけ。だから全てのｍＲＮＡ研究者と一緒にいただいた賞だと思うようにしているの。タイミングもよかったのね、本当にありがたいわ。

娘さんは留学中に生まれたのよね。子どもにはしっかり歩めるようにサポートは必要だけど、本人が好きな道に進ませることよ。自主性がとても大切。でも困ったり苦境におちいったら必ず助けてあげなさい。

アキから受け取った本は題名を読むとオリンピックに関係した内容みたいだけど、アメリカのスポーツチャンネルＥＳＰＮが娘のシルビアのボート人生を素敵に描いてくれた番組があるの。あのスクールキル川が練習場よ。きれいなボートハウスが並んでいたのを覚えているでしょ。そのビデオのリンクを送るからぜひ見てちょうだい。よく描かれているし、私も少し登場しているわ。

キャリーより

番組のリンクが貼られたカリコのメールを読んで、佐野は「彼女らしいなぁ」と独り言を発していた。近くにいた二人の若い看護師が院長の佐野のほうをきょとんと見た。最初はなんとか笑いを必死にこらえていたが、ついにクスクスと顔を見合わせながら笑いだした。

「院長、彼女って誰ですか。奥さんに隠れて、何か危ないことしてませんか」

「大丈夫、そんなことは絶対にしないよ。この写真の人だよ、前に説明したでしょ」

「あっ、この女性ですね、ノーベル賞候補の。ラブレターでももらったんですか」

「まぁ、そんなところかな」

佐野はパソコン画面から眼を放さずに、リンク先の動画を音量を落として見始めた。

その夜のニュースは、中国の都市封鎖が上海だけでなく次々に拡大波及していることを告げていた。北京でも都市封鎖の噂がある。当初は三日間限定で開始された厳格な都市封鎖が延々と続き、社会的経済的影響は国際社会を巻き込んで今後どこまで大きくなっていくのか。商品供給不足への大きな懸念もあり、日本への影響も大きいだろう。初動から二年以上が経過するというのに、中国製ワクチンへの猜疑心が都市封鎖の連鎖を生んでいるのか。まるで振り出しに戻ったようだ。

「どうだい、元気か。食べ物は十分にあるのかい。政府批判とか出ないの」

佐野は上海在住の同級生にＳＮＳで訊ねてみた。もちろん、日本人駐在員の通信は全て検閲されているだろうから、彼らの本音を聞けるとは思っていない。

「政府がしっかり支援してくれるから市民は誰も不満に思ってないよ。中国の感染封じ込め対策は、スマホを利用した完璧なシステムとして構築され市民に提供されているから、日本や欧米よりも遙かにちゃんと機能しているよ」

「中国は感染対策世界一の素晴らしい国だからね。日本も学ばないとね」

「そうだよ。日本はアメリカの真似をしすぎだね。アメリカ発のフェイクニュースに完全に毒されているのが日本に暮らしていると気がつかないんだ。中国に住んでると、アメリカの罪と害がよくわかるよ。武漢ウイルスって大統領や国務長官が言ってたけど、中国人はアメリカ人が持ち込んだ美国ウイルスだと信じてるよ。佐野君もアメリカには騙されるなよ」

上海生活がすでに三年を超え、彼の言葉のどこまでが本気なのか、あるいは当局を意識した単なるジョークなのかは何とも言えない。

キャリーへ

リンク先のＥＳＰＮの番組映像、さっそく楽しく見せてもらったよ。

日課のトレーニングなのかな、君が室内でローイングしているシーンが最初に出てくるよね。郊外の静かな家で、ストイックな雰囲気がカッコよかった。ボート競技って基礎科学の研究生活と確かに似てるかもね。休むと進まないし漂流するし、必死にがんばってこぎ続けるけどゴールがどこなのか見えないし。

スクールキル川沿いに並ぶ美しい艇庫群はフィラデルフィアの忘れられない景色の一つ。ケリードライブを毎日通ってたし、四季折々のボート練習や大会の風景は忘れられないよ。

娘のシルビアさん、素晴らしい体格で、さすがオリンピック二連覇の貫禄だね。きっと君の誇りなんだろうね。椎間板ヘルニアの激しい痛みに耐えたシルビアさんも、支えた君も素晴らしいと思うよ。名誉あるニックネーム、「金メダリストの母親」は、半年後には「ノーベル賞受賞者の娘」とシルビアが呼ばれるようになるだろう。

それにしても、去年から今年にかけての受賞歴は凄まじいね。もうノーベル賞くらいしか残ってないよね。

受賞に対する君の想いや若者たちへの気持ちなど、興味深く読ませてもらった。確かに多くの研究者たちが長い時間をかけて積み上げてきた成果なんだろう。君の気持ちが世界中の子どもや若者に伝わるといいね。

今回のことで、動画サイトで多くの番組を探して観てみたよ。君の動画もたくさんあって、日本人との対話などもいくつもあるし、山中教授との対談もあった。でも、ペンシルベニア大学循環器科時代の話は少しだけだった。

ジルの動画もたくさんあって、失明が遺伝子治療で治せた症例の母娘の喜びの顔は何とも言えないね。ジルは笑顔も体型も変わらず、気持ちも若いままなんだろうね。

トムのもたくさんあるけど、研究所に自転車通勤する彼の姿は僕には衝撃的だったよ。経済的にも大成功した今もストイックで、エコにも目覚めてしまったみたいだね。大きな挫折を乗り越え復活して、トップランナーであり続ける真のパイオニアだね。

アンナの動画も見つけたよ。カリフォルニア大学の卒業式で受賞記念スピーチしている二〇一三年の動画。恩人だからほめるんじゃないけど、素晴らしいスピーチだよ。

アンナが卒業生に強調していたのは、①夢を大きく持って、②自分のルーツを忘れないように、③いつか恩返しをという三つのアドバイス。それを聞いて、君とアンナが本当はとても似ていると僕は再確認したんだよ。どうだろう、違うかな。

彼女は炭鉱で働く移民の子として生まれ、通った地元の高校から四年制大学へ進学したのはわずか四人だけ。しかも先生はアンナ姉妹に「医師なんて高望みしなくていいよ、女性には看護婦のほうがふさわしい」と言っていたらしい。でも成績が抜群によかった彼女は、「私はそうは思いません」と先生にキッパリ言って、親戚に誰も大学に進学した人がいない中でも夢を大きく持とうと必死にがんばったみたいなんだ。

大学進学しても、医学部に進んでも、自分のまわりで親切に働いてくれる多くのブルーカラーの人々の姿に自分の家族や親戚の以前の姿を重ねて思い浮かべながら学び続けたらしい。女性ながらに誰もがうらやむほどのキャリアを形成した理由はこんな点にあると思うよ。

成功をとげてもとげられなくても、いつかは恩返しをしようと思っていたらしい。

なつかしいアンナの声でそのスピーチを聞いて、涙が出そうになったよ。彼女も君と同じでストレートな性格なんだ、根っからのがんばり屋なんだよ。生まれ育った環境や、逆境の中でのがんばりとかはすごく君と似てるでしょ。そして、恐らく君も世界中に今後たくさん恩返しをしていくつもりなんだと思うけど、違うかい。

僕にとっては、君もアンナもジルも、三者三様に極めて優れた女性科学者であり、立派なリーダーだと思うんだ。君が多くの人の期待どおりにノーベル賞を受賞するとしたら、アンナもジルも絶対に不可欠な存在だったと思う。

週明けの月曜日には帰国するんだよね。帰国直前までスケジュールでいっぱいだろうけど、日本滞在が思い出深いものになればいいと願っているよ。

アキより

少しアンナのことで書きすぎたかもしれないと佐野は反省していた。カリコは特定の誰かの名前を出してパワハラを非難したことは実は一度もなかった。佐野が勝手に想像して過剰反応してしまったにすぎない。不快な思いをさせたであろうか。ただ、カリコは大切な友人、ジルは大切な研究仲間、そしてアンナは大切な恩人だったから、つい仲間をつなぎたい一心だったのかもしれない。

アキへ

帰りの飛行機の中からよ。日本滞在中に予測もしてなかった懐しいアキといろんな話ができて本当によかったわ。私の一番古い日本の友人だから、こうして再び連絡できるようになってよかったわ。

アンナは大学の卒業生に向けたスピーチでそんなことを言っていたのね。シンプルだけど、いい言葉よね。アキが言うように、私とアンナは確かに似たタイプかもしれないわね。彼女を少し誤解していたのかもしれないわね。

彼女がペンシルベニア大学を離れた一九九七年からのことは全く知らないのよ。どん底だった私が神経内科に拾われて、免疫研究を専門にしていたワイスマイヤーと偶然に知り合い今回の成功につながる研究を始めたのも同じ年だったから、私にとっては一つの区切りの年だったの。

教えてくれたアンナの卒業スピーチ動画を帰国したら探して見てみようと思うわ。彼女を誤解してたのなら、早くといておかないとね。今の私があるのは確かに彼女のおかげかもしれないわね。

アンナが言うように、たくさん世界に恩返ししなくちゃね。

日本国際賞の受賞記念講演会であなたがくれた写真をスライドで会場のみんなに見せたのよ。循環器科時代は、私にとってつらいけど大切な日々だったわ。

いただいた小説は、長く一緒に研究している日本人のハラマツさんに読んでもらい内容を教えてもらおうと思うわ。

アキも身体に気をつけて、日々の診療のお仕事にがんばってちょうだい。

本当にいい滞在になったわ。また会える日を

帰国便の機内で

キャリーより

第七章　パイオニアたち

二〇二二年　夏

六月中旬になり瀬戸内地方もうっとうしい梅雨の季節を迎えていた。一月に始まったＣＯＶＩＤの大きな第六波は、なかなかスムーズに感染者数が減らず、島波クリニックと介護施設でも時折スタッフ家族の感染源不明の感染がみられていた。業務縮小という選択肢がない透析施設や介護入居施設にとっては、スタッフの誰かが濃厚接触者に扱われたり感染して人手不足におちいることは相当なダメージだった。

全国的に警戒心は明らかに薄れ、今月十日からは海外から観光目的の旅行客を受け入れ再開していた。透析施設や介護入居施設では、警戒感をぬぐえない悩みを抱く患者や職員が増えている。

四回目のワクチン接種の案内が高齢者に届き始め、佐野にも多くの相談が寄せられるようになった。政府の発表では、ワクチン接種後の死亡者数が現在までに一七五〇人認められたものの、ワクチンとの因果関係が確認された例はないという。この発表に多くのワクチン懐疑論や不要論の人々が怒りを抱く様子がネット上に溢れていた。

反対理由も去年とは論調が変わっている。奇天烈な内容はさすがに影を潜めていたが、代わりに「我こそｍＲＮＡワクチンの真の開発者だ」と語る科学者の名前や主張をあげて、信じた人が「真の開発者に君は反論できるのか？」と挑発的に言う例が増えている。非常に巧みな反対意見の表明にも思えるが、佐野はその権威とされた名前に聞き覚えがあった。

ボビー・マリオン。ネットで確認してみると、やはり佐野が覚えていた元研究者だった。確かに八十年代に重要な論文を発表し、ｍＲＮＡワクチン開発への流れに貢献したともいえるが、「真のｍＲＮＡワクチン開発者」という点は全く受け入れにくい。ｍＲＮＡ研究の歴史の中で重要人物の一人には違いないが、二十年前には研究の世界を離れてビジネスの世界で生きてきたはずだ。その彼がどうして、いやそんな彼だからこそ今ごろこうした発言を繰り返しているのであろう。ワクチンに疑念を抱く人が、彼の研究内容や学会を離れた事情を知ったうえで彼を信奉しているのかどうかはわからないが、アメリカでは大多数の現役科学者から「取扱注意の変わり者」とのレッテルが貼られているようだった。彼が主役の一人だとすると、佐野はなんとなく反ワクチン騒動の理由の一つがわかった気がした。

佐野のクリニックではこれまで四千回近い接種を行ってきたが、アナフィラキシーに限らず、急性期の重篤な副反応被害に遭遇した経験はない。佐野自身は接種当日夜から十五時間程度、仕事ができないほど強い倦怠感を毎回経験していたが、翌日以降に入院を要するような副反応の相談を受けたことも、頑固な後遺症に悩む相談も幸い全くなかった。

先日、島波クリニックを胸痛を主訴に中年男性が受診した。ワクチン接種後、毎日のように胸痛を自覚するという。安静時にも虚血性心臓病を疑わせる心電図所見で、喫煙歴もあり、詳しい問診でも狭心症を疑うものであった。診断は急性冠症候群、とりわけ増悪型の不安定狭心症ということになろう。仮に心筋梗塞に至ればワクチンの重篤な副反応症例ということになるのかもしれない。

佐野は緊急入院を依頼して、紹介先の基幹病院で緊急カテーテル検査が行われ、案の定、高度狭窄病変が最も重要な冠動脈に存在した。冠動脈のプラーク（コレステロール性粥状硬化）や血栓形成というより石灰化が著明だった。長期間かけて固く狭くなってきたことを意味し、心筋梗塞で死亡したとしてもワクチン接種が原因とは佐野にはとても思えない。もともと脳動脈瘤が存在する人に高血圧やストレスが関与して多くのクモ膜下出血が生じるように、ワクチン接種が急変の原因かきっかけか偶然なのか、確かに難しい問題をはらんでいるのであろう。

残念ながら第三波には間に合わなかったものの、第四波から五波にかけて、ワクチン接種が多くの人々を救ってきたのは間違いないと佐野は考えていたし、副反応が比較的多いことでｍＲＮＡワクチン開発の意義が疑われるとは些かも思えなかった。

ｍＲＮＡワクチンの他に、中国製の不活化ワクチン、イギリスアストラゼネカのアデノウイルス・ベクター利用のワクチンが存在したものの、中国製はワクチン外交の手段として途上国支配への効力があった程度だ。

アデノウイルス・ベクターの効果もｍＲＮＡに比べて低く、日本では使用されなかった。副反応が少ないと評判の組み換えタンパクワクチンが一年半遅れて四月に登場したが、開発までの時間がかかりすぎた。これだけでは序盤の戦いに勝てそうもない。

ｍＲＮＡワクチンへの批判や中傷やデマとも言える風評が今もなお相次いでいるが、ダントツに早く広く世界へ行き渡ったという意味では現場の医師として感謝しかない。

致死的な感染症に対処する医療関係者には早急にワクチンを優先供給するので、その代わりに最前線で逃げずに闘ってほしいと政府は日ごろ言うものの、百日以内の供給開始でなければ役立たないことは今回の件で明白になった。

「先週、神戸で講演会の司会をしたのですが、ＡＭＥＤにいた演者にお義兄さんのことを少し話したんですよ」

佐野は吉備大学に講演に来ていた義弟の菅原と久しぶりに会って話をした。ＡＭＥＤ（エーメド）は日本医療研究開発機構という官製組織で、関係あるいくつかの省庁が協働して研究をサポートするために十年ほど前に設立された。研究を財政的に強力にサポートして新しい治療法や医療機器の開発などを目的とする組織で、佐野が帰国したころには影も形もなかった。当時は文科省の科研費が研究者の主な資金源で、資金規模はアメリカと比べようもなかった。

「へぇ〜、どうしてまたそんな話に」

「講演は遺伝子治療や再生医療に対する研究支援の話でしたが、ｍＲＮＡワクチンは誰もが興味を持つ話題なので、送っていただいてたカリコ先生の写真を見せてみたんです。そしたら案の定、すごく驚かれましてね」

「誰もカリコの名前とか昨年まで知らなかっただろうし、昔のカリコを実際に知っている日本人ってほとんどいないだろうからね」

「この写真はどこでいつ撮影したのかと聞かれたので、ワトソン教授の研究所に留学した時にペン大でと、以前いただいていたワトソン教授とお義兄さんが一緒に写った写真も見せたんですよ。そしたら、ますます驚かれましてね。というのは、その先生はＣＯＶＩＤが日本で流行する直前に、ＡＭＥＤ主催の《遺伝子・細胞治療シンポジウム》で来日したワトソン教授の滞在中のお世話もされ、研究の将来的な日米協力の話をされたそうなんです」

「そんな研究会が開かれていたんだね。最近は留学していたころのアメリカでの遺伝子治療研究の熱気が日本にも押し寄せてきているようだね。今ごろなのって少し複雑な心境だけど、でも研究が盛りあがるのはやっぱりうれしいね」

「その時すでに、ワトソン教授はｍＲＮＡワクチンが有望だろうと言われたそうです。そんな二人の著名な研究者と縁がある人がなぜ開業医をしてるんですかと不思議がられましてね。理由は詳しく話しませんでしたけど」

「もしベルベットとの写真を見せたらさらに不思議がっただろうね。なにしろＦＤＡが初めて承認した遺伝子治療薬の開発者だからね。ところで、この会の日本側は誰がメインだったのかな。今年の日本細胞再生遺伝子治療学会の理事長は森山君で、会長は米森君だけど、彼らも参加したんだろうか」

パンフレットには、重要オピニオンリーダーとしてアメリカとシンガポールからワトソン教授らを招聘したと書かれていたが、Ａ＊ＳＴＡＲ（シンガポール科学技術研究庁）の名前もある。この組織名に佐野は見覚えがあった。

佐野の恩師アンナ・スワンソンは、スタンフォードの内科部長を務めた後、二〇〇二年にシンガポールに軸足を移し、同国の生物医学科学産業の発展に貢献。Ａ＊ＳＴＡＲの大学院アカデミー国際諮問委員会の中心メンバーとして様々な研究機関の設立や教育に携わった。特に臨床科学研究所を設立し長らく所長を務め、二〇一八年には大統領から科学技術賞を授与されていたことも、最近になって佐野は伝え聞いていた。

科学技術の発展をサポートする方法として、アメリカでは少数の選択された研究者や研究テーマに資金を集中支援するのに対し、シンガポールでは広くチャンスを与えるような支援をする文化があり、両国のよさを取り入れながらアジアの科学技術の発展のために彼女なりに努力を重ねていたようだ。グローバルな視点で感じた様々な想いが、二〇一三年にカリフォルニア大学で行った素晴らしいスピーチにつながったのだろう。

カリコの研究者としての将来をあわやつみ取りそうになったアンナだったかもしれないが、自らも地位を確立したアメリカを飛び出し、世界へ貢献できる人材を海外で育てようという熱い気持ちは本物の教育者ゆえであったと佐野は信じたかった。

「遺伝子治療の研究を続けていたらと思うことは今でもありますか」

「いや、それはないよ。そもそも自分に能力も根性も足りないことは帰国してすぐにわかったし、当時の日本の研究環境では、実臨床で遺伝子治療が成しとげられるとは全く感じられなかった」

「そうでしたね。ここ十年は研究環境もビジネスの要素が入って資金も集まりやすくなり、日本でも一部の研究者は自ら起業して資金を集めるいい時代がめぐってきつつありますが、今度は人材の面で不足してますからね。卒業後の研修制度が大きく変わって専門医資格を取得したり維持するのにすごく忙しくなり、若手医師が臨床を途中で一時離れて基礎研究で世界に飛び出していきにくくなってますよね。最近は留学希望者がどこの大学でも激減しています。いくらＡＭＥＤが有望な研究には資金を出すと言っても、基礎医学研究の裾野が全然広がらないのが今の日本の状況です。この先どうなるんでしょうか。残念ながら日本だけが長期停滞してて、アメリカや中国など世界との研究格差はどんどん広がってますね」

「残念だよね。若い人たちがかわいそうだよ。数年前に聞いたけど、トムとジルのペン大遺伝子治療チームに対して、某社が複数年で二十億ドルの研究費を出すという提携契約を締結したみたいだよ。成功時のオプション込みの包括契約だろうけど」

「複数年だとしても単独企業から二千四百億円ですか。有力ないくつかのＡＡＶの開発に関わった彼らは他にもいろいろと大型契約があるでしょうからすごい資金力ですね」

「アンナが常に口癖のように言ってたのは、科学的トレーニングを受けた医師のほうが、研究データを基にして、それを実際の診療に生かせるから、たとえ研究者として一流になれなくても研究の経験は医療に必ず役立つということだった。基礎研究する暇があれば臨床経験をもっと積めよといった反対意見もあるかもだけど、一理あると思う。僕も研究者としては全然ダメだったけど、今は町医者として後悔なんて全然していないよ」

　専門医制度ができて以降、若い医師が留学への希望を抱かなくなったことを佐野は子どもからも聞いていた。内科や外科や産婦人科などへの希望者が減って、先々増えそうな要素が見当たらないことも。さらにこの数年は新型コロナ感染症への対応など、基礎医学的な研究に時間をさける余裕が若手だけでなく、若手を指導する中堅にも、大きな夢を抱かせるべき指導者にも失われつつあるのではないか。全ての医師にＣＯＶＩＤ対応をさせると言うが、このままで日本の医療や医学研究は本当にいいのであろうか。これから進む働き方改革という名の労働時間制限は、医師が基礎研究を行うことを今以上に難しくするだろう。町医者の佐野には、残念ながら日本政府の危機感が少しも感じられない。

　日本のこれまでの医療がアメリカを含めた外国に劣るとは佐野には思えない。独自の国民皆保険医療制度も、大学医局を中心とした実地医家指導育成システムも、行政と二人三脚で進める住民健診や保健所を核とした保健行政も、そのいずれも諸外国に劣ると佐野には思えない。日本の医師や医学部がアメリカなどに劣るのは臨床力ではなく、本来なら国家が責任を持つべき研究環境の脆弱さと長期的展望のなさと経済支援の不足であろうと佐野は感じていた。

三年間を超える留学期間中に幾度となく佐野は病棟や外来にも足を運び、現場で働く多職種の話を聞いたり仕事ぶりを見たり、患者と話せる機会を持つようにしていた。見習うべきと思ったのは、当時まだ日本では普及していなかった臓器移植医療のことだった。これだけは日本の立ち遅れは明瞭だった。日本人の死生観もあるが、閉ざすべき医療とは思えなかった。

今回のパンデミックを経験してみると、様々な問題点と課題が浮き彫りになった。総理は日本版ＣＤＣ（疾病対策予防センター）のような危機管理庁の新設を検討しているようだが、箱を造り組織の看板を架け替えただけでは機能し得ないことを政府は何度も学んだはずである。御用学者にも、医学素養に乏しい政治家や現場感覚を持たない官僚にも、パンデミックは容易に仕切れないのではないか。

六月二十日、中国製の不活化ワクチンがオミクロン株に効果が非常に薄いとの報道がなされた。この情報を共産党が少し前から知っていて、それが大都市封鎖を続ける真の理由なのであろうか。疑惑を払拭すべく、党幹部が接種したワクチンは自国産だと報道したが、素直に信じる人民は案外と少ないのかもしれない。

同じ日、台湾のノーベル賞と言われる「唐奨《とうしょう》　バイオ医薬賞」がカリコ・マジャール博士らに授与されることが決定した。いかにも中華人民共和国と台湾の違いを見せつけるような授賞の知らせだった。今回はワイスマイヤーの他に、ＬＮＰ（脂質ナノ粒子）の改良に重要な役割を果たしたキュリス博士も同時に受賞した。これまで彼が大きな賞に縁がなかったことが不思議だったくらいだ。

国際遺伝子治療センターの森山所長が理事長を務める日本細胞再生遺伝子治療学会の学術集会が六月最後の週に瀬戸内県平和市で開催される。東京五輪と同じ二年前の夏に開催予定だった学会は、パンデミックが始まってまもなくの時期で中止を余儀なくされていた。昨年はオンライン開催だったため、三年ぶりに国内の遺伝子治療研究者たちが一堂に会し、海外からも多くの権威がオンラインで招聘されている。京帝大教授の米森は幻の学会に次いで二度目の学会長を務めていた。

佐野はこの学会の会員ではなかったが、旧知の森山理事長と米森会長が案内をくれたので学会ホームページをのぞいてみた。多くの魅力的な講演タイトルが並んでいる。会長の米森教授の考えで演者構成がなされているのだろう。オンライン参加の招待講演者の一人に懐かしいトム・ワトソン博士の名前があった。佐野より五歳年上だがまだ引退をすることもなく、今でも世界の遺伝子治療の分野を牽引している現役レジェンドの一人だ。

佐野は長く研究を離れているが、今度ばかりは参加して最近の話題を聴いてみたかった。島波クリニックのある美島市から平和市までは新幹線で三十分ほどだが、平日だけに診療も簡単には休めない。学会初日の夜に懇親会があり、それに参加させてもらおうと佐野はネットで登録をすませた。幸い、メイン会場の講演はリアルタイムでネット配信されるという。当日の外来患者が少なければいいのだが。

学会初日、午後一時から理事長講演を森山が、二時からは会長講演を米森が行う予定だ。四時からは理事長特別企画でワクチン開発を担う企業の研究者たち数名が各社のワクチン開発の経緯やビジョンなどを発表予定という。

初日は木曜日で、幸か不幸か外来は珍しいくらいに暇で、佐野はオンラインで講演をかなり長く視聴できた。

佐野は午前の外来を終えて少し早めに介護施設へ往診に行った。往診から戻ると理事長講演はすでに始まっていた。続く米森会長の講演は英語での発表だった。二十年を超える年月が経過していたが、二人ともSNSで交流があり、時々テレビでも姿を見かけるだけに、しばらく会っていないことが信じがたい。

その後の看護学校での授業も少し早めに終え、佐野は美島駅から新幹線に乗り平和市へ向かった。会場に到着した時にはすでに懇親会が始まって三十分が経過していた。感染者数が幸い底をついていた時期で、賑やかな雰囲気で学会参加の研究者たちがビールジョッキを手に焼肉料理を囲んでいた。

佐野が知る顔はごくわずか。広い会場の真ん中付近に笑顔の森山の姿が見え、その隣には、先代理事長の金村の小柄な姿もあった。一九九六年以来だろうか。

米森会長の姿は見つからぬまま、佐野は森山のほうに歩み寄り、横から声をかけた。

「森山君、こんばんは。久しぶりだね。思い切って来てみたよ」

「お久しぶりです、佐野先生。よく来てくれました。といっても、ここは佐野先生のほうが地元ですけどね。金村先生を覚えておられますか。今は医学部長でずいぶんと偉くなられましたが、相変わらず面倒見のいい先生です」

「金村先生のことはよく覚えていますよ。帰国して最初に研究会の設立準備会をお二人が中心になって大阪でやったでしょ。あの時に日本にも素晴らしい先生がいると知ったけど、一九九五年から九六年にかけて何度か浪速大の遺伝子研究センターにお世話になりました。金村先生にはいろいろ指導してもらって心強かったことを覚えていますよ」

「あぁ、あの時の佐野君だね。覚えているよ。浪速大に何度も来てたよね。遠くまで泊まり込みで来て、熱心な男やなぁと思ってたよ。確か、子どもが生まれた時も遺伝子研究センターの中にいて、携帯電話で連絡を受けたんだよね」

「子どもが生まれてから一週間近く浪速大に居残って家に帰らなかったから、妻に怒られました。僕には家庭よりも研究が大事だった時期でした」

「佐野君は確かペン大だったよね。ワトソン研帰りで、森山君も私も佐野君にはずいぶんと期待してたけど、わりと早い時期からなんとなく悩んでいた印象もあったかな。すごすぎる研究室に留学すると、帰国後のギャップで先行きを悩む人は案外と多いね。日本で同じことをしたいと願っても、いろんな理由で同じことはなかなかできないからね。東帝大や京帝大などごく一部の大学では資金が得やすく共同研究者の層も厚いからなんとかなる場合もあるけど、遺伝子治療の国内黎明期だと両方ともなかったから、相当ハードルが高かったよね。佐野君は地方大学だからなおさら困難だったんだろうね」

「佐野先生だけじゃなく、我々が帰国した一九九四年当時は大変でした。国内を見渡しても実際に遺伝子治療の研究経験のあるドクターはほとんどいませんでしたからね。準備会に十五人ほどを集めたのですが、ウイルスベクターを扱った経験があるのは佐野先生以外にいたのかなぁ。多くの大学、特に医学部にはＰ３やＰ４レベルの研究が許可されたユニット自体がなかったからですね。浪速大には金村先生の遺伝子研究センターが以前からあったので我々はなんとか歩み続けられたと思いますけど、恐らく佐野先生は相当苦労されたと思いますよ」

「あまり苦労はしなかったよ。だって、帰国後すぐ自分には無理だと自覚したからね」

　そこへビールで顔を赤らめた会長の米森が現れ、佐野の肩を軽く叩いた。

「佐野先生、診療でお疲れのところ、今夜はわざわざ平和市まで来ていただきありがとうございます。実際にお会いするのは、ものすごく久しぶりですね。私の研究に必要な機器を先生のラボがお持ちでしたから、大学を訪問して少し一緒に研究させていただいたんですよね。あれを論文に仕上げてアクセプトされた直後に私がロンドンに留学して。あれが最後でしたかね、それとも帰国して一度お会いしましたかね」

「ＳＮＳで毎日コンタクトしてるから久しぶりの気がしないけど、ホントにいつが最後だったか覚えてないね。我が家に夜中に来たのは留学前か後だったか、もう忘れたね。あの論文に名前を載せてもらったけど、実は吉備大学で遺伝子治療関連の論文に名前が載ったのはあの論文の僕が初めてだったみたい。その後に森山君の論文にも名前を載せてもらったことがあるけど、日本細胞再生遺伝子治療学会の理事長と会長の三十年近く前の論文の共著者って、実はひそかな自慢なんだよね。見渡すと、皆さん僕より年下みたいだね」

そんな昔話をまわりにいる若い参加者たちが興味深そうに聞いている。若いと言っても、大学の教授や准教授ばかりなのだが。

開業医の佐野がどんなに精魂込めて論文を書こうが、身にあまる医学賞を受賞しようが、町医者としての自分に眼に見える恩恵などはほとんどない。来院患者数が増えるわけでも、経営がよくなるわけでも、田舎の高齢者が論文をほめてくれるわけでもない。職員とて同じことだが、町医者にも基礎研究や留学の経験は少なからず役立っていると佐野は信じている。他人を真似る気などさらさらないが、テレビ出演やユーチューバー医師のほうが今風で儲かり、ブランディング目的で痩せ方の本や自律神経を癒す本でも専門家を気取って出版するほうが世間の人気は集まることだろう。

「開業医だと他にいないかもしれないですね。佐野先生に米森先生を紹介したのは僕でしたが、こうして還暦前後の三人が四半世紀を超えて学会でそろうなんて、若かったころは想像もしませんでした」

帰国後わずか数年で研究を離れた佐野にしても、留学中に知り合った森山が学会理事長になり、将来性豊かな若手と紹介された米森が会長をしている日が来るなど考えたこともなかった。

開業間もない一九九九年、不幸な知らせがアメリカから佐野に舞い込んだ。

米森が、「臨床試験で被験者の死亡事故が起こり、ワトソン研究室は完全にＦＤＡから研究を止められたみたいですね。何か聞いてありますか。非常に厳しい処分で、ワトソン研究室はもう難しいかもしれませんね。ウイルスベクター利用の遺伝子治療はアメリカでも批判が急増し、多くの研究者が他の研究分野へ次々と離れていきます。流れは明らかに悪いですね」と連絡してきた言葉が今までずっと佐野の耳に残り、忘れたことはなかった。

遺伝子治療のゴールデンボーイと信じ慕ったトム・ワトソンの挫折。彼の周りの優秀な研究者たちの顔も思い浮かぶ。彼らの誰かが、それともプロジェクト自体が急ぎすぎたのであろうか。新規開業直後で手一杯だった佐野は、その時以来しばらく遺伝子治療研究のことを思い浮かべることすら忘れていた。

再び佐野が彼らを思い出すようになったのは、二〇一四年になってからだった。十五年の時がすでに流れていた。患者中心の町医者生活を続けていた佐野は幸運にもこの年までに安定軌道に乗り、多額の借金も返済し終わっていた。

瀬戸内県の医師会役員になった佐野は大規模な臨床疫学調査を立案し、精魂注いだ研究が幸運にも評価されると研究の面白さを思い出した。それ以来、連続して研究論文を発表するようになった。基礎研究とは異なるものの、自分が行う研究が誰かの役に立つかもしれないという喜びと共に、懐かしい研究仲間のことも思い出した。

スマートフォンで初めてＳＮＳに登録してわずか三時間後に友達申請が飛び込んできた。それが森山との交流の再スタートで、今も変わらず彼と親しい米森にたどりつくのはたやすかった。二人は遥か昔に基礎研究を忘れてしまった佐野を温かく迎えてくれた。

二年前の学会中止後も米森は国内外で活躍を続け、今や押しも押されもしない国内最高の遺伝子細胞治療研究者になっていた。去年二月、佐野がＣＯＶＩＤで重篤な肺炎になり、三週間入院し父親を失った際には、森山と共に心の支えとなってくれた。

「僕の自慢は、永く活躍しそうな本物を見極める能力かな。森山君や米森君には会って少し話をしただけで将来の大活躍を確信したよ。どうだい、当たってただろう」

「そうだとうれしいですね。ところで、佐野先生は明日夜の懇親会にも出席できますか」

「金曜の夜は夜間透析があるから参加するつもりはなかったけど、どうして」

「森山理事長、いかがでしょう。この学会の発足前夜の昔話などを明日の懇親会の席で佐野先生に少しスピーチしていただいたら。若い先生方も興味を持ってくれるんじゃないですかね」

「それ、いいかもね、米森会長。だって、遺伝子治療界のレジェンドのワトソン博士とベルベット教授、それにノーベル賞が期待されているカリコ・マジャール博士の三人と研究室でご一緒だったし、若い学会のメンバーは驚きますよね」

「面白いでしょ、森山理事長。私が会長権限で決定します。お願いします、佐野先生。気軽な懇親会の席なので学術的でなく短くていいですが、ぜひ当時の写真もご披露ください」

佐野は思いもよらない提案に驚いたが、もし夜間透析の交代が見つかれば話してみたいと思った。

「余興みたいな感じでやってみましょうかね。たぶん、その三人と一緒に写真に納まった最初の日本人ですからね。挫折して研究から離れた町医者が話すのも変ですけどね」

「ついでに森山理事長が太ってたころの写真も興味を持たれるかと思いますよ」

「こらこら、それはダメだよ」

帰り道の途中で、数名の医師に電話して翌日の夜間透析の勤務をお願いしてみた。三人目に事情を話した時に、相手は快く応諾してくれた。

帰宅した佐野は全部で五枚の古い写真をＵＳＢメモリに保存した。何をどう話せば興味を持ってくれるか考えていると昔のいろんな思い出がどんどんよみがえり、佐野は深夜までなかなか眠ることができなかった。


佐野が診療を終えて夜間透析を頼んだ医師に引継ぎ、新幹線で学会懇親会が開催される平和市のホテルに到着した時は、会の開始まであと五分だった。理事長と会長に挨拶をし、準備したＵＳＢメモリを係の人に手渡した後、後方のテーブル席に座って彼らの挨拶を聞いていた。

先代理事長である金村浪速大医学部長の乾杯の音頭で会食が賑やかに始まった。佐野は三人以外に知り合いはいなかったが、近くの席の若い人たちと話をし、彼らの研究内容などを聞いていた。最近の話題にはついていけない佐野だったが、誰もが夢のある目標を佐野に語ってくれたので楽しい時間が流れていた。

前方でマイクを手に米森会長が話しだした。

「え～、皆さん。食事をされながらでけっこうですが、ある方にスピーチをお願いしています。この方は私や森山理事長や金村前理事長の古い友人で、この学会が設立されたころの研究仲間だった方です。佐野先生は研究を離れて今は瀬戸内県内で開業医をされています。先生は、皆さんが絶対ご存じの有名な遺伝子治療界のパイオニアたちと一緒に研究をされていました。今夜はそんな興味深い昔話をお願いしていますので、ぜひお聞きください。佐野先生、よろしくお願いします」

佐野は静かに立ち上がり、前に進み出てマイクを手にした。会場の多くの眼が佐野に注がれたが、佐野が彼らを知らないように、会場の誰も佐野のことを知らなかった。誰だろうという不思議さで会場は満ち、拍手も起きなかった。

「こんばんは。私は学会の会員ではないですが、高額な会費を納めて初めて参加しています。昼間は老人相手の診療で忙しいので、学会はライブ放送で少しだけ聞きました。最近の話はチンプンカンプンで、夜の部がメインです」

会場を見渡すと笑顔がチラホラ見える。佐野と同世代以上の参加者は数名しかいないようだ。留学した当時には生まれていなかった二十代の若い参加者の顔も見える。興味を抱いてもらえるといいのだがと佐野は少し不安だった。

「今日は五枚ほど古い写真を用意しました。まず、一枚目は米森会長の若き姿です。一九九五年かと思います。当時からカッコよく、頭の切れも抜群でした。イギリスへ留学される前でしたが、すでに遺伝子治療の論文を投稿されていました。うちの研究室に来られて、少し実験器具を使ってもらっただけなんですが、私の名前も論文に共著者として載せてくれた親切な先生でした。当時から女性にすごくモテていました」

会場のあちこちで笑いがもれた。米森も写真を眺めながら笑っていた。

「二枚目は森山理事長です。横にいるのが私です。二〇〇三年ごろでしょうか。彼がベンチャー企業を上場し、大金持ちになった直後でした。場所は私のクリニックですね。研究を離れて町医者に転身した私を親切にも慰問に来てくれた時の写真です。森山先生と最初に出会って話をしたのは、二人ともアメリカ留学中の一九九三年秋でした。その時は現在と同じくらいのままあの体型でしたが、これを撮影した当時は二人ともビックリするほどの肥満体でしたね。私は今より十五キロほど多かったですし、彼は二十キロほど太ってたんじゃないでしょうか。最近の彼はアンチエージング学会も主宰し、体重管理も熱心に研究しているようなので、効果を証明してあげようと秘蔵写真の公開に踏み切りました。無断公開なので、恐らく後で叱られるでしょう」

　笑いが少しずつ増えてきていた。やはり写真の持つ力は小さくないようだ。

「三枚目からは留学していたペンシルベニア大学の方々です。最初は、この方です」

　少なくない参加者から驚いたような声があがった。

「ご存じの方も多いと思います。トム・ワトソン博士で、右が私です。三十年近く前、一九九三年の写真です。この前年にペンシルベニア大学が招聘した遺伝子治療のゴールデンボーイでした。今もペン大のヒト遺伝子治療研究所の所長として活躍中です。私は彼の研究室にいた最初の日本人ですが、実は正式メンバーではありません。ワトソンを招聘する際の中心人物の一人が私を採用してくれた循環器科の主任教授で、彼女のおかげで私は幸運にもワトソン研究室で正式メンバーと同じ行動を許されていました。最近のワトソン所長は皆さんのほうが詳しいでしょうが、遺伝子治療研究のパイオニアの一人ですね。私が留学していたころはレトロやアデノウイルスをベクターとして利用し、実際にヒトに対して遺伝子導入を行い始めた時期です。彼の第一例目がＬＤＬレセプター遺伝子をｅｘ ｖｉｖｏで肝臓にレトロで導入した五症例でしたし、第二例目はＣＦの肺にｉｎ ｖｉｖｏでアデノで遺伝子導入する臨床応用でした。その直後に私は大きな希望を抱いて日本に戻りました。ところが、皆さんもよくご存じかと思いますが、一九九九年に彼らが行ったＯＴＣＤ（先天性オルニチントランスカルバミラーゼ欠損症）に対する治療で、遺伝子治療による世界初の死亡事故が起こってしまったんですね。それでＦＤＡがワトソンらの臨床応用研究を数年に渡り全面的に禁止してしまいました。各方面からの批判も大きく、世界中の遺伝子治療研究の流れに暗雲が立ち込めました。すでに私は町医者になっていましたが、その話にショックを受けた私はワトソン研究室にいたという細やかな誇りを自分の中に封印しながら地域医療に従事する臨床医としてがんばってきました」

　会場が少し暗い気持ちに包まれてきた。遺伝子治療の研究者のほとんどが知る転換点の有名な死亡事故。実際に多くの優秀な研究者たちが、遺伝子治療研究に立ちふさがる高い壁にとまどいながら、サッと潮が引くように研究を離れたり研究分野を変えていった暗い時代がこの学会にもあったのだった。

「そんな挫折を経験したワトソン研究室は、つらい雌伏の時をすごした後に、より一層強靭な組織に生まれ変わって、再び遺伝子治療研究になくてはならないトップランナーに復活しました。そうですよね、森山理事長」

　森山だけでなく、隣の米森も黙ったまま大きくうなずいていた。

「死亡事故の前から進めていたＡＡＶベクター研究を追究して、実際にヒトへの臨床応用を成功させるまでに発展させました。立役者は私が帰国した直後にフロリダ大学からワトソンの研究室に加わった去年のアメリカ遺伝子治療学会会長のゴウ博士で、彼が暗黒の世界でＡＡＶの新しい鉱脈を探し当てました。ワトソンは、その無限の可能性を秘めた新しいＡＡＶを、資金援助してくれた企業に独占させず、積極的にアカデミアに開放したんですね。かつて自分が起こした科学界を揺るがす大事故への贖罪の気持ちも彼にはあったのでしょう。そしてそれが、二〇一九年の脊髄性筋委縮症治療薬《ゾルビスマン》の承認につながりました。数年間の厳しい雌伏の時を実力で耐え抜いたワトソンだからこその大きな貢献だったと思います。現在の彼のペン大にある研究室は、私が在籍した一九九三年当時の十倍以上の規模に成長しています。市場から巨額の資金を得て研究の量や質のレベルを格段に引き上げ、研究所内に財務、法務の専門家も配置し、ベクター開発のプロフェッショナル集団として力強く復活したことは、世界中の遺伝子治療研究者たちの模範となっているようです。もう一つ、二〇一七年に初めてアメリカでＦＤＡが遺伝子治療製剤として承認した《ルクビスマン》もワトソンが眼科医のジル・ベルベットに長年の全面協力を続けて成しとげられた偉業でした。今では私も再びワトソン研究室に在籍していたことを封印から解き放ち、大きな誇りと思えるようになりました。非常に身勝手な元研究者ですねぇ」

　遺伝子治療や細胞医療、そして再生医療などの市場への巨額投資が世界的に進んでいるものの、その製造コストや品質管理は従来の医薬品とは一線を画する難しさがある。アカデミアだけでなく、ビジネスとしての成功が必須条件ともいえる。今回の学会でも薬価制度や、条件付き早期承認制度などの課題も産学官が共同で議論する企画が会長特別企画として取り上げられた。

　佐野が研究をしていたころとは全く異なるこれらの課題が、現在やこれからの研究者には将来の臨床応用を目指すうえで理解し身につけるべき基礎的条件であるともいえた。アカデミアとビジネス界との協力支援体制を構築する視点を持ち得たものが現在のトップランナーたちといっても過言ではなく、日本人パイオニアと言える理事長や会長が歩んできた道のりは日本における若手研究者たちの手本であり目標であろうと佐野は感じていた。

「二年前に来日してＡＭＥＤ主催のシンポジウムで多くの若手研究者とディスカッションされており、それに参加された方も今日ここに多数おられるかもしれませんね。稀少疾患の研究と治療に全力で対応されている姿は敬服したい気持ちになります。今や彼らは完全復活し、アカデミアにありながらも市場からの巨額の資金提供を受ける環境を整備し、これからは日本人を含め世界中の若い情熱ある研究者をサポートしたいようでしたね。何か遺伝子治療の世界が再び大きく動きだしている感じですね。もし自分が若かったら、きっとドキドキしますよね。あの当時の雰囲気と非常に似ています。還暦をすぎると若者を見守ることしかできませんけどね」

　科学レベル担保のために、森山や米森が中心となって学会認定医制度が整備されようとしていることを先日ＮＨＫニュースが伝えていた。この歴史ある日本細胞再生遺伝子治療学会とは無関係であるが、怪しげな「遺伝子治療」を営利目的で行う医療施設が大都会を中心に増えている。一部の医療者や研究者が生じさせた事故や問題が、再び遺伝子治療研究全体への信頼感を損なわないといいがと佐野は老婆心を抱いていた。

　佐野は用意した四枚目の写真をステージに映し出した。

「この方の顔は皆さんも最近ごらんになる機会があるでしょう」

会場で小さなどよめきが起こっている。遺伝子治療と直接の関係はないものの、学会では理事長特別企画でＣＯＶＩＤワクチン開発に関するシンポジウムが組まれており、この女性の古い写真に大きな反応があるのもうなずけた。

「白衣の女性は、若き日のカリコ・マジャール博士です。最近とても有名になりましたから多くの方はご存じですよね。彼女がｍＲＮＡに偽ウリジンで修飾を行い強い免疫反応を回避してｍＲＮＡを医薬品として活用する基盤的新技術を論文で発表したのは二〇〇五年のことでした。それが今回のＣＯＶＩＤワクチンの奇跡的な早期開発とパンデミックの抑制に大きく寄与したとして、昨年のラスカー賞や今年の日本国際賞、そしてガードナー賞など世界中の名だたる医学賞を受賞し続けています。数年のうちにノーベル生理学・医学賞を受賞する可能性も高いでしょう。ですが、彼女の有名なシンデレラ物語の陰には幾多の苦悩や挫折があったんです。先ほどのトム・ワトソン博士と同じですね」

その時、会場の一番前のテーブルに座っていた若い研究者が手をあげて質問した。当時の佐野やカリコと同じ三十代前半の女性だった。

「真ん中が佐野先生ですね。ワトソン博士とマジャール博士は同じラボにいたんですか」

佐野は会場から質問が出るとは予想していなかったものの、話の内容に興味を持ってくれる若い研究者たちがいるのを喜んでいた。

「森山理事長とアメリカで出会った一九九三年から四年にかけて私はペン大の循環器科に在籍してましたが、カリコも循環器科のポスドクでした。研究棟の二階と四階で別のボスの研究室でしたから普通なら交流もないのですが、なぜか私は彼女と仲がよくて彼女のラボをよく訪問してたんです。彼女が会話した最初の日本人かもしれません。ワトソン研究室に自由に出入りできた循環器科の研究者は私だけで、カリコとトムは互いに存在を知ってましたが、研究面で直接の接点はありませんでした」

　別の若い男性研究者が手をあげた。

「マジャール博士の重要な論文が出る十年以上前のお写真みたいですが、当時からマジャール博士はｍＲＮＡの研究をしてたんですか」

「いい質問ですね、ありがとう。彼女はハンガリーから一九八五年に渡米する以前から渡米後も一貫してｍＲＮＡの研究を続けています。ハンガリー時代に脂質のラボに一時いて、私もペン大移籍の前に脂質のラボにいたので、それも仲良しの一因です。ペン大の循環器科には一九八九年から在籍しています。私が帰国した翌年、この写真の翌年ですが、研究者の危機ともいえる深刻な挫折をしたようです。二年後に神経内科のラボに拾われ、あの有名な論文の共著者として各賞を共同受賞しているワイスマイヤー博士と運命的な出会いをしたと、彼女はいろんなインタビューで語っています」

　若い男性は続けて佐野に訊ねた。

「どうして挫折したんですか。帰国後ですが、先生は理由をご存じなんですか」

「当時のアメリカはヒトゲノム解析プロジェクトと遺伝子治療研究が真っ盛りで、研究者の誰もが憧れて飛び込んだ領域でした。特にペン大は若きワトソンを招聘し全力で遺伝子治療研究をサポートしていました。循環器科も眼科も神経科も、各科の主任教授たちはトムとの共同研究を非常にやりたがっていました。私の恩人の循環器科主任教授はトムとの個人的関係が深く、配下の研究者が遺伝子治療の領域で活躍できるよう期待して研究環境を整えようとしていました。ところが、カリコたちは永続的な治療ではなく一時的な治療のよさも含めてｍＲＮＡの可能性を強く信じており、時代の流れに沿って遺伝子治療の研究に進むことを固辞したようです。もし彼女が当時ｍＲＮＡ研究を止めていたら、ＣＯＶＩＤワクチンも実現しなかったでしょうね」

佐野は言葉を選んで話を続けた。

「当時の遺伝子導入の主流であるウイルスベクターの組織や生体への傷害性を心配していたようです。いつか重大な事故に遭遇するのではないかと。カリコの心配通りのことが後に起きてしまうのですが、九三年当時は大学全体が遺伝子治療に前のめりでした。彼女のラボを訪問していろんな雑談をしたんですが、私自身もデリバリーや発現調整の点で非常に悩んでいましたから、彼女の心配もそれなりに理解できていました。周囲は、ｍＲＮＡは非常に不安定で組織傷害性もあり、時間と研究費をドブに捨てるようなものだと考えていましたが、カリコはいつか克服できると信じていました。そんな感じで、カリコの周囲には逆風も吹いていたようですね、あまり詳しくは話せませんが」

後方の五十代後半の男性が声を発した。どこかの教授なのだろうか。

「ということは、医学部長や主任教授辺りが彼女の研究室の存続に大きなアゲインストの風を吹かせてたということでしょうか。確かに遺伝子治療の大きな波にいっせいに乗るような時代だったと私も聞いてますし、アメリカは選択と集中で、よくも悪くもメリハリがはっきりしてますからね」

佐野はどこまで詳しく説明すべきか迷いつつ、森山理事長の顔をチラッと見た。彼も質問の答えを聞きたがっていたようだ。

「詳しく話すことは控えますが、それに近いようです。私がいた当時はまだ大丈夫だったのですが、先に彼女の直接の上司が大学を離れたようですね。ペン大における唯一と言ってもいい彼女のｍＲＮＡ研究の理解者と研究環境や資金を失って、結局は彼女もそのポジションから離れたようです。いまならパワハラと言われそうですが、周囲は絶好のチャンスによかれと思ってすすめていたのでしょうね。その人物の性格などもよく知っていますので、私自身は互いの言葉が誤解を生んで、カリコの最も不幸な二年間につながったと思います。その人物に悪意があったとは決して思いません」

　この辺りの経緯は、彼女へのインタビューなどで「挫折、降格、失業の危機」とさらっと流してあったが、彼女にとっては研究者人生が閉ざされかねない最もつらい時期だったと、佐野が受け取ったメールに記されていた。

「この挫折は実際に彼女の人生を大きく変えてしまいました。幾多の偶然が重なり神経内科の研究室へと移籍したことで、偶然か必然か、幸運にもワイスマイヤー博士と出会い、あの重要な論文、そして最近の受賞ラッシュへと連なったわけです。人生万事塞翁が馬のたとえ通り、何が人生に幸せをもたらすかわからないものですね。彼女は最近私に、その時の理不尽な処遇のおかげで今の自分があると、まるで感謝するかのごとき言葉を伝えてきました。その人物と親しかった私に気をつかってかもしれませんけどね。これ以上は控えます」

　会場が少しシーンとなった。引き取るように米森会長が発言した。

「当時は確かにそんな感じの時代だったですね。ワトソンもどん底から復活して遺伝子治療のメッカであるフィラデルフィアをさらに発展させていますし、マジャール博士もどん底から這い上がり自分が信じる研究を地道に続けて、今やノーベル賞の最有力候補。そんなレジェンドの二人と一緒に私の写真も紹介していただいて恐縮です。確かもう一枚の写真があるんですよね、ご紹介いただけますか」

「米森会長も森山理事長も立派な遺伝子治療界のパイオニアですよ。あの死亡事故の後に続いた暗く厳しい冬の時期を耐えて乗り越え、日本の遺伝子治療研究を世界レベルに引き上げてこられましたからね。私が九四年の設立準備会に参加した際はわずか十五名ほどの参加者でしたが、今や五百人規模の立派な学術団体に発展しているようですね。いずれも優秀な研究者の方々で構成されており素晴らしいと思います。私のように、研究者として早々に挫折を経験して町医者に転身した者には、お二人は眩しすぎる存在です。今も変わらずおつきあいいただいて、誠にうれしい限りです」

会場から小さな歓声と拍手が起こった。もちろん、それは米森会長と森山理事長に向けられたものだった。佐野も心の中で二人に拍手を送っていた。

最後の一枚がステージに映された。今度は中央付近のテーブルから驚きの声があがった。眼科の研究者たちが集うテーブルだった。世界でも日本でも眼科領域は遺伝子治療や細胞療法の最も中核的なターゲットで、実際に失明患者などへの遺伝子治療が国内外で数年前から他科に先駆け開始され実用化に一番近かった。関西には官民学が強力に連携して、世界有数の最先端アイセンター構想をすでに実現している都市もある。

「そうですね、眼科の先生方にはお気づきいただけたようですね。この仲良く三人が笑顔で肩を組み合っている写真は一九九三年にワトソン研究室が主催した合宿形式の研究会の時のものです。左が私で、右がペン大の眼科医ジル・ベルベット博士、真ん中の私と頬をくっつけてる女性は私の彼女です。すみません、嘘です、循環器科の同僚です。眼科以外の方はご存じないかもしれませんので念のためにご説明しますと、失明を来す稀少な遺伝性疾患に対する遺伝子治療を先ほどのワトソンらの協力を得て研究し、二〇一七年にＦＤＡが初めて承認した遺伝子治療薬《ルクビスマン》の開発を主導した遺伝子治療界のパイオニアのお一人です」

先ほど歓声があがった眼科のテーブルの女性研究者から佐野に質問が飛んだ。

「ベルベット教授は今も昔もニコニコした笑顔ですね。スラリとしたスタイルも同じで、我々眼科の研究者にとっては憧れの方ですが、どうして循環器科の佐野先生が肩組んだりしてこれほど親しくされているんでしょうか。それにしても楽しそうないいお写真ですね」

「不思議ですよね。ジルは当時からいつも明るい笑顔で性格もよくて、賢くて、親切で。もう完璧と言っていいほどの素晴らしい女性研究者でした。ジルは、ワトソンがペン大へ招聘された際に、遺伝子治療をやりたくて時期を合わせてハーバードから移籍して来ました。眼科内で当時ただ一人の遺伝子治療研究者でしたが、研究場所が確保できなくて、遺伝子治療に積極的だった私のボスが循環器科の研究室内にスペースを貸してあげたんです。いつも一緒に論文の抄読会をやったり、実験の検討会に参加したり、同じ部屋なんで僕とジルは仲間みたいなものでした。それが今では失明を遺伝子治療で治した偉大なレジェンドですよ。ワトソンがレトロやアデノでうまくいかなくなるずっと前に彼女はＡＡＶの可能性を盛んに勉強会で僕らに強調していたのを今でも思い出します。彼女はワトソン研究室の部下じゃなく独立した研究者ですが、トムの挫折に際しては同じように悲観しただろうと思います。ですけど、カリコやジルに共通していたのは強烈な明るさと根性なんですね。もちろん、すごい勉強量。私は全部持ち合わせていませんから脱落するのは当然と言えば当然でした。とにかく二人とも話好きなんです。実験の邪魔になるかと心配しつつベンチに近づいても、手を止めずにずっといろんな話につきあってくれるんです。トムは逆に全く笑わず寡黙でしたから、笑えばいいってもんでもないですけどね」

眼科のテーブルのもう一人の女性が手をあげて発言した。先ほどの研究者より年上で、数年前に佐野も報道番組で顔を見たことがある世界的に著名な眼科医だった。

「ベルベット教授のこんな若い時の写真を見せていただいて今日はとってもよかったです。常に感じていて、若い研究者の皆さんにも伝えたいと思っているのですが、研究に必要なことは確かな知識や考察と、絶対に成しとげてやるという熱意ですよね。私もよくくじけそうになりますが、かつて抱いた夢を思い出すとなんとかがんばれます。それと先ほど佐野先生がおっしゃいましたが、笑顔ですよね。つらくても一晩寝て次の朝にはまた笑顔。そうすれば気持ちも明るくなってがんばれるような気がします。実際には多くの研究者は夢半ばにして挫折してしまうんでしょうけど、その経験は決して残りの人生の無駄にはなりません。先生のお話をうかがって、その時その時に一生懸命にがんばることの大切さを再度思い出させていただきました。ありがとうございました。次は日本からも大きな仕事を世界に向けて成しとげたいですね。森山理事長や米森会長にはこれからも学会を引っ張っていっていただきたいですし、若い研究者の皆さんのよき先輩であり続けてほしいですね」

今度は先ほどよりも多くの拍手が聞こえた。佐野が語る三十年間の物語が還暦に近い研究者にも若いこれからの研究者にもなにかしらの想いを伝えることができればとスピーチを始める前に思っていたが、少しは伝えられたのかもしれない。

「実は私が挫折して研究を離れたことを後に知ったカリコは、あなたはジルと一緒にやるべきだったわねと私に言いました。当時からカリコとジルは互いに認め合っていたんだと思います。偉大な研究者は自分に似た偉大な研究者の将来の姿を感じることができるんでしょうね。町医者になってしまいましたが、私は森山君と米森君が偉大であることを三十年近く前にすでに知っていました。それが私の自慢です。今夜はこんな機会を与えていただきありがとうございました。昔を振り返るのもたまにはいいんじゃないかと思います。若い先生方、未来はあなた方のものです。どうぞ大きな夢をつかんでください」

思いがけず温かな拍手に送られて佐野はスピーチを終えた。

森山理事長がマイクを手に、佐野に感謝の言葉を伝えた。

「佐野先生、貴重な写真と共に遺伝子治療の黎明期の話をしていただいて今夜は本当にありがとうございました。先生とアメリカで初めてお会いした時にワトソン研究室にいち早くおられたことに驚いたのですが、マジャール博士やベルベット博士ともこんな写真を撮影されるほど親しかったとは改めて驚いています。先生が研究をお止めになる時に残念な想いがしていましたが、気持ちは一緒にいますのでどうぞこれからもよろしくお願いします。よろしければ、今からでも当学会にご入会されてください。先生なら入会資格は十分でしょうから」

会長の米森も、私も一言と言ってマイクを手にした。

「佐野先生、楽しい話をありがとうございました。先生はご自身の施設がＣＯＶＩＤのクラスターで大変なご苦労を昨年されましたが、ワクチンの立役者のマジャール博士との深い縁があったんですね。今日の話でも感じますが、科学は小さな研究の成果の積み重ねで進歩します。誰かの努力や小さな成果が他の誰かをインスパイアし、新たな小さな発見や成果につながるわけですね。ノーベル賞のような大きな賞は幸運な誰か一人が栄誉を持って行ってしまうのでしょうが、その領域の研究に少しでも携わっていた研究者の誰もが立役者なんです。そこが科学の素晴らしいところです。しかしながら、昨今の戦争を見ますと、政治や経済を含め、人間の愚かさというのは全然進歩しませんね。むしろ三十年前に急速に逆戻りするようなロシアの狂気を感じます。科学者の一人として世の中を政治的に変えることはできませんが、科学の進歩に貢献することで我々研究者も人類の役に立ちたいものだと感じる今日このごろです。皆さんもご一緒に遺伝子治療や細胞療法、再生医療などの領域でがんばりましょう。ありがとうございました」

学会期間中から恐らく第七波の始まりと思われる新規感染者数の増加が見えだした。

瀬戸内県美島市の海岸に位置する佐野のクリニックでも、しばらく途絶えていた発熱や感冒症状の患者が時折現れ、数日ごとに増える気配がみられている。

検討内閣と揶揄される中央政界は、今はもうすでに参議院選挙モードに突入していて、経済浮揚政策にも新型コロナ対策にもまるで興味がないようだった。これでは選挙終了後には感染者数がうなぎ上りになることだろう。ウクライナ問題すらロシアに押され続けているのに報道する頻度が極端に減っていた。猛暑や少雨の話題ばかりになって、国を取り巻く独裁国家の傍若無人な振る舞いなど遠い別世界のことにしたいようだった。

第八章　ノーベル生理学・医学賞

二〇二二年　秋

六月末の日本細胞再生遺伝子治療学会の閉会から数週後、参議院選挙応援のため奈良県入りしていた安倍元総理が衆人環視の中で卑怯な背後からの凶弾にたおれた。透析室の回診中に、「心肺停止らしいぞ」と患者の一人がテレビを見ながら叫んだ時に覚えた激しい動揺を佐野は忘れられない。政治志向が高い宗教団体との関連性を思い込み、代わりにたおすという極めて残念な理由だった。

その恐ろしい初夏の日から、二カ月近くが経とうとしていた。

今年の梅雨は非常に短く、各地で四十度を記録する猛暑となった。ロシアの軍事侵攻によりエネルギー価格は高騰し、エアコンの電気代と熱中症の危険性と、どうバランスを取ればいいのか悩ましさで眠れない夏の夜が続いた。休眠中の火力発電所を再稼働させ、節電要請が繰り返し発出されるかたわら、官邸からは原発の再稼働や増設の噂さえ聞こえ始めている。

六月の終わりに始まった新たなオミクロン亜系による第七波は、ピーク時の一日新規感染者数が二十五万人、死者が三四〇人を超える非常に大きなものになった。政府内でも感染が相次ぎ、四回目ワクチン接種直後で気が緩んだのか、盆明けの夏休み期間中に総理自身も感染し、夏休み延長中に大きく支持率を落とすことになった。

ワクチン確保に関して、武漢株由来の第一世代ｍＲＮＡワクチンでは今夏流行中のオミクロン株に対して高い効果がすでに見込めず、政府はオミクロンＢＡ1対応型を含む第二世代の2価ワクチンの供給開始時期を九月二十日に前倒しすると発表した。その同じ日、アメリカでは第三世代となるＢＡ4＋5対応ｍＲＮＡワクチンが緊急承認され、直ちに推奨された。日本でも年内には第三世代のワクチンへと転換されることだろう。

医療逼迫状況に悩む全国知事会が、医療機関による全数報告見直しや簡素化などを政府に要請した。二年以上前に「知事主導で国より先に動くべし」と佐野が最後のテレビ出演で訴えたことがようやく実現したようだ。やや混乱はあるものの、秋の彼岸明けから全国一律の簡素化特例制度が実施の予定で、長いトンネルの先に明かりが見えだしたような思いだ。来月には観光目的の入国制限も撤廃されるという。

おなかのふくらみが目立つようになった看護師の酒井菜摘が診察室の掃除に来てくれた。来年正月が第三子の誕生予定日だ。実母が近くに住むため子育てを助けてくれるという。昨年五月に産休育休に入っていた事務の若菜も、元気な男児を出産して復帰している。コロナ禍で結婚披露宴をあきらめた彼女も、今では屈託のない笑顔で働いてくれている。産休期間の職員配置には難渋するものの、働きやすい環境と職員たちが思ってくれればなによりだ。

「もうすぐノーベル賞の発表なんでしょう。先生の彼女さん、受賞できそうですか」

「こらこら。でも、どうかなぁ。なんか最近、オミクロンに対してのワクチン効果が疑問視されてるだろ。反ワクチン派も日本以上に欧米では声が大きいみたいだし。変異のスピードが速すぎて効果が限定的なのも無理はないけどね。アメリカではすでにオミクロンＢＡ４＋５対応の第三世代ｍＲＮＡワクチンがわずか半年で承認されたけど、これはすごいことだよ。新たな脅威のウイルスが登場した時に最前線の医療者が頼れる数少ない武器になる。でも繰り返し変異株ができたら、百日ほどで新しいワクチンを緊急供給できなきゃ勝てないね」

「じゃあ、ノーベル賞はもらえそうもないんですか」

「さぁ、わからん。今のところはウイルスの変異速度に人間が追いつけないようだが、改めて考えてみると、致死率が非常に高く治療薬もなかった最初の武漢型とアルファ型での重症化抑制にｍＲＮＡワクチンが果たした役割の大きさは、人類がなし得た一つの奇跡に思えたからね。でも、モデルナがファイザーやカリコの会社を特許侵害で八月下旬に訴えたじゃない。菜摘ちゃんも知ってるかい」

「あぁそれ、知ってます。ニュースで見てビックリしました。なんだかモデルナはお金の亡者みたいで、看護師の間では人気ガタ落ちですよ。ひどいですよね、自分たちだけで全部開発したわけじゃないくせに、儲けを独り占めにしようとするなんて」

「あんな感じで科学やｍＲＮＡワクチンのイメージが落ちると、カリコのノーベル賞が汚されそうだよね。なんてことしてくれるんだぁって思ったよ。でもね、モデルナ社も別の会社からｍＲＮＡ技術の特許侵害を訴えられてるし、どこの会社も互いに訴訟し合って、実際グチャグチャなんだろうね。企業があんな態度をとると、『ディープステートの陰謀だぁ』とか言う人から見たら確かに陰謀にだって見えてくるかもね。カリコのノーベル賞にだって反対運動が起こるかも。いろいろと物騒な世の中だからね」

「そうですよね。オーストリアではワクチンを推奨した女性開業医がカルト的な反ワクチン派の男に殺されたでしょ。日本でもいろいろあったじゃないですか。在宅医が猟銃で撃たれたり、眼科医が刺されたり、福岡の病院でも整形外科の医師が刺されましたよね。それに、大阪の心療内科の放火殺人。もう無茶苦茶ですよね。院長も誰かに恨みを買ってませんか。気をつけてくださいね」

「怖いよね。最近は時間外の診察希望の場合でも、毎月受診するようなホントのかかりつけじゃないと怖くて断りたくなるよ。開業してしばらくは冬の深夜でも飛び起きて駆けつけていったけど、もう怖くてイヤだね。応召義務とか時代に合わないね」

「いいんじゃないですか、それで。先生が変な人に襲われでもしたら困りますから。四回目のワクチンは打たれましたか。六十歳以上だから院長は対象者でしょ」

「まだ打ってない。でも反ワク派じゃないよ。どっちかと言うと、反政策・親科学派だし。どうせなら最新型のやつにしたいなぁと思ってね。もし今のを接種したら、最新型は五カ月あけないと接種できないだろ。それに、先日みんなで抗体検査したじゃない。ワクチン後の抗体値は四回接種済のみんなと同程度だし、感染後にあがる抗体値は僕が桁違いにダントツに高かったでしょ。以前の重症肺炎のおかげで、僕は無敵かもね」

「最新型を待ってたら、永遠に待ちますよ。そのうち三カ月って政府は言い出しかねないですから。それに何ですか、その反政策・親科学派って。推進派とどう違うんですか」

「反ワク派の様々な意見にも一応耳を傾けたうえで、科学的でない感情的な意見や、一見科学的に思えても明らかなデマや誤解には決して惑わされることなく、世界の科学アカデミーの総意を信じて身を委ねる派ってことかな」

「ますますわからないじゃないですか。何ですか、アカデミー賞って。映画の話ですか」

「いやいや、アカデミーは映画のことじゃなく、素晴らしい信頼できる科学者の集まりのこと。つまり、長い地道な努力を積み重ねて今回のmRNAワクチンは開発されて来たわけで、その努力をして来た人々の知恵の結晶を僕は信じるってことかな」

「自分じゃわかりませんものねぇ」

「でもね、選挙しか普段考えないような政治家や非科学的な政府の連中は信じないよ。御用学者やワイドショー常連の自称専門医やユーチューバー連中も信じない。本物の科学者の意見なら拝聴するっていう感じかなぁ。本物って言っても、自分が真のmRNAワクチン開発者とか自称している例のボビー・マリオンみたいなのは信じないよ。カリコや山中先生や本庶先生なら信じるけど」

菜摘は笑いながら掃除を続けている。

「来年はどうなるんでしょうかね。もうじき丸三年ですよね。子育てもなんだか心配で。上の子どもの保育園や学校生活も散々でした。子どもたちへのワクチン、どうでしょうね」

「確かにね。政府は努力義務って言うけど、僕はオミクロン株には任意接種でいいかなぁと思う。どうせなら第一世代より第三世代ワクチンだろうね。もともと武漢型には子どもは感染しにくかったしね。それより、子どものころから徹底した衛生教育をもっとやるべきだろうね」

「何ですか、徹底した性教育って」

「性教育じゃなくてぇ、衛生教育ぅ。病気や健康などを子どもたちに教えるのに、今はいいチャンスなんだよ。学校や親子できちんと衛生の話を学ぶ機会を作ること。ただ単に自宅待機してろって言わずにね」

「昨日の女性、ワクチン未接種でしたね。自分がコロナに感染したから他の家族もみんな濃厚接触で学校も仕事も行けなくなるのを気にして、先生の説明聞きながら涙ポロポロ流して、かわいそうでしたね。もらい泣きしましたよ。若いから全員うつるかもですね」

「連れて来た母親はワクチンしてたから、別に反ワク家族じゃなさそうだけど、五人兄弟みんな未接種だからたぶんうつるだろうねぇ」

「いつだったか院長が以前、東京で偽ワクチン接種して偽造証明書を発行する診療所の噂があるって言ってたでしょ。本当にあったみたいですね。今朝逮捕されてましたよ」

「玉子川クリニックの噂話はすでに二月ごろから流れてたもんね。年中無休で二十四時間対応の在宅医療や腹膜透析もやるがんばり屋で気さくな医師みたいだけど、誰の影響か、反ワクで身を滅ぼしてかわいそうな感じもするなぁ。他にもいそうだね」

「もし院長先生が偽ワクチン接種したら、私たち全員で即辞めますからね」

　佐野は菜摘と一緒に声を出して笑った。

「菜摘ちゃんは科学の大切さや研究の重要性が今回のことでよくわかったでしょう。元気な子どもを産んで、将来ノーベル賞をもらうような立派な科学者に育てなさいね。夢は大きくだよ」

「ガンバリマス……なんちゃって。でも、私が島波クリニックに来る直前でしたね、クラスターが生じたのは。あのころと違って、今じゃ感染者が多すぎて周囲にバレても全く叩かれないし、ほとんど重症化しないから、患者さんも病院のほうもずいぶんと気持ちが楽になりましたよね」

「そうだよね。感染者も減ってきたし、透析患者の死亡率も第七波じゃ一％未満だから、もう全く別もんだね。うちの外来患者の第七波の感染者は家族まで含めたらたぶん四百人近いけど、知る限り入院した人は二％ほどかな。ワクチンのおかげか肺炎にならずに退院できてるけど、先週の山本さんはかわいそうだったね。基礎疾患がいろいろあったけど六十代だから、あんな急に亡くなるとは信じられないよ。病院勤めの奥さんがクラスター感染から家庭に持ち込んで山本さんに感染させたから、家族のショックはすごいだろうねぇ。奥さん、大丈夫かなぁ。ワクチンがなかったころは、身近な人が次々に肺炎で入院して亡くなっていたから本当に怖かったけど、今でも基礎疾患があると危ないね。やっぱり弱い人を社会全体で守る気持ちを忘れちゃいけないよね」

ある九月の週末に小規模な高校クラス会が平和市で開かれた。流行が少し落ち着く印象もあり、佐野は参加することにした。参加者の三割以上が医師という集まりで、互いに感染への注意は怠らなかった。実に二年九カ月ぶりに家族以外で会食したことになる。

参加者の中でＣＯＶＩＤに感染したことがあるのは基幹病院の副院長をしている東森と佐野の二人だった。佐野と同じ透析をやってる内山は、佐野が入院していた時にリアルタイムで病状やクラスターの状況を知っていた。今回のクラス会を企画してくれたのも彼だった。

「あのころのコロナは肺炎や血栓症で重症化する人がすごく多かったし、高齢者以外でも犠牲者が多くて、佐野が入院した時はとても心配だったよね。大変だったね」

「最初、佐野はうちの病院に入院してたけど、俺は転院後に、肺炎が悪化したので転院させたと院長から聞いた。直後にお父さんも亡くなったから、つらかっただろうね。もし知ってても、当時は職員でもお見舞いは無理だったけどね」

親友だった新川にも、自分や親がどうなるか不安感が強く、入院を知らせる気分になれない当時の状況だった。

「どう、後遺症は何も出てないかい。サイクリングは今もやってるかい」

口々に皆が後遺症を心配してくれる。

「後遺症に関しては、今のところ全くないよ、体調面ではね。毎年夏は控えめにしてるけど、以前のように乗れるよ。先週末も山道を百五十キロ走ったけど、コロナで忙しくて時間が取れない」

平和市の基幹病院の副院長をしている東森が自院の事情を嘆いた。

「俺も第三波の時に感染して肺炎になった。佐野と違って勤務医だから仕事の不安なく入院できたけど、やっぱり当時は肺炎の重症化が相当怖かったよ。うちはＣＯＶＩＤ重点病院だから常に重症な入院患者がいて時々若い患者も死ぬんだよ。それみてるから怖くてね。今は去年までと違って重症患者は少ないけどね。業務継続のため病院の方針で、患者対応にあたる職員には六十歳未満でもワクチン接種を推奨したり、日常生活の注意も引き続き厳しく指導せざるを得ないけど、今のオミクロン系統だと正直ちょっと悩むね」

医療ツーリズムを手がけている会社を経営する岡田は、以前から続けて来た貿易関係の仕事も大変の様子だ。

「世間はすっかり開放的になって、外国人の入国もかなり緩くなったけど、病院のスタッフって今も大変なんだよね。当社は比較的早く医療ツーリズムに取り組んでいて業績は順調だったけど、コロナで残念ながら一変してしまったよ。貿易のほうも中国が中心で、中国はいまだにあんなだろ。九月になっても深圳や四川省の成都でロックダウンするし。成都市なんて二千万人都市だぜ。おかげでいまだに物品の仕入れとかも出張もできなくなってね。もうガタガタだよ。代わりにソフトウエア関連部門ががんばってくれて、新しい医療や介護のソフトの開発に成功したんだ。それはよかったんだけど、第六波や七波の流行が長引いているから営業の施設訪問が今も非常に難しくてね。なにしろ相手が主に病院や介護施設だから、訪問して使い勝手を実際にプレゼンしたいんだけど、不要不急の営業は基本的にどこも門前払い。アポ取りすら難しいよ。ここ二年は新しいスタッフの新規採用ができず、そろそろ早く収まってくれないと我々みたいな業種は厳しいよ」

　誰もが悩みを感じていたようだ。異口同音に苦労話が飛び出してくるが、すでに笑い話にできているようで、家族や親しい知り合いを亡くしていない彼らには深い悲しみの影は見当たらない。

「仕事もだけど、もっと生活のほうが変わったよね。外食は減ったし、デパートにはずいぶんと行ってない。必要なもの以外は買わなくなったし、ネット通販ばっかり」

「旅行にも行かなくなったよね、国内はボチボチ行くようになったけど。また十月からインバウンドが増えると静かな雰囲気が失われるからね、今のうちかな。ようやく帰国時の陰性証明がいらなくなったけど、海外旅行とか高いし、もはや考えることすらない。二十五年ぶりの一ドル百四十五円超えだぜ。大幅円安と燃料価格の高騰で、今の国際線の航空運賃とかコロナ前の八割増しだよ」

「古賀君はメキシコに仕事で戻ったみたいだし、中山君もドイツとかアメリカとか普通に海外出張してる様子を最近ＳＮＳに書いてるね。ホントにあっちはもうマスクしてないもんね。だけど、上海の馬原君は三カ月以上のロックダウンでビジネスの厳しさや国情の違いを痛感しただろうね」

「だよね。そのころは厳しい情報統制などの規制があったのか、彼のＳＮＳに全く記事が出てこなかったから心配したよ。その後、時々生存記事を短くＳＮＳにあげてくれるけど。コメント書き込むと中共当局からマークされそうで、中国に暮らす人のＳＮＳには気軽に本音を書き込めないな。怖いよ、あんな自由のない国。反日教育したり、近くにミサイルを撃ち込んでくる国なのによくもノコノコ仕事しに行くなぁって。俺は経団連が理解できないよ」

　参加者たちが互いにコロナ禍の不満を口々に言い合っていた。

「ロシアの侵略戦争が長引いてるから、西ロシア共和国はまだまだ不安だよね。柳沢君が大使として単身赴任する時はけっこううらやましかったし、任期中に遊びに行きたいと思ってたけど、いまは大変だろうね。お父さんは確か佐野が定期的にみてるんだろ。もう高齢だろうし、親子共々心配だろうね」

「うん、毎月みてるけど、戦争のことは話さないようにしてる」

「先日ゴルバチョフが亡くなっただろ。最初で最後のソ連の大統領で、僕から見たら世界平和への夢をくれた偉大な英雄だな。史上最もノーベル平和賞の価値があった人物だよ。プーチンと正反対みたいな彼が侵略戦争の最中に死ぬなんて、俺は悲しくてたまらんよ」

「そうだよな。ロシアもだけど、中国も、あいつら三十年以上前に急速に逆戻りしているよ。文化大革命の紅衛兵世代だから身体に徹底的に染みついているんだろ。日本のトップは親中派ばかりで全く対抗できそうもないし頼りないよ。安倍さんが亡くなったのはホントに悔しいよ」

「だけどさ、韓国の完全な反日思想団体とつながってたわけだろ。日本人の自虐思想そのまんまじゃん。裏で韓国や中国に貢ぐ左翼みたいな自民党に俺はショックだね。霊感商法よりも反日の連中と自民党がベッタリとか、そっちのほうがガッカリだよ。何が国葬だよ」

いろんな職場の責任あるポジションにいる同級生が多かったが、年齢的なこともあって政治的に日本の行く末を心配する声も多かった。参加できなかった友人たちの近況も昔と違ってSNSで容易に知ることができるようになり、良し悪しは別にして関係が身近になった気がする。

「僕の場合は親を亡くしただろ。患者も何人も犠牲になった。職員も次々肺炎で入院して、退職したスタッフも何人もいる。生活も考え方もこの中では一番ガラッと変わったかな。もう二度とあんな経験はしたくない。この前の小説に書いた内容はほとんど事実だし、書いた時点での僕の本音でもある」

「だろうねぇ」

何人かが声を出してうなずく。佐野は話し続ける。

「僕らが産まれる前から君主だったエリザベス女王が亡くなっただろ。ロシアや中国もだけど、西側世界も大きく変わりそうな気がしてならないよ。いつどうなるかわからないから今を大事にしたいっていう気持ちが最近はすごく強くなった。有名な欧州のサイクリング大会は距離や登坂が厳しいから年齢制限があり、来年がタイムリミット。それが一番つらくてね。数年間の人生を奪われた気がするわけよ」

「今しかできないこともあるからね。僕は生活の面もそうだけど、あらゆる場面で最近は人々の分断を感じてしまってけっこうイヤだね。国際間もそうだし、アメリカも日本も国内政治や人々の考え方に溝が広がって、埋めがたい大きな分断を感じてしまう。僕らはいいとして、子どもや孫のことを考えるとね。コロナのせいばかりじゃないんだろうけど」

県庁で幹部を務めている宮本の嘆きに、幾人もが相槌を打った。この分断こそは佐野が一番気に病んでいたことでもある。

久しぶりのクラス会は、想像以上に楽しかった。十月中旬には大学の同級会が温泉に宿泊して四年ぶりに予定されていたが、第七波への対応でバタバタしてる友人が多く、八月末には早くも中止が決まった。保健所勤務の友人の他、全国の様々な医療機関でＣＯＶＩＤに向かい合ってきた医師たちの本音を夜遅くまで語り合ってみたかったが、現在の流行状況ではしかたあるまい。

来月三日には今年度のノーベル生理学・医学賞の受賞者が発表されるはずだ。昨年惜しくも受賞を逃したカリコ・マジャールは、その後に次々と世界中の大きな基礎医学賞を受賞し続けている。それ以上の大きな賞は、もうノーベル賞しか残されていないだろう。

最初に佐野が彼女に出会ってから約三十年の月日が経過したが、最近まで彼女の途中の歩みを知る機会がなかった。一躍有名になった一昨年の冬から彼女に関するいくつかの本や動画が出たが、多くはシンデレラ物語になぞらえ紹介されている。佐野が出会ったころの彼女は、継母や姉たちに虐められていたころだろうか。きっと「ガラスの靴」を履く前だったのだろう。

周囲に認めてもらえなかったｍＲＮＡの治療や予防医学への応用の可能性を、彼女は頑なに信じ続けた純粋な研究者だった。その面影は当時から確かにあり、佐野の心の中に消えずに残されていた。

久しぶりに聞く彼女の東欧訛りは今も全然改善していない。この田舎っぽさが見え隠れする点も彼女の魅力だが、最大の魅力は陽気な人懐っこさとおしゃべり好きな性格だろう。それは数々の大きな賞を受賞した今でも全く変わってはいない。

二度のオリンピックで金メダルを獲得した偉大な娘を育てたハンガリー育ちの母親が、基礎研究者の金メダルであるノーベル生理学・医学賞の受賞者として名前が高らかに読み上げられるのを佐野は心待ちにしている。早々に科学者への夢と憧れを断念し町医者へと転身した佐野にとってそれがどれほどの喜びなのか、きっと誰にも理解してもらえないだろう。

今年の受賞がかなわなくても、あるいは将来の受賞がたとえなくても、彼女の偉業を称える声が薄らぐとは佐野には思えない。多くの先駆的な研究者たちの業績の上に幸運にも授与される名誉あるノーベル賞。今年の秋に誰を選ぶのか、選ぶ側の選考方針や悩みを聞くことも非常に面白そうだ。

人生は短く、大きな業績を一人だけで成し遂げることは科学の領域では不可能であろうと佐野は思っている。小さな名もなき多くの人々の努力の上に成り立ち、それを参考にし、踏み台にして先に進むことが不可欠だ。そこに幾人かの秀でた科学者の長期間にわたるたゆまぬ努力が加わらないと、時代を変えるような世界的な革新や発明は生まれない。カリコもその名もなき科学者の一人に過ぎないのだろう。そして世界が危機に瀕した時、奇跡的に知見が組み合わされｍＲＮＡワクチンの誕生につながった。

できることなら、ＲＮＡ研究の先駆者である古市泰宏氏の偉業にも大きな栄冠が輝いてほしい。場所や時代は違えども、彼女の研究を実りあるものに導いてくれたハズだ。

かつて佐野がのぞいた経験がある遺伝子治療の分野も同様だろう。遺伝子治療技術を利用して遺伝性の失明を治療することを目指した研究者たち。初めてＦＤＡの承認を得るまでには紆余曲折の長い歴史があったはずだ。

頓挫したワトソンが屍《しかばね》のように横たわる上を乗り越えて進んでいった女性眼科医ベルベット。それを支え続けたのは、たおれた後も屍とならずに地道に真摯に研究を続けて新規ウイルスベクター開発に新境地を開いたワトソン自身と彼の仲間たちだった。日進月歩の世界である最先端の科学領域では、いったん歩みを止めると復活は容易ではないはずだが、彼を信じて支え続けた仲間やよき理解者たちがいたからこそに違いない。もちろん、試練に打ち勝てる大きな何かが彼や彼女には備わっていたからだと思われる。

自然科学や医学の研究にはよき先達と同伴者が不可欠だ。奇をてらった斬新な独自理論でのし上がれるような幸運な世界ではない。誰がどう若いこれからの医療者や科学者を育て導くのか。やはり自ら科学研究に実際に深く携わったことがあり、管理職の経験も積んだ人が好ましいのではないか。時に激しく辛らつな選択をしていく心の強さも必要かもしれない。そういう意味では、佐野のかつてのボスであったスワンソン教授には、天賦の才があったのだろう。

九月は台風が多く、コロナ禍から立ち直ろうと努力する観光業へもさらなるダメージを与えた。島波クリニックでも台風対策で透析日を変更し、二度の日曜日が透析業務で終日つぶれてしまった。敬老の日は、暴風で公共交通機関も止まる中、佐野は医師会の休日当番医を通常どおりに行ったが、朝から次々と問い合わせの電話が舞い込んでくる。多くがワクチン未接種の小児や児童で、明らかにＣＯＶＩＤ感染を疑わせる症状だ。

　定期通院中の患者が感染後に体調を崩し、基礎疾患の急性増悪で入院を依頼せざるを得ない場面も少なくない。紹介先の基幹病院で働く医療従事者たちのことを佐野が思わない日はない。第七波は収束に向かいつつあると言いながら、台風襲来でもまだまだＣＯＶＩＤが休戦することはなさそうだ。

　秋のお彼岸、昨年から佐野が菩提寺としてお願いしている京都鹿ケ谷の寺で彼岸会の法要が営まれた。数日前のイギリスエリザベス女王の国葬の映像は、亡き父親を想う佐野の涙を誘った。第三波の流行の真っ最中に佐野は父親を亡くしていたが、コロナの完全終息を待ってからと考えたゆえ、一年半が経過した今でも葬儀もお別れの会もできないままだった。ただ、当時のつらかった気持ちも少しずつ薄れつつあり、それが人間の持つ特性なのであろう。そうでなければ、たえて先には進めない。台風一過の東山の裾野に広がる境内にはコオロギの声も聞こえるが、秋というには残暑もまだまだ厳しかった。

　法要が終わった本堂を出て、静かな墓地のほうへゆっくりと義弟の菅原と並んで歩いていた。佐野の妻の久美と実妹の葵は、慎重に杖を突きながら足を運ぶ母親と一緒に二人の後を少し離れて進んでいた。子どもたちはそれぞれに忙しく、今回は京都に集まらなかった。三年目の研修を始めていた長女の元美だけは、もし時間が取れたら遅れていくかもしれないとＬＩＮＥで告げて来たが、若い時期は自分の時間を優先すればいいからと、久美は参加不要の返信を送っていた。

二十五年前に挫折して基礎研究の世界を離れた佐野と違い、菅原は大学でまだ現役の研究者だ。二年後は学会長として幾人もの海外の著名な研究者を日本に招くなど、佐野に比べると最近の海外の研究事情にも詳しい。久しぶりに一緒に過ごしている菅原が歩きながら話しかけてきた。

「お義兄さん、あと十日ほどでノーベル賞の発表ですね。生理学・医学賞はどうなりますかね。去年はまだｍＲＮＡワクチン関連は期を熟さずとれませんでしたけど、今年はどうでしょう。まだパンデミックが収束してないから、ひょっとして来年以降でしょうか」

「どうだろうね。僕は早くカリコにあげたいけど、アメリカも日本も実際に反ワクチンの声も依然として大きいし、モデルナがファイザーに訴訟しかけたから、選考委員も少し躊躇してしまうかもしれないと最近は少し心配しているよ」

「確かにそうですよね。昔から偉大な研究の陰には訴訟がつきものですね。それに、今回のｍＲＮＡを利用したワクチン開発には非常に多くの研究者の貢献が実際ありますからね。去年からアメリカでワクチンの危険性を訴え続けている中心人物の一人は、一九八〇年代末ごろに重要な初期の研究をした人らしいですよね。確かボブ・マリーンとかいう名前の」

「そうね、ボビー・マリオン。彼は学生の時に重要な論文を書いたのに、なぜか指導教官ともめたかなんかで博士号をもらえず、その後に指導を受けた上司ともうまくいかなくなったらしい。理由は知らないけど、二〇〇二年には基礎研究者を辞めて、その後はビジネスの世界にいるみたいだね。ラホヤ研究所時代から数年間の彼のいくつかのｍＲＮＡ研究が重要なのは間違いないだろう。単純で雑な実験デザインなのでビギナーズラックだったろうけどね」

「そのわりに全く大きな賞も受賞してないし、特許の件でも彼自身はほとんど恩恵を受けてないとか聞きました。もし自分が彼の立場だったらと考えると、少しかわいそうな気もしますね。もし彼の研究がなかったら今回のｍＲＮＡワクチン開発への道のりはさらに難しかったでしょうし、大きな貢献をした自分が正当に評価を受けていないという悔しい気持ちがわくのかもしれませんね」

「そうだよね。もっと彼も評価を受けていいかなと僕は思うけど、多くの科学者に軽く扱われているのには我々が知り得ない何か重大な問題があるのかもしれないね。そういう不思議な研究者って時々いるじゃない」

墓地には多くの家族連れの墓参者が訪れ、思い思いに過ごしていた。二人は左に折れ、坂になった階段をのぼり始めると、去年建てたばかりの佐野家の墓石とガラスのオブジェが遠くに現れた。振り返ると、母親たち三人の姿はかなり遅れているのが見えた。

「彼がワクチンや多くの研究者たちを激しく批判する言動はとても残念だし、その内容も理解しにくいけどね。彼を信じている人も少なくないけど、一流の研究者の世界では恐らく異端児と見られてるのかもしれないね。指導教官ともめたり、移籍してもすぐに辞めたりって普通はあまりないからね。その辺の詳しい事情はわからないけどね」

「当時いろんな出来事が彼と彼の周囲であったんでしょうね」

「彼と共同研究していたフェルグナー博士なんかは、マリオンが実験に使用した荷電リポソームを開発した件で最近大きな賞をもらったし、『当時考えていたことの全てが今ようやく実現しているから、ｍＲＮＡワクチンの完成に立ち合えることがゾクゾクするほどうれしい』とすごく喜んでワクチン開発を評価しているよ。それが本当だよね。関わりがある研究者の多くは今回のワクチンが人類をパンデミックから守ったことや、開発の過程に自分が少しでも貢献したかもしれないことを純粋に喜んでいると思うけどね」

「同じ研究を一緒にしていても、マリオンは残念なことに異なる感情をその後に抱いたんですね。ノーベル生理学・医学賞を受賞できるのは、毎年一つの領域でわずか数名だけですからね。カリコ先生、ぜひ受賞してほしいですよね。日本国際賞のようにワイスマイヤー先生も一緒なら、他にあと一人だけ。誰でしょうね」

墓所に先に着いて掃除をしていると、遅れて久美たち三人が到着した。階段をのぼって息を少し切らしながら母親が訊ねた。

「ここは少し日陰になってるから涼しいわね。あなたたち、何をお父さんのお墓の前で話してるの」

菅原が説明していたが、すっかり耳が遠くなった母親はよく聞こえなかったようだった。墓石に掌を合わせ、墓標を静かに眺めていた。久美と葵は二人で子どもたちの話をしていたようだ。適齢期の娘がいるので、いろんな母親同士の話があるのであろう。

「モデルナとバイオンテックの社長は、スペインの非常に大きな賞をアストラゼネカのワクチン開発者と共に去年もらったようだね。六月の台湾の大きな賞は、カリコたちの他に三人目としてキュリス博士を選んでたかな」

「何をやった研究者なんですか」

「今回のワクチンに欠かせないＬＮＰ（脂質ナノ粒子）を改良する研究を長年やってて、二〇一二年にようやくフェルグナー博士の荷電リポソームより優れた特質を持ち、ｍＲＮＡワクチンに利用可能な革新的な高品質のものを完成したんだよ。それがなかったらワクチンは劣悪で使いものにならなかっただろう。彼もようやく正当に評価されてきたみたい。特許の件ではもめてるらしいけど」

「確かにワクチンだけでなく、いろんな遺伝子利用の研究や治療に応用されていて、重要な基盤技術ですよね。お義兄さんも遺伝子導入の際には荷電リポソームを使っていましたよね。あのころに比べ、すごく改良されたんでしょうね。でも、いくつかの研究グループで改良を重ねていった産物でしょうから、恐らくノーベル賞には届かない気がしますけど」

「急に湧き出すすごい研究ってないよね。カリコのペン大循環器科の時の研究もマリオンやフェルグナーの初期の研究を改良して成果を出せたらしいしね。ただ、マリオンの最初の実験自体もその十年前の研究成果を踏まえてのものだったし、それさえもさらに十年前にリポソームとｍＲＮＡが発見されて以降に様々な研究があったおかげだからね。ようするに、コツコツと小さな研究成果を多くの名もない研究者が成しとげ積み重ね、そして誰かが猛烈にがんばって数段上に時々引き上げながら科学を進化させていくんだよね。多くの研究者は僕みたいに途中で挫折してしまうけど、中には短期間で運よく名誉も富も獲得できる人が出るから。もう一歩で届かなかった研究者の中には、ライバルたちに強烈な嫉妬心がわいたりする人もいるんだろう」

「ワクチンと少し違いますが、ｍＲＮＡの発見から六十年ですよね。リポソームを最初に作成したり、ｍＲＮＡの合成を最初に成功させた研究者もすごいですよね。何かで読んだことがありますが、不安定なＲＮＡ自体の安定化技術とか様々な重要な基礎研究を日本人研究者も昔から多くされていますよね。ＲＮＡの末端キャップ構造の基礎研究で日本の古市先生も素晴らしい研究をされていて、ノーベル賞に十分値する研究と言われてますね」

「そうだね。古市先生のことはカリコも高く評価しているよ。その世代の日本人研究者ってすごいよね。単身でアメリカに渡って、ノーベル賞に値するような研究を堂々と成しとげたからね。一人一人の研究者の人生の物語って感動するね。カリコのシンデレラ物語も同じだけど、素晴らしいよね、渡米自体が難しかった時代にだよ」

「治療に応用するという目標では、修飾ｍＲＮＡが免疫系の探知をすり抜けられるという発見は革新的ですからね。ノーベル賞は、その研究が実際に治療に結びつくかどうかも大きなポイントですからね。それに、彼女自身はずっと苦しんできたのに、若い研究者たちを積極的に支援しようとしてるみたいですしね。謙虚なんでしょうね。この前も何かで読んだのですが、今回の成功は自分を含めて全ての研究者ががんばって何かを少しずつ追加して発展させていったおかげだと言ってました。やっぱりカリコ先生にはぜひノーベル賞を受賞してほしいです」

「そうだよね。ペン大の循環器科で苦労してたころの彼女を実際に知ってるからね。降格され減給されて神経内科に拾われて、偶然ワイスマイヤーと出会えて彼女も結果的に幸運だったんだよ。アンナがクビにしたのかどうか怖くて聞けなかったけど、アンナこそが幸運の女神だったかもね」

「笑いごとじゃないですが、確かに。今ごろ、スワンソン先生はクシャミしてるんじゃないですか。誰がノーベル賞を受賞するんでしょうかね。例年以上に今回は発表がとても楽しみですね。期待通りにカリコ先生が受賞されたら、またお手紙を書きましょうかね」

久美が突然驚いたような声をあげた。

「あら、元美、今日は来れたの」

佐野が振り返ると、長女の元美がすぐ近くに立ってこちらを少し緊張したような面持ちで見つめていた。いつもの元美と違い、笑顔もやや強張った印象だった。

よく見ると、彼女の斜め後ろに一人の背が高い若者がじっと立っており、同じように少し緊張したような面持ちだった。

「パパ、後で紹介するけど、先におじいさまにお参りをしてもいい」

元美はそう言うと、青年に合図をして二人で墓石に歩み寄り、静かに手を合わせて頭を垂れていた。

久美が佐野に寄り添って若い二人を見つめている。少しして、若い二人は一緒に佐野と久美のほうに顔を向け軽く頭を下げる仕草を見せた。佐野はなぜか動悸を感じるように思えた。何か言おうとしたが、うまく言葉が出ない。先に言葉が出たのは元美のほうだった。

「パパ、山本哲也さんです。医局の先輩に紹介されおつきあいをしていました。京帝大病院の八年目の眼科医で、とても気が合う素敵な方なの。ママには二度会ってもらったけど、パパには今日まで紹介できなくて。今日は菅原の叔父様もおばあ様も一緒なのでちょうどいいかなと思って、連れてきました。おじいさまにも報告しときたかったから」

しっかり気持ちが固まっているようで、オドオドしている佐野と対照的に落ち着いた表情に元美は変わっていた。隣の青年が頭を下げて口を開いたが、佐野は気持ちを静めるように隣の久美の顔をチラッと見て、大きく深く息をした。青年の態度も落ち着いた印象だった。

「お父様、お母様。そしておばあ様。初めまして、山本哲也です。元美さんとおつきあいをさせていただいております。ご挨拶が遅れて申し訳ございません。菅原様も初めまして」

突然の登場に、佐野は言葉がスムーズに出てこない。どうやら久美のほうは知っていたような感じでもあった。落ち着かない佐野に「何か言ってあげないと」と小声で耳打ちをした。

「初めまして、元美の父の佐野です。山本君は京帝大で働いているのですか」

「はい、そうです。しかし、来年の春にはアメリカに留学する予定です。もしお許しいただけるならば、元美さんと一緒にアメリカで新しい生活を始められたらと願っています」

「それはつまり、春までに元美と結婚をして、一緒に留学に行きたいということですか。元美もそれを願っているのかい。二人がよく考えて決めたことならば反対するつもりはないけど」

「そうよ、パパ。私もそうしたいの。哲也さんはとても私を理解して大事にしてくれる人なの。ママには少し相談したけど、パパも彼のことを気に入ってくれるだろうと思うわ」

「そうなのか、もう二人の気持ちは固まっているんだね。それで、留学って、どこでどんな研究をするつもりなの、山本君は」

「ありがとうございます、お父様、お母様。私は眼科医なのですが、父のすすめもあって少し基礎研究もやってみようと考えてこれまで準備もしてきました。具体的に言いますと、失明や色覚異常や稀少な遺伝性の網膜疾患などを対象とした遺伝子治療の研究が眼科領域ではこれから盛んになると考えられてます。数年前にすでに、臨床的に先天性の失明患者に使用できる遺伝子治療の薬剤も誕生してますし、次々に新しい治療が生まれようとしています」

佐野は近くにいた菅原と顔を見合わせた。黙っているが、菅原は笑顔だった。佐野も何か言いたくなったが青年の言葉をもう少し黙って聞いてみようと思った。

「これまで絶対に治療できないと思われていた失明や網膜の変性疾患による重度の視力障害や色覚障害などを治せる時代が近い将来に到来するかと思うと、ぜひ私もそんな時代を変えるような研究をしてみたいと思いました。たとえ大きな画期的な研究成果をあげることができないとしても、一生のうちのわずか数年間でもそんな治療法や科学技術の発展に少しでも貢献できるような研究に私はぜひ取り組んでみたいんです」

「確かパパも留学中にそんな感じの研究をしてたような話をママがしてくれた気がするけど。そうよね、ママ」

今度は久美と佐野が笑顔で互いの顔を見合わせる番だった。

「そうよ、あなたが生まれたころだったわ。いつかパパに詳しく聞いてごらんなさい。一晩中、パパの話は止まらないから」

青年の顔が驚きに満ちていた。

「で、アメリカのどこの街の何という大学に行く予定なの。指導者は眼科の教授かい」

「アメリカ東海岸のフィラデルフィア市にあるペンシルベニア大学なんです。そこには素晴らしい遺伝子治療研究所があり、眼科領域の研究でも世界トップと言える最先端の研究室なんです。その教授が世界初の……」

横にいて熱心に話を聞いていた菅原がついに我慢できなくなって青年に向かって口を開いた。

「山本君、その教授って、もしかして、ジル・ベルベット教授なんじゃないのかい」

青年が驚く顔を見て、菅原も佐野も笑いだしそうになった。佐野はスマートフォンに保存された写真を探していた。

「えっ、叔父様は循環器内科の教授で再生医療の権威だとは元美さんからお聞きしていましたが、どうして眼科の教授のことまでご存じなんですか」

「いや、私は名前と顔しかしらない。ベルベット教授が素晴らしい研究者だということは知っている。素晴らしい研究室に留学が決まってよかったね。若い時期に数年間だけでも世界トップの研究者の姿に触れることができたらそれは君の一生の宝になると思うよ。最近はずいぶんと留学する若い人が減ってしまったからね。経済的に困らない限り、私は海外留学には大賛成だね」

「同じような意味のことを父も言ってました。経済的にはなんとか支援するから若い時にガムシャラにがんばって世界一の研究者を見てこいと。それにしても、よくベルベット教授だとわかりましたね」

「山本君、ベルベット教授を一番知ってるのは実はお兄さんだよ。ほら、写真が見つかったみたいだから見せてもらったら」

佐野はスマートフォンに保存している一九九三年に撮影した一枚の写真を青年に見せた。目の前に立つ青年と同じ年の佐野が満面の笑顔で若きベルベット教授と肩を組んでいる姿の写真だった。

難聴の母親は何が起こったのかわからず、きょとんとして青年と佐野たちの姿を見つめていた。

「へぇ〜、元美さん、これ見てよ。お父さんとベルベット教授だよ。ビックリだよ。こんなことってあるんだね。もう運命なんじゃない、僕たち」

菅原と葵が最初に勢いよく笑いだした。それを見て、久美と元美もクスクスと笑った。

「墓の下でお父さんも笑っているに違いないわよ」

そう言って、佐野の母親も一緒に笑いだした。

元美が青年の横で彼の手を取ると、青年も恥ずかしそうに遠慮深げに笑いだした。

その姿を見て佐野は声を出さずに笑みを浮かべた。元美の横の青年に、佐野はかつての自分の面影を感じていた。突然現れた若者が娘をさらっていくと、佐野は悟ったのだった。

「よろしく頼むよ」

佐野はそう言って青年の肩を一つ二つ軽く叩いた。

爽やかな風が墓所に佇む家族の上を舞った。木漏れ日が若い二人に降り注いでいる。

終章 賞の面影、夢の途中

二〇二三年 秋

カリコへのノーベル生理学・医学賞の授賞が発表された週末、佐野は朝早くからサイクリング大会に参加してロードバイクを走らせていた。

終日雨模様との天気予報が的中し、前日より大きく気温が下がる中、時折激しい向かい風を受けながら１５０キロの道のりを走り続けるのは、まるで修行のようだった。何度も参加を取りやめようかと思ったものの、子どものような年齢の地域の若者たちが苦労して今年から新しく開催に漕ぎ着けた大会だったので、応援の思いも込めての参加だった。

そして今、こうして多くの参加者と一緒に寒さに耐えながら前に進んでいけることに、ワクチン開発前に感染して命の危機を彷徨っていたころを思い出していた佐野は、ここまで復活できたことが感慨深かった。

受賞発表の晩は多くの取材が夜遅くまであり、翌日に掲載された新聞記事を見て別のテレビ局からも新たに取材の申し込みがあった。佐野は患者さんや近所の人々からも次々に「見ましたよ、読みましたよ。おめでとうございます」と言われ、そのたびにうれしさが込み上げてきた。

受賞が決まった時、佐野はすごくホッとした気持ちだった。多くの反ワクチンの声をネット上で見聞きし、パンデミックも収束しておらず、もう少し先、あるいは今後も受賞できないのではないか？と思う時も正直あった。

しかし、彼女の無邪気な笑顔や東欧訛りの溌溂とした言葉を誰もが今回テレビで見聞きし彼女が好きになったように、うれしい知らせに思わず涙が溢れてしまった。自分でさえそうなのだから、佐野には遠きフィラデルフィアのカリコ家族の歓喜の状況が一層よく想像できた。

三十年前に初めて出会って以来、数年前にテレビで彼女の姿を再び観るまで、帰国後は研究者と臨床医として互いに全く違う道を歩んできた二人だった。

ｍＲＮＡワクチン開発には改善の余地はあろうが、世界中の多くの人々を救うことに大きく貢献したことを、佐野は旧友としてだけでなく、臨床医としてもすごく喜んでいる。

佐野にとって、彼女は「遠い昔に学校の片隅で一緒に夜暗くなるまで仲良く遊んでいた好奇心溢れる幼馴染のような存在」として心に深く刻まれた存在だった。久しぶりに会ったら「メジャーリーグでホームラン王を獲得した大谷選手」のように輝かしい大活躍を見せるまでに成長していたのには正直なところ驚いているが、無名時代の彼女の努力と苦悩の一時期を知る旧友として、当時から受賞につながる面影が彼女にはあったように思われた。

向かい風を受けながら数時間も自転車で走り続ける佐野は、ここ数日間の溢れるような取材記事やインタビュー動画を思い浮かべていた。そこには知らないことや逸話も少なくなかったが、佐野だけしか知らない思い出がいくつも彼の胸の奥にあった。

受賞当日にペンシルベニア大学内で記者会見したカリコは、「研究は思い通りにならないことばかりで大変だが、楽しくて幸せなことでもあることも知ってほしい」と科学を志す若者を励ました。さらに、「夢をかなえる助けとなってくれ、子育てにも協力してくれる適切な相手を見つけること。心身の健康を整えること。誰かに盲従したりせず、お金儲けのためではなく、楽しむこと。スポットライトを浴びたければ女優になればいい。でも問題解決が好きなのであれば、科学はあなたのものです」と、後に続く女性たちにエールを送るその姿が佐野には眩しかった。

いかにも彼女が言いそうなことだ。当時も今も、裏表のない純情な女性だと佐野は感じていた。

そんなカリコを思い浮かべながら風雨の中を走っていると、不思議と佐野の冷えた身体も温まってくるようだ。

彼女の研究の陰には先人たちの偉大な研究の数々があり、今回の受賞は、同じ思いで基礎研究に打ち込みながらも断念した名もなき佐野のような研究者にも大きな喜びをもたらしてくれる素晴らしいプレゼントになった。

先日送った祝福メールの返事が未明にフィラデルフィアから届いていた。そこには、彼女がすでに新しい重要なプロジェクトに全力で取り組み始めている様子が熱く語られていた。今まで以上に意欲がみなぎっている文章に感銘を受けるとともに、ノーベル賞の授与が彼女の歩みを妨げることがないようにと佐野は願っていた。


まだ彼女は果てしない夢の途中にいる……。

自分も一緒に夢を忘れず追い続けたい……。

佐野は顔を濡らしながら、強い風に向かって走り続けていた。

■著者プロフィール

村石昭彦（むらいし・あきひこ）

１９５９年、福岡県出身。佐賀医科大学卒業後、久留米大学第三内科入局。

１９９１年～94年米国ペンシルベニア大学循環器科、ヒト遺伝子治療研究所等へ留学。この時、カリコ博士（２０２３年ノーベル賞）と知り合う。帰国後、久留米大学、福岡県立柳川病院等を経て、開業医となる。日本循環器学会専門医、日本透析医学会専門医等。著書に新型コロナに命がけで闘う医療・介護従事者と患者や家族たちを描く小説『クラスター　五輪の夏の墓標』（ペンネーム　村澤武彦・一粒書房刊）がある。

カリコ博士と筆者

カリコ博士と町医者

アメリカ留学青春記～それぞれの旅立ち～

2023年11月27日　第1刷発行

著　者　　村石昭彦
発行者　　池田雪
発行所　　株式会社 書肆侃侃房（しょしかんかんぼう）
〒810-0041 福岡市中央区大名2-8-18-501
TEL 092-735-2802　FAX 092-735-2792
http://www.kankanbou.com
info@kankanbou.com

編　集　　田島安江
装　幀　　緒方修一
DTP　　NOAH
印刷・製本　モリモト印刷株式会社

ISBN978-4-86385-611-0 C0093